無法使世界完美，
至少使其完整。

匿名工作室

John Doe Studio

白小寞 —— 著

目錄
Contents

【序幕　夢時代】

Prologue

傳說中的編輯

「筆念」，一種極少數人才有的念能力，擁有筆念的人能透過傾聽、閱讀、觀賞和創作與另一個世界產生聯繫。

一個由世間人們所有創作構築而成的世界。

男孩知道這個秘密。

空白的考卷上，男孩用鉛筆勾勒出火柴人對打的凌亂線條，看在老師眼裡不過是小學生的胡亂塗鴉。但在男孩眼中，那可是火柴人王國間的頂上之戰，不論是在創作當下還是事後欣賞，男孩都能深入其境和自己筆下的火柴人一同參戰。

中學時，少年喜歡在國文課本上琢磨那些歷史人物的畫像。

他和李白一邊題詩一邊駕著坦克車碾爆千軍萬馬，和杜甫一起裝上竹蜻蜓飛越聖母峰，那些千奇百怪、時空錯亂的冒險故事成功為枯燥乏味的國文課增添了色彩。

青年後來因沉溺於另一世界，高中念了一半便休學了，不過同一時間，他的作品「Matchstick Men」被知名影集公司相中，成功賣出作品賺了大筆版稅，火柴王國的故事成功登上電視螢幕，成為了當代最熱門的兒童影集。

二十三歲時，世界級的創作公司「夢時代」在網路上發現了男子經營的創作，立刻邀請他到美國總部擔任編劇。

不到一年的時間，男子便被挑選成為「夢時代」First Group 的成員，也就是世間創作者夢寐以求、拚命想加入的「FG」，堪稱是世間最有才華的創作者才能步入的至高殿堂。

依照他的職位，男子於「夢時代」的員工制服背碼為「FG03」，也就是世界頂尖編劇的證明。

男子在職期間，FG 推出的書籍、動畫、電影和遊戲皆和過往一樣傲視群雄，票房和人氣遠遠地拋下了競爭對手。

就在男子二十五歲時，FG 推出了堪稱「夢時代」創立以來最完美的系列書《The Other World》，敘述一名擁有筆念的少年落入另一世界的奇妙旅程，最後成功翻拍成電影三部曲。

不料就在《The Other World》這部奇幻劇作登上大螢幕、FG 正邁入巔峰時期的時刻……

FG03 辭職了。

「你要走了？為什麼？」

「沒為什麼，累了。」

昏暗的工作室，背碼 FG02 的動畫師詫異地看著男子準備離去前的身影。

「說走就走，你不覺得這樣很不負責任？那些劇本呢？那些尚未完成、寫一半的作品呢？」他指著辦公桌上一疊疊雜亂的紙本。

男子不發一語，自顧自的收拾東西。

「我們呢？FG 的其他人怎麼辦？你好意思就這樣丟下一起奮鬥的夥伴？還有，公司其他人會怎麼看這件事？」

「與我無關。」

男子語畢，直拎起繡有 FG03 的外套打算轉身就走，未料卻被後方動畫師硬生生拉住。

金髮藍眼的動畫師扯住了男子的外套，他死命拉住衣袖就是不肯讓男子穿上。

「外套留下！你沒資格穿這件衣服！半途而廢的傢伙沒資格穿上 FG03！」

「少囉唆！我可沒心情聽你說教！」

「要走就把剩下那些劇本一起帶走！不然你休想拿走這件外套！事情做一半的傢伙配不上 FG03 這個稱號！」

面對好友的斥責，男子的眼裡盡是冷漠：「那些東西請其他人接手不就得了？公司又不是沒有別的編劇，所以別再廢話了，放、開、我。」

聽到這裡，他忍不住揪起男子的衣領：「叫其他人接手？叫公司其他編劇接手？不負責任丟下創作，還要別人替你收拾善後？你到底知不知道自己在說什麼！你究竟是怎麼了！」

被糾纏不休，灰心喪志的男子很快也失去耐心：「我說最後一次，放！開！我！現在！」

「休！想！」

誰也不退讓，兩名男子隨後便在工作室內左拉右扯，撞倒了水杯、翻倒了文件還壓壞了繪圖板，最終大打出手。

本該是最要好的朋友，如今卻拳腳相向。

長尺、設計圖等散落一地，動畫師撞飛了椅子，狠狠將男子壓倒在地並跨坐在男子胸前不斷揮拳，處於劣勢的男子只能摀住臉挨上狂風暴雨般的亂打。

就在動畫師最後一拳落下，即將打斷男子的鼻梁時……

「夠了！」

突來的嚇止聲終結了這場鬧劇。

剽悍女子的背後繡著FG01。

是導演。

「讓他走。」她命令道。

動畫師嘆了口氣，鬆手離開男子，他望著男子火速起身抽起背碼外套，拖著行李箱奪門而去。

明明成為了締造傳奇的英雄，為何此時選擇殞落？

究竟是為什麼？

沒有人明白。

至此以後，沒有任何受邀加入 FG 的人敢披上 FG03 的背碼，「夢時代」裡的其他編劇無人有自信成為新的 FG03，外界的創作者自然更不可能。

少了 FG03 的「夢時代」一如往常推出新作品，雖仍為榜上之冠卻沒一作品能超越《The Other World》，而 FG 日後的作品全仰賴「夢時代」裡的其他編劇，他們選擇讓 FG03 這個代碼永遠重缺，希望有朝一日，那名眾人心目中唯一的 FG03 願意回心轉意，返回崗位。

日復一日，一等四年都過去了。

沒有消息，音訊全無，傳說中的 FG03 似乎永遠消失了。

有人說，FG03 得了幻想症所以投河自盡了，連屍體都找不到。

也有人說，FG03 躲到了不為人知的秘密島嶼，打算低調度過餘生。

甚至有新奇派的說法，說 FG03 落入了自己所撰寫的《The Other World》，他在另一個世界和世間所有創作者筆下的角色過著幸福快樂的日子。

而近來國際媒體則報導，傳聞世界知名編劇 FG03 早已病逝。

不管如何，FG03 這名世界級的編劇似乎真的人間蒸發，各國媒體再也沒於地表上發現他的蹤跡，他的生死就這樣成為了創作界的謎團

唯一留下的，只有烙印在世人心中，FG03 所留下的那些傳奇故事。

【第一幕　啟程】

Chapter 1

離職的少女

捷運車廂內，留有黑色長髮的少女椅靠著車門，她兩眼近乎眯成一線，身體搖擺不定，可能隨時會滑坐在地一覺不醒。

因為意識低靡，少女懷中那塞滿文件的粉紅手提包搖搖欲墜，她時而清醒時而昏厥，身前的手提包忽高忽低，疲倦的雙手捧了又鬆，反反覆覆。

今天的她格外疲憊。

明明才剛出社會，一氣之下受不了老闆，朝他吼了句「老娘不幹了！」接著甩門就走，爽快辭職，也不知道自己究竟打哪來的勇氣。

那間公司也真夠莫名其妙，慣老闆疑似有躁鬱症，照三餐對員工咆哮，加班也沒加班費、整天扯什麼狗屎責任制，最扯的是尿尿還要打卡，上廁所的時間竟要從休息時間裡扣，是怎樣？要逼員工裝尿袋上班不成？

說到底家裡也不缺錢，根本沒必要待在那間破公司受氣，長痛不如短痛，早早離職換工作也罷。

少女趁著清醒望向窗外，覺得現今社會職場殘酷不仁，人人拼事業拼到爆肝，錢多、事多、離家遠，領錢沒到手抽筋，加班倒是加到死。

「唉。」她嘆氣，想當初自己的夢想是邁向創作界，學繪圖，學音樂剪輯什麼的都好，就是不想被困在這樣的工作。

可惜事與願違，財金系畢業後憑著學歷沒頭沒腦地進到企業底下做事，一切的一切都跟她最初所希望的完全相反，自己所走的路都是父母希望的劇本，而非內心渴望的人生。

「萬畝車站　Wanmu Station。」

來自車廂的廣播，提醒少女該下車了。

等等回去一定要好好泡個舒服的熱水澡，再好好補個眠。

反正工作也丟了，明天自然不必早起。

少女惦念著家中的浴缸和床鋪，她拖著沉重的步伐跨出車廂門，不料一時恍神腳尖被列車和月台間的縫隙勾到，下一秒便兩手撲街，懷中的手提包還噴飛出去，直打在一名候車的陌生男子臉上。

唰啪。

文件散落一地，少女反應不及加上累到連驚呼聲都出不來，她鼻面朝地覺得今天運氣背到家了，要不是愛面子她還真想坐在原地大哭一場。

為了不再更丟臉，她也只能故作淡定，迅速起身收拾殘局，此刻的她心中全是三字經和髒話，幹罵著爛捷運、爛月台、爛工作，然後是……

「爛人！」她不禁脫口而出，還順手把拾回的東西再甩出去，成功進入惱羞模式。

唰啪。

大概氣炸了沒看清楚，這一甩又把文件甩到了陌生人臉上，那名三秒前被她手提包砸中臉的陌生男子。

「欸？」少女這才發現那名男子剛剛正蹲在她面前，想把散落一地的文件撿還給她，想不到自己卻又失手打了他一次：「對、對不起！」

只見文件從男子臉上緩緩滑落，他臉上的表情都傻了，無言以對。

黑色短髮參雜些許灰髮、鬢角刻意留長，男子整體的顏容給人一種沉穩、平淡，貌似歷經過大風大浪的滄桑感，他過分溫吞的雙眼疑似殘留某種崇高的熱忱，好比冒險家瞳孔中的熱火。

深怕自己無意識的氣話產生誤會，少女連忙解釋：「先生真對不起！剛剛那句『爛人』是在說我老闆，呃我是說前老闆，不是在說你喔！真的很謝謝你幫我撿東西，你真是個好人喔！真的很對不起，謝謝，對不起，謝謝，對不起……」

她慌張地拚命點頭道謝、道歉，還一邊把滿地的文件囊括到自己懷裡，再匆忙地胡亂塞進手提包。

嗶嗶嗶嗶！嗶嗶嗶嗶！

來自月台的鳴聲，提醒乘客車廂閘門即將關閉。

「啊！先生你的車要走了！你趕緊上去吧，剩下的我自己來就行！」

少女指著身後列車，男子卻沒依她的意思有所行動，反倒拉起袖子往少女的臉前伸去。

而他的臉，湊得很近。

下秒，她感受他柔軟的袖口輕輕劃過鼻下，疑似拭去什麼濕黏的東西，同時，她更聞到了男子身上傳來的淡淡衣物柔軟精香。

「你流鼻血了。」他語氣平淡，兩眼看似無神，其實是異常溫柔。

她則愣住了，完完全全愣住了。

噔噔～噔噔～

喀鏘，車廂門閉合，列車即將離站。

少女看著男子，不知道為什麼先前的睡意頓時煙消雲散，她感覺此刻自己臉頰莫名炙熱，意識十分清醒。

頭一次有男生離她這麼近，甚至能感受到彼此的吐息。

發愣同時，少女無意發現男子胸前口袋掛著一枝金色鋼筆，筆殼上有許多銀色星星和雲彩圖案，鋼筆奪目的金光成功把少女從傻愣模式拉回現實。

「你的筆真漂亮！」她胡亂豎起大拇指稱讚，已經不知道自己究竟在說什麼。

「呃，謝謝。」他仍面無表情，倒是好意關心：「小姐你不要緊吧？要不要去鄰近診所拿個冰塊什麼的？」

「不了謝謝！我很好！沒事我不要緊！我好得要命喔！哇哈哈哈！」她管不住嘴，語無倫次地拍打胸口。天啊！我到底在幹麻！我為什麼要大笑？自己居然如此失態，得趕緊離開這個鬼地方才行！可是雙腳為什麼不聽使喚啊啊啊啊啊！

此時少女不斷在心中吶喊，如果可以她還真想像鴕鳥一樣把頭埋起來，要不就是來一輛列車把自己撞死，省得繼續丟臉。

「你是不是撞到頭了？」男子搔了搔頭。

「哎呦沒事啦！我頭很硬的！撞不壞啦！嘿嘿～」她一邊回應手竟然還不停拍打自己的腦袋，一切舉止完全不受大腦掌控。

「喔？這樣啊？」他眨了眨眼，單邊嘴角微微上揚。

她簡直要崩潰了。

為什麼要「嘿嘿～」？感覺像怪阿姨刻意裝可愛……

為何剛剛那一跤不乾脆把自己摔暈呢？暈死過去都比落得現在尷尬無比的窘境好。少女於心中的小劇場懊悔著。

「如果你不介意，我可以帶你去醫院檢查一下……」

「不用了謝謝你！我、我還有急事得回去找浴缸！先告辭了！再見！永別了！」

不等男子回應，少女大吼完直拎起手提包飛奔而去，狂奔途中還撞倒了回收桶被他瞧見，不過她也懶得管那麼多了，此刻逃離現場才是首要之急。

男子望著少女揚長而去的身影乾笑，順手撿起地上毛茸茸的小狗造型皮夾，和幾頁被她漏掉的紙張文件。

「回去找浴缸？呵呵，那女孩究竟在說什麼？」他搖搖頭，翻了翻文件還順道偷瞄了少女皮夾裡的身分瞪一眼。

「潘、婷、歡？」他道出她的名字，更注意到被遺忘的文件上方畫有幾隻可愛的貓咪和狗兒，明顯是上班忙裡偷閒留下的。

還真是可愛的塗鴉創作。

男子露出一抹溫柔的笑。

*　　*　　*

啵。啵。啵。

霧氣瀰漫的浴室，一顆顆泡泡陸續在水面上破裂。

嘩啦！

少女猛然浮出水面，她不斷甩動濕透的長髮，不是在拍洗髮精廣告，而是想逼自己快點忘記這惱人的一天。

先是丟了工作，再來是當眾摔跤，緊接著在陌生人面前出糗、嘴巴亂說話、四肢不受控，離去前自己到底是不是在說人話都忘了，最後還肢殘撞倒了回收桶。

「噢……」她揉了揉浸於水面下的腰際右側，都怪那該死的回收桶是鐵製的，估計明天早上醒來會多一塊瘀青。

更慘的是順手帶走的前公司文件好像不齊全，皮夾也不知去向。肯定是掉在月台，代表自己明天還得特地跑一趟車站。

「唉，我怎麼會這麼倒霉？」她趴在浴缸邊緣，疲倦地嘆氣，浴室的熱氣蒸得她昏昏沉沉，隨時可能會在浴缸內睡著。

接下來呢？該怎麼辦？勢必得重新找份工作吧？

那要做什麼好？再找下一個公司的行政工作？服務業？可是感覺不論做什麼，到哪都會被壓榨……還是效法新聞報導的那些「博士畢業賣雞排」、「外科醫生轉行烘焙師」？乾脆自己創業當老闆？雖然辛苦但至少不用當別人的奴才……

還是還是，乾脆去完成自己多年的夢想——成為一名創作者。

「好煩喔……」少女轉身平躺令自己浮於水面，她仰望浴天花板，上頭畫有數隻大大小小的粉紅綿羊、粉藍綿羊，那可是當初搬出來住自己為新家設計的得意之作。

她感到後悔，為什麼當初不再堅持一點，不狠下心跟父母開口想學設計？家中的經濟實力絕對夠自己學藝術，出國深造也不成問題，全怪自己悶不吭聲，順著父母的意思去讀那些畢業就會忘光的東西，什麼財金系？會計快快忘記、經濟經常忘記、統計通通忘記，哈？

現在可好，想砍掉重練也來不及了，一直以來都在瞎忙、瞎讀書，搞到現在自己連場戀愛都沒談過，也沒多餘的時間做自己想做的事。

就算成為父母理想中的樣子，成為年薪百萬的工作狂又有屁用？年薪百萬也要有時間花吧？多少工作狂他們銀行戶頭那些用血汗掙來的積蓄可能要入棺才有機會花，用來辦喪事、死後被國家課遺產稅再留給孩子，前提是還得有時間談戀愛才能有孩子。

運氣好點四五十歲可以動個換肝手術，七老八十再把大半的錢奉獻給醫院，多裝幾根心臟支架、電動輪椅多裝顆馬達、安寧病房的床鋪可以高級一些……

真是諷刺，自己千真萬確不想成為那樣的人。

但也不可能一輩子家裡蹲，失業的自己現在無疑是條米蟲。

「我的人生沒救了……」少女兩眼上翻、吐氣，嘴裡啵啵啵的沉至浴缸底部，自認雙眼緊閉的黑暗世界如同往後的人生，一片漆黑。

嘩啦！

在水底消沈不到一分鐘，她再次竄出水面、抹了把臉，已不想再思考那些無謂的事，畢竟後悔人生也不會改變。

「明天再說吧。」她安撫自己，頓時覺得水蒸氣快使她窒息，於是順手拉開了浴室門通風，拿起特製的防水遙控器打開臥房的電視。

連螢幕都細心喬成可以一邊泡澡一邊看電視的角度，就因為先前那份忙到爆炸的工作使她不得不把握每分每秒，同時做兩件事可說是家常便飯。

略過大票沒營養的社會新聞，少女順手轉到國際文創電視台，今天的主題居然是「夢時代 FG03 的生死之謎」，這個標題引起了她的興趣。

FG03是少女最崇拜的世界級編劇，他筆下每部經「夢時代」許可、公開於網路的劇本她全都仔細逐字看過，哪怕工作再忙少女都會想盡辦法擠出時間看。

雖然「夢時代」很保護旗下的員工，特別是First Group，深怕他們被其他大公司暗殺或挖角，導致外界根本不知道FG03和其他FG成員的真實臉孔。

但，同樣身為熱衷撰寫故事的人，少女自詡創作家的直覺告訴她，自己景仰的FG03鐵定是名溫柔的氣質男，她猜想能夠進到「夢時代」First Group的人肯定都是時髦、飽讀詩書、有才華又有學問的上流社會人士。

她拴開水龍頭持續給浴缸添加熱水，隨後趴在浴缸邊緣，開始聽電視機裡的人們七嘴八舌。

「小道消息指出，FG03是在四年前，就是他二十六歲時辭去FG編劇的職位並離開『夢時代』，那年《The Other World》第三部完結篇剛好上映，還創下歷史以來最高的全球年度票房冠軍。」主持人立起看板秀出事先整理好的資料。

「哇！既然如此為什麼還要辭職呢？真讓人不明白……」

「我猜可能是江郎才盡了吧？FG03大概知道自己不可能再寫出比《The Other World》更棒的作品，乾脆就辭職不幹好保持自己創作身涯的完美紀錄。」受邀至節目的油頭男子翹著二郎腿說道，自以為很懂的樣子。

放屁。少女忍不住在心中爆粗口。

會用這番荒謬的言詞評論FG03的人根本就是腦殘、根本就不瞭解FG03，那隻油頭肥豬絕對沒看過FG03的作品，FG03的想像力天馬行空、千變萬化，如此有才華的人豈會江郎才盡？

少女生氣地將半張臉浸入水下，鼻子繼續怒著吐出泡泡。

「也有不少網友懷疑是『夢時代』勞力壓榨，曾有離職的美術總監爆料『夢時代』給的薪水雖高，但員工基本上都要睡工作室、沒有休假，無非是逼他們榨乾腦汁想出新點子。」主持人滑著平板電腦、放大螢幕顯示，讓鏡頭拍攝某美術總監的部落格指控「夢時代」是血汗工廠。

「代表FG03賺完就想跑了呀！你想想看嘛～好不容易撈了一筆退休金，誰甘願日夜睡工作室？當然是賺飽就辭職嘛！所以不是有人說FG03其實躲到秘密島嶼養老去了，所以才沒人找得到他嘛！」油頭男摳摳鼻孔，語氣不能再肯定。

事情真是這樣嗎？

堂堂世界級編劇，真的只是為了大把鈔票奮鬥？筆下那些充滿夢想的故事，難道全是為了金錢而催生？

「所以自神秘離職後，FG03人現在究竟在哪呢？」

「有人說FG03得了幻想症所以投河自盡了，連屍體都找不到，也有人說FG03躲到了不為人知的秘密島嶼，打算低調度過餘生。」主持人邊說邊滑手中的平板，讓鏡頭大拍那些在網路上流傳的謠言：「甚至有新奇派的說法，說FG03落入了自己所撰寫的《The Other World》，他在另一個世界和世間所有創作者筆下的角色過著幸福快樂的日子。」

「哈！臺灣的鄉民還真是幽默啊！落入《The Other World》？那不就跟他自己筆下那個擁有『筆念』的

主角一樣了嗎？不得不說網友還真有想像力啊！哈哈哈哈哈！」油頭男笑到肥胖的肚子都快撐破上衣：「與其相信天方夜譚，我寧可相信那個八卦衫傳媒，據他們報導 FG03 其實早就病逝了，只是『夢時代』怕就這樣乾脆報出來會影響股價，所以才一直壓著消息嘛！」

聽到這裡，百般懷疑的少女不禁開始臆測，思考關於 FG03 至今為止的種種消息……

「上吊自殺」、「病死」、「遭人暗殺」，沒屍體也沒照片，不可信。

「落入 The other world」和「被外星人抓走」這兩個超寫實的劇情暫不考慮。

剔除以上，「故意躲起來」應是最有可能的選項。

為什麼要躲起來？難道真如那肥仔稍早所言，FG03 就是為了錢而創作，賺飽了就閃？那跟為錢賣命的寫手有什麼兩樣？那些充滿夢想的創作不就充滿銅臭？

「希望不是那樣……啵啵啵……」

她沮喪的下半臉在水中低語，同時兩眼上瞄至浴室洗手台上方的書架，上面擺滿許多精緻的繪本，那些都是「夢時代」出版的書籍，而且故事劇情全出自 FG03 之手，少女沒有一本錯過。

嘩啦！嘩啦！

她關上電視，起身跨出浴缸並抽起大浴巾擦拭身體。

早在 FG03 尚未成名前，少女就是被他筆下的故事所感動，才一心想踏入創作領域，才老幻想著「如果有一天，我也能進入夢時代、加入 FG……」這種白日夢。

「要是FG03真是那種人，我會放火把你們燒了。」她瞪著書架上那排書籍自言自語，一邊擰乾頭髮。

算了，說到底也不關她的事。

與其想FG03的事不如想想日後的工作該怎麼辦，要是沒找個像樣的職缺，家裡的長輩們可不會放過自己，到時自己就得跟傳聞中的FG03一樣，躲到某個鳥不生蛋、雞不拉屎的神秘島嶼度過餘生。

睡衣男

「咦？沒有嗎？」

「不好意思潘小姐，我們這邊只有乘客遺失的雨傘，就是沒有皮夾和文件喔。」詢問處服務員指指身後的兩大桶雨傘，貼心地再次確認：「您確定東西是掉在這站嗎？如果是掉在別站我可以幫您聯絡。」

「我確定是掉在這，我昨天下午要在這換車時在月台上摔跤、東西散了滿地……」

「那可能是被其他人撿走了，我幫您調一下監視器，請您稍等。」

爾後，在服務員的幫忙下，少女這次以旁觀者的身份，觀賞電腦螢幕中的自己撲街，途中還無意瞥見螢幕裡其他路過乘客摀嘴偷笑，原來在旁人眼裡自己摔跤比想像中的更好笑、更愚蠢、更丟臉……

本來一覺醒來都忘得差不多了，現在非得再溫習一遍。

「唉。」少女單手摀著臉嘆氣，她希望這是自己最後一次觀賞這幕。

不久，螢幕中的自己就把文件甩在那名無辜的陌生男子臉上，這一幕使服務員不禁皺緊眉頭，雖然服務員刻意保持鎮定，少女依舊能看出他其實在憋笑。

就不能快轉到後面嗎？拜託直接看重點好不好？她除了在心中嘆氣外也莫可奈何。

最後，監視器內的少女匆忙離去，還不慎撞翻了回收桶令裡頭的報紙倒了出來，而那名陌生男子站在月台上許久，只見他好整以暇把文件折疊好，連同皮夾一併收進口袋，隨後便搭乘下一班捷運離去。

「原來被他拿走了！」

「原來回收桶是你撞倒的！」

少女和服務員一口同聲，兩人頓時互看了眼，待發愣了幾秒後，她才有些難為情地開口：「對……對不起。」

該死的監視錄影機。

＊　　＊　　＊

依照服務員提供其他站監視器的影像，少女這回來到了陌生男子最後抵達的捷運站。

感覺那名陌生男子不懷好意的成分居多，一般人撿到遺失物交給該站詢問處就能了事，會摸進自己口袋肯定別有居心。

可惡，虧自己當初還以為他是個好人，甚至還對他一見鍾情，沒想到竟是個假裝幫他人撿東西、趁機竊取錢財的混球！真是個爛人！少女在心中咬牙。

所幸捷運站好心的服務員有提供她監視器的影像檔，沒有絲毫猶豫，她就近找了間派出所，打算直接向警察報案。

「需要什麼協助嗎？女士。」警察正敲打著鍵盤。

「我要報案，有名陌生男子偷了我的皮夾和文件。」少女氣憤拉開椅子，一手遞出隨身碟。

「稍等喔，讓我看看……」警察接過隨身碟，很快瀏覽了監視紀錄：「小姐，這不叫偷竊，這算侵佔遺失物，刑法上是告訴乃論，先幫你備案如何？」

「差在哪？」少女沒耐心地問。

「備案是倘若你跟當事人和解，就不必鬧上法庭，報案就是正式立案，就得進入偵查程序……」

此時的少女根本不想聽警察解釋，她只覺得那名陌生男子糟糕透了，有種自己純情的粉紅少女心受到欺騙，一氣之下她便斷章取義，聽到「和解」兩字更是怒火中燒。

「和解？跟那種爛人有什麼好和解的？他居然故作溫柔欺騙少女，這種人豈能原諒！得趕緊把他抓去關才行！免得他用同樣手法欺騙其他善良老百姓！身為警察的你怎麼能叫民眾跟惡勢力妥協？」

警察一手托著下巴，這樣脾氣暴躁的人他看多了、見怪不怪，看在對方是名年輕女子的份上，他也懶得與之爭論，只管將視線移回電腦螢幕繼續處理公事。

「不對！不能把他抓去關，那太便宜他了！欺騙他人感情的混帳應該直接抓去槍斃才對！」

槍斃？是有那麼嚴重嗎？

照小姐妳這種判斷標準，台灣人大概死一半去了。

體貼的警察想說身為人民保母，就乖乖坐在位子上聽眼前的少女疲勞轟炸，當作日行一善。

不料就在少女氣得敲桌、任性地對警察接二連三吐出情緒性言語時，警局外頭頓時傳來一陣呼嘯，而且聲音正高速逼近……感覺有什麼東西要來了，聽起來像是重機奔馳、排氣管劇烈震動的刺耳低鳴。

警察抬頭、少女轉頭，果不其然，一輛黑到發亮的巨型紅牌重機隨即映入眼簾，上方乘坐著一名戴著紅色安全帽、身穿皮衣活像暴走族的跩樣男人，和另一名……身穿淺藍連身睡衣的男子，頭還沒戴安全帽。

警察傻住了，他幹警察這麼多年未曾見過這種奇景。

少女也傻住了，她傻到嘴巴微開，因為重機後座那名頭髮亂糟糟、兩眼無神、身穿睡衣的怪人……就是昨天下午在車站撞見的陌生男子！

順帶一提，那男的連鞋子也沒穿。

「嗚……好冷。」男子躍下重機赤腳走進派出所，他一邊打哈欠一邊揉眼，明顯是剛睡醒。

是說可以不要如此鎮定的、穿著連身睡衣走進派出所嗎！

發愣的少女在心中吶喊道，她已經呆掉無法自由開口吐嘈男子，一旁的警察則十分猶豫是否該依「未戴安全帽」向男子開單，可是也因呆掉的關係和少女一同定格，無法憑自己意志行動。

伴隨著淡淡衣物柔軟精的香味，男子悠哉走到全然呆掉的兩人面前打招呼：「兩位早啊！」然後順手從睡衣腹前設計的大口袋掏出少女昨天掉的皮夾和文件：「我來歸還遺失物。」

看來不必備案了。

警察不發一語，僅是瞄了少女一眼。

少女嘴巴仍保持微張，她完全沒注意到員警向她示意，此刻的她應該開口說點什麼才對，像是「謝謝你」、「非常感謝你」之類的。

「……怪胎。」但她卻忍不住這麼說。

「誰？我嗎？」男子指著自己，一臉疑惑。

誰？還會有誰？現在隨便抓個活人來問此刻派出所內誰最奇怪，智障都會回答是你吧！

少女用看著罕見生物的表情直視男子，她打從出生以來頭一次這麼錯愕，以前她老不相信外星人的存在，現在卻莫名認可真有那麼回事了。

「嗯？你不就是昨天那名摔跤的少女嗎？頭很硬的那一位。」男子調侃她。

可以不要再提那件事了嗎？少女一陣惱怒。

「喏，東西還你。」他遞出手中的物品。

她一時之間沒接下那些物品，反倒快速晃了晃腦袋，迫使神智清醒才脫口，那個本該放在一切開端的問句：「你為什麼穿睡衣來？」

「呵呵，你的問題也真好笑，當然是因為我剛睡醒啊。」男子泰然自若地聳聳肩。

她又愣住了。

你的回答才好笑吧？你根本放錯重點了吧？一般人就算是剛睡醒也不會穿睡衣到警局報到啊！老天啊我

是在跟火星人說話嗎？

少女的腦神筋似乎斷了一條，眨眼她又被男子毫無邏輯可言的話語逼回呆愣模式。

「我想，小姐的重點在於，一般人不會穿著睡衣、光著腳丫到警局歸還遺失物，嚴格說來你的舉止確實蠻奇怪的。」一旁的警察也看不下去，只好跳出來幫少女解釋。

「是喔？」男子摳了摳臉頰，他隨即轉頭望向警局外頭，看著那名雙手抱胸、坐在重機座墊上等他疑似暴走族的友人：「是這樣嗎？」

只見暴走族友人也點點頭。

看來他的朋友還算正常，應該是地球人同胞。

「好吧，說真的我不知道這樣很奇怪，我得聲明，自己只是來歸還遺失物，還完東西便會回去補眠，所以想說乾脆就不換衣服了，省得麻煩。」男子一本正經地解釋。

「所以不穿鞋也是同樣道理？因為很快便會回去，所以乾脆就不穿鞋了？」少女擠出最後僅剩理智問道。

「不，沒穿鞋是因為我剛睡醒，腦袋還沒開機所以忘了穿鞋就出門了。」

少女低下頭，簡直快崩潰，她萬萬沒想到真有人出門會忘記穿鞋。

「好啦，閒聊完了，東西還你吧，這邊好冷，我想趕緊躲回被窩。」

「謝……謝謝你。」她低著頭，在摸不清頭緒的狀態下終於開口道謝。

「不會。」

男子莞爾，向警察禮貌點頭後便轉身離開派出所，他乘上重機、身前的暴走族友人兩手油門一催，不到三秒兩人就飛快消失於警局大門，只留下逐漸遠離、音量漸小的重機呼嘯聲。

「真是個怪人。」警察忍不住搖頭。

「同意。」少女望著男子離去的軌跡。

她聞了聞手上的皮夾和文件，感受到一股殘留的暖暖餘溫和淡淡的衣物柔軟精香，那男的外在的言行舉止雖然詭異，但整體來說，他給人的感覺並不討厭，當中的矛盾感令少女難以言喻。

夢想之火

閃亮的餐刀和炙熱的鐵盤相互摩擦、發出不間斷的喀嘶喀嘶聲，黑鐵盤上的五分熟菲力滋滋作響，無須額外佐醬，香氣足讓人垂涎三尺。

浪漫燭光、高腳玻璃清脆的碰撞，知名西餐廳「Claret」今天可是高朋滿座，因為有大企業包下了半個樓層在此舉辦年終尾牙。

「Claret」的餐點非常美味，價格卻也相對昂貴，來此用餐的不外是商務人士、招待貴客或是有錢人的聚餐。

當然，想和久違的朋友來頓上等的燭光晚餐，這兒也是個好選擇。

西裝筆挺的服務生走至兩名打扮休閒的女士身旁增添葡萄酒。

「小歡。」留有俏麗短髮的女子舉起酒杯，笑笑直呼對座死黨的綽號。

另一名長髮少女氣憤地嚼著牛排，口中不斷嚷嚷詛咒他人的話語，聽到好友喚自己的綽號，她才放下凶狠的餐刀、停止咒罵，舉起酒杯回應：「嗯。」

喀啷，兩只波爾多酒杯輕輕碰撞，姊妹淘對飲、淺嚐美酒。

潘婷歡、黃雅竺，在求學階段，兩人皆熱衷創作，經常帶著自己的作品四處征戰，也曾獲獎過一兩次，過去，她們倆都自許著，希望有朝一日能成為傑出的創作者。

可惜，自從大學各奔東西後，姐妹倆便踏上截然不同的道路。

一個順從內心渴望、勇敢追逐夢想，如今遠赴澳洲的雜誌出版社「Era」擔任美術編輯。

一個選擇和現實妥協，死拼活幹爆肝尋求年薪百萬，不料現在竟落得失業下場。

「我說小歡啊，你一邊吃牛排嘴巴還要忙著罵人小心噎到喔。」雅竺好意提醒。

「沒辦法呀，我氣不過，我哪裡不好？憑什麼不錄取我？」少女使出狠勁切牛排，臉上的表情像是把牛排當仇人分屍：「要學歷有學歷，該有的證照一張不少，論長相我也沒什麼顏面殘缺，那些小公司居然不肯收我？你說這天理何在？」

少女難以置信，都過了整整一星期自己居然還沒找到工作，以往仗著不差的學歷、求職面試無往不利她如今淪為無業遊民，她高傲的自尊心完全無法招架這般現實。

「你呀，家境優渥、天資聰穎，就是一帆風順慣了，一點點挫折都受不了，哪間公司想忍你的大小姐脾氣？有能力就得更加謙虛，知道嗎？」

「雅竺你不明白，我最近的遭遇荒謬至極，我懷疑自己被人下了降頭，丟了工作又當眾摔跤，腰還撞到回收桶瘀青……」

「嗯哼？還有呢？」

「還有個怪人撿走我的皮夾，那個怪人乘著重機、穿著連身睡衣打赤腳走進派出所，奇怪的要死，重點是他一臉理所當然的樣子。」

「好了好了~親愛的你別生氣了，我好不容易回國，看在我的份上，麻煩你開心的陪我享用這頓晚餐好嗎？況且撇開工作的狀況不談，其他都是芝麻蒜皮的小事嘛~你就別放在心上了，乖。」她伸出手摸摸她的頭安撫，像在哄小孩一樣。

「好吧。」她低頭俯視盤中被她又剁又刺的牛排，口中的肉頓時失去味道。

自己也真是的，死黨難得回來自己卻自顧自的吐苦水，真不禮貌。

少女放下刀叉，氣著氣著胃口也沒了，面對未來的人生她毫無頭緒，抬頭看向面前死黨，她不禁再次感到後悔，明明從小一起長大、受一樣的教育、一樣努力更懷著相同的夢想，如今結局卻大大不同。

不對，鐵定是自己不夠努力、不夠堅持。

「真羨慕你。」少女撐著頭，由衷地懊悔著。

少女板起臉、開始玩弄盤裡的配菜，意志消沈像死魚一樣，雅竺實在看不下去，她當然知道少女此時心中在感嘆什麼，為此，她打算換個方法拋磚引玉、激勵少女。

「其實，我深知小歡你根本不適合那種枯燥乏味、千遍一律的工作環境，記得嗎？當初我不是邀你一起考藝術大學？最後對父母言聽計從，選擇屈服的也是你自己，你今天不過是在為自己的選擇負責，所以不准抱怨。」雅竺拿起叉子指向少女鼻頭，這使少女脖子不禁內縮。

她當然記得，此刻深陷懊悔漩渦的她正於腦海快速瀏覽過去種種抉擇，只覺得過往人生的每個十字路口都拐錯了彎。

「一路下來你都沒順自己的心意走，如今還有資格怨天尤人嗎？」雅竺質問。

「沒……沒有。」少女回答，被好友這麼一訓她更沮喪了。

是說心情已經夠糟了，可以不要再嘮叨了嗎？少女忍不住在心中翻白眼。

未料下秒只見雅竺轉身從背袋拿出一本書和一張傳單放到桌上，是一本小說尺寸的書籍，和一張設計普通的宣傳單，似乎是徵人啟示。

「喏，拿去。」她將兩樣東西向前推給少女。

「給我？給我這些幹麻？」她不解，現在是要叫她看書放鬆心情嗎？

「我要你從現在開始，為真正的自己奮鬥，去迎接屬於你真正的人生。」她微笑，臉上的表情示意要少女拿起來翻閱。

真叫人不明白，都沒心情吃牛排了哪來的閒情逸致看書？還故意講一堆亂有哲理的話……

少女兩眼上瞄對座的死黨，看她朝自己皺了皺眉頭、非常堅持的眼神，再不情願也只能乖乖把視線移到書上。

封面封底都沒有文字，連書名都沒有，唯獨書背印有黑色文字「John Doe」，疑似是作者的名字？姑且不論內容，這本書感覺像是被印刷廠遺漏的書籍、一部未完成品，看起來格外單薄又莫名其妙。

「John Doe是筆名嗎？」少女忍不住問。

「不，John Doe翻譯成中文是『路人甲』的意思，算是匿名吧。」

匿名出版嗎？這可真稀奇。

這年頭哪個作家不想紅？人人都在網上發文、刊登作品，用一堆莫名其妙的筆名、書名藉此吸引讀者點閱，想不到會有人隱性埋名，刻意保持低調豈會被出版社相中？

少女隨手翻開封底，發現出版社和印刷廠處全是「匿名工作室」五字。

至於售價嘛……NT89，連一百塊都不到。

少女隨意翻了翻，書的頁碼少說三百多頁，論大小絕不是超商販售的廉價口袋書，雖沒有精緻的書封，但這樣的厚度賣一百元有找的價格實在不合理。

「賣八十九元這麼便宜，作者和出版社是要賺什麼？通路和上架費怎麼辦？你是在哪買到這本書的？二手書攤嗎？該不會是垃圾堆撿來的吧？」少女不禁捧起書聞了聞。

她判定這本書絕對是賠錢貨，既不吸引人價格又過分低廉，買來壓泡麵又嫌貴、墊便當又嫌太高。

「喂喂喂～真沒禮貌，什麼垃圾堆撿來的？好歹我也掏了張百元鈔買它好嗎？它可不是二手書，是我在坊間較小的私人書鋪買到的。」

「就無名氏作者這點是蠻有意思的啦……內容呢？你看完了嗎？」

「呵呵，你問到重點了。」雅竺挑挑眉尖。

「你該不會要我現在看吧？」少女兩指稍稍一比，量了下書的厚度，真要坐在這看完餐廳可就打烊了，讀完隔天剛好原地接著用早餐。

「放心啦~我目前只看到一半，也沒要你現在馬上讀完它，不過請你翻閱一百三十二頁到一百三十五頁。」

「現在？為什麼？」她仍摸不著頭緒。

「看就對了，你自然會明白。」她仍似笑非笑。

也罷，看就看吧，不過僅僅四頁，沒什麼好計較的。

少女移開鐵盤，推開了涼掉的牛排，她攤開書本並翻到好友指定的頁碼，專注開始閱讀，對於從小嗜書也有撰文習慣的少女來說，讀完四頁只是一片蛋糕。

很快的，她讀完了。

讀完，卻又往回翻，回到第一百三十三頁和一百三十四頁，少女不斷在兩頁來回看，然後又飛快往後翻閱，依循多年的閱讀經驗，她察覺兩頁文字給讀者的感受明顯不同。

正確來說，從第一百三十三頁之後的文風根本就不一樣了。

「這是接連式小說嗎？後面文字給人的感觸完全變了，而且文筆比前面部分流暢很多也更有畫面感，感覺作者換人了？」

「是吧，很明顯對不對？我當初看到這幾頁也有這種想法，好奇之下便跑去詢問那家私人書店的老闆，老闆就給了我那東西。」雅竺伸手指著傳單：「老闆說市面上凡作者是John Doe的書籍全來自那家工作室，據說他們專門收購未完作品的版權，並將其完成再低價轉售。」

原來如此，怪不得前後筆風不同，畢竟寫手根本換人了。

少女順手拿起傳單，是張設計普通的徵人啟示。

「匿名工作室」急徵管帳人員，需要赴店面試，附上傳真、電話和地址，簡單明瞭。

「最近他們剛好缺人幫忙管帳，你說呢？」雅竺看著少女微笑，意圖非常明顯。

「你要我去應徵？」

「沒錯。」她看著少女點點頭，臉上寫著「去吧孩子！」。

「可是……」少女看著手裡的傳單，表情仍有些遲疑。

管帳嗎？對她來說打理這種小工作室的帳是很簡單沒錯。

但原先作為大公司職員，就算再怎麼苛刻的公司也會遵守給基本該有的勞健保，變成小工作室的管帳婆，而且還是一間一本書賣不到一百元，死黨又提到是專門在做版權收購，聽起來就像是虧本營運的工作室，莫非已經快倒店了才急徵管帳人員？這老闆是不是搞錯了什麼？

同時，少女想起的是家中長輩的「標準」。

「可是什麼？這不就是你想要的機會？進到那樣的環境工作，說不定就是個讓你重新經營創作的開始，對吧？」雅竺雙手抱胸瞪著猶豫不決的少女：「讓我猜猜，潘大小姐該不會還在擔心旁人會怎麼看你？」

少女不作聲地默認。

「你不是很崇拜 FG03 ？你難道不曾想過『倘若我從現在開始努力，說不定有機會進到夢時代，甚至 First Group』？」

少女當然想過，那場景出現在她的夢中無數次。

「那還有什麼好猶豫？」

「這……」

不等少女話完，雅竺猛然起身，雙手用力拍桌「碰！」一聲引來不少旁人目光，她一頭朝少女的臉貼過去，兩人的臉貼得很近，鼻子差點撞在一起。

雅竺罕見露出憤怒神情，比起憤怒更像毅然堅持，她受夠了少女的推託，狠狠道出：「潘、婷、歡，到底是夢想重要？還是別人的想法重要？」

「夢……夢想。」她愣愣地眨眼，印象中未曾見過死黨如此生氣。

「很好，記得你現在的答案。」雅竺兩手紮實地按住少女的雙肩：「從現在開始，去追尋你真正的人生吧！」

少女心中那把早已熄滅的熱火，在黑暗中隱約重現一絲微光。

這種難以言語的感覺從何而來？究竟是為什麼少女也不明白，但是她可以肯定的是，如果什麼都不做，就什麼都不會改變。

這是個重新開始的機會。

既然不能砍掉重練，那就轉職吧。她心想。

人生的岔路，少女決定勇敢一次。

匿名工作室

依循傳單上的地址，少女來到了傳說中的「匿名工作室」。

沒想到這麼近，離住處也不過兩個捷運站的距離，時間多一點走路都到得了。

倘若能成功被錄取，少女便能省下更多通勤時間，再也不必轉車、在下班尖峰時段忍受人擠人的車廂。

撇開工作內容，光是這點足讓少女在心中雙手合十，謝主隆恩了。

她站在外頭，從旁看去這間工作室是個設計簡單的白色店面，偌大的落地窗佔了外頭四分之三個版面，採光極佳，可惜此刻竟被裡頭的淡藍色窗簾屏蔽，所以看不到工作室內的景象。

左側，白色柱子上附設對講機，上方有個別緻的小木牌刻著「匿名工作室」，入口旁則有棟精緻的木屋，感覺像是給狗狗或貓兒住的小房子，同樣也被掛上木牌，不過上頭卻刻著「沒錢」兩字，可愛中帶點詭異……

不過，最令少女在意的仍是停放於右手方的紅牌重機，那台似曾相識、眼熟到她打死不想承認自己看過的重機。

「不會吧……」少女忍不住瞇起雙眼，腦中剎時閃過那名穿著連身睡衣、打赤腳的奇怪男子。拜託不要，千萬不要。她奮力晃了晃腦袋。是誰都好，就是不想跟那種怪人共識，一想到得成天跟穿著連身睡衣的怪人工作直讓她頭皮發麻。

少女伸手拍了拍雙頰，迫使自己冷靜。

潘婷歡，冷靜，冷靜下來，深呼吸～吐氣～這世界上有這麼多人騎重機，也就是有那麼多台重機，如今見到兩台一模一樣的重機有什麼好大驚小怪的呢？

正當她在心中不斷安撫自己時，不料突然傳來一陣低沉的貓叫聲。

「喵～」

少女先是左右張望，最後才把目光放到自己腳邊，正確來說是工作室門口，只見一隻肥到不仔細看會以為牠是迷你豬的白貓，竟因為太胖而卡在門下特別設置的寵物出入口。

胖就算了，那隻白貓的臉非常臭，一臉「全世界的人類都對不起牠」的表情，牠兩眼狠狠瞪著少女，搞得好像是她害牠卡住的樣子。

「喵～」

牠再次發出低沉的叫聲，雖然少女不懂貓語，但人類的直覺告訴她這隻肥貓大概是要人幫牠一把，好讓牠別尷尬地卡在那兒。

肥貓的臉很臭，臭到讓少女覺得「想拜託人幫忙不該用這種態度吧」？

有些人生來就是臭臉，一想到這胖傢伙可能生來就長這德性、並非出自己願，心軟的少女便蹲了下來輕撫毛茸茸的胖貓：「你叫『沒錢』是嗎？你主人怎麼會給你取這麼難聽的名字？」

「喵～」牠的叫聲充滿不悅，非常沒有活力、非常的哀怨。

不怪你，任誰被取「沒錢」這種負面的名字都會不開心，成天擺出債務人的嘴臉。

少女伸手推開下方的小門，令小門完全扳平好讓「沒錢」擠出來，最後看牠拖著肥肥的身軀擠進一旁的小木屋，所幸沒再卡住。

解救完貓咪也該回歸正題，今天來正是為了應徵管帳人員，所以現在是該按下對講機囉？

可是工作室內的窗簾並沒有拉開，會不會裡面的員工都還在休息？這樣突然按電鈴會不會吵到他們？門牌附近也沒註明營業時間，徬徨的少女只能伸手瞄下手錶。

上午十一點四十六分，逼近正午。

今天不是週末也不是什麼國定假日，再怎麼混的工作室此時也該開工了吧？

不再猶豫，她終究伸出食指按下對講機上的紅色按鈕。

嘟——

喀喀。

對講機隨之傳來一名陌生男子的聲音，聽上去有些兇狠：「誰？麥當勞外送嗎？」

「呃……我不是外送，我是來應徵的。」

「應徵？應徵什麼？」除了男子兇巴巴的語聲，對講機還傳來嗡嗡的電腦音效，感覺裡頭不像工作室比較像紛擾的廉價網咖。

「我來應徵管帳人員。」她皺緊眉頭回應。

「什麼？應徵什麼？大聲點！我聽不見啦！」男子大吼，對講機隨即發出吡吡吡的混雜訊號，加上背景那不協調的刺耳嗡嗡聲，這一切不禁使少女感到煩躁。

「我說！我來應徵管帳人員！你們傳單不是寫急徵管帳人員嗎？我就是來應徵管帳人員！」少女生氣地大吼回去，真不明白對方是在兇什麼勁，態度之惡劣害她直想轉身就走。

喀嚓。

惱人的雜音被切斷，對方掛上對講機，入口的門此刻才喀鏘兩聲解鎖，等著被人推開。

真是的，為什麼自己非得站在這受罪？大清早就得被人大吼，這份工作又不是非要不可……

活到現在還真沒多少人吼過自己，掐指一算除了父母外可沒多少人敢對自己惡言相向。

少女握住門把，突然有股衝動想將門拉上、轉頭離去，卻又頓時想起昨晚死黨道出的那番話語……

「到底是夢想重要？還是別人的想法重要？」

那時的答案自己當然記得。

反正被吼被罵也不會少塊肉，忍一忍就過了，不管如何第一印象很重要，既然自己是來求職、是來應徵，為了被錄取勢必得放下身段、面帶微笑。

少女深深吸了口氣，重新調適好心情後便推開門扉步入。

＊　＊　＊

一進門少女就後悔了。

並非被堆積如山的稿件嚇到，不過是再次被映入眼簾的奇景震懾。

先說說正常的部分，放眼望去即是滿坑滿谷的稿件，以一個營運中的書籍工作室來說，這很正常。

一些簡單的印刷設備、雷射掃描機和隨意堆放的網框，這些都是工作室的必需品，這也很正常。

再來是不正常的部分，也就是奇景。

左手邊，一名頭髮東翹西翹的捲毛少女，她戴著厚厚的無框眼鏡和全罩式耳機、翹著二郎腿，一手飛快操控滑鼠另一手緊握杯麵，明顯是在玩網路遊戲。

捲毛少女的雙手異常忙碌，一下要應付螢幕內的怪物還得一邊吃泡麵，嘴巴完全閒不下來，為了打副本她居然一邊和隊友語音一邊吸麵條。

是說不用幹活嗎？都什麼時候了還在網路世界打打殺殺？還有……那個墊在泡麵下方的是電繪板嗎？有沒有搞錯啊？

少女不急著吐嘈，因為右手邊還有更扯的。

一名左臉有刀疤、身穿白色吊嘎的兇惡男子，他只穿著一件四角褲、吊嘎露出他結實精壯的手臂正架著小提琴，拉著美妙柔和的樂章。

男子雙眼緊閉，精實的身軀左搖右晃，彷彿深陷於輕柔的旋律中，就差一套正式的燕尾服便有模有樣。可惜，此刻看在少女眼裡，就是名穿著吊嘎和四角褲的地痞流氓在拉小提琴。

現在，讓我們將左邊和右邊的景象合為一體。

網路遊戲華麗的電腦音效、嗽嗽嗽的吸麵聲，混合不知道出於哪個章節的小提琴獨奏曲，加上空氣中瀰漫的書香混雜咖哩口味的泡麵，附上傷眼的吊嘎四角褲流氓忘我地、不斷扭動身軀享受樂曲的怪樣……

聽覺、嗅覺和視覺三位一體，不輕易放過任一種感官，三種折磨齊下。

這已經超出「不正常」和「奇景」兩詞可以形容的境界，硬要簡潔比喻的話也沒有別的了。

這裡簡直是……煉獄。

站在中間，也就是門口處的少女正在「原地發愣外加嘴角抽動」和「直接跪地吐血」兩個模式抉擇，目前處於當機狀態所以「轉身奪門而去」的選項已被腦袋忽略。

潘婷歡！振作點啊！你現在應該說點什麼才是呀！今天不是來應徵的嗎？總不能呆在門口這兒站到天荒地老吧？

不論少女如何在心中對自已喊話，她的大腦已下達自我保護指令，迫使她處在原地「呵呵呵」地傻笑，不讓她憑意識發話以防她一開口便徹底崩潰。

多虧了大腦貼心的自我保護，此刻少女還能用僅存的意識聆聽怪人間的對罵。

「喂！臭宅女！你喇叭的音效關小一點啦！沒看到老子正在拉小提琴嗎？」吊嘎兇惡男率先耐不住，他直嘲捲毛少女大吼，甚至做勢拿起小提琴、佯裝要海K別人的狠樣。

「吵死了！黑道拉什麼小提琴啊？長那麼大隻不出去砍人枉費你的好身材啊刀哥！」捲毛少女頭也沒回，她專心把目光放在螢幕裡的BOSS，很怕一不注意害大家滅團。

「你說什麼四眼璃！你打斷的可是小提琴大師帕格尼尼的狂想曲啊！你到底懂不懂音樂啊你！」兇惡男用小提琴弓朝捲毛女指指點點。

「我管你帕格尼尼還是帕里尼，這隻BOSS有我要的裝！說什麼也不能滅團！現在別煩我！」捲毛女手指激烈地敲打鍵盤，不斷施放誇張的技能發出更多華麗吵雜的音效。

左邊、右邊，兩個異端的世界。

唯獨踩在入口腳踏墊上的少女覺得，至少腳下這塊小小的長方形面積還是正常的世界，此間工作室人類雙腳尚能站立的殘餘空間。

「喵～」

未料此時外頭那隻肥貓竟試圖進來搶走少女最後的生存空間，所幸牠那肥大的身軀再次卡在門下的寵物特製出入口。

瀕臨崩潰的少女低下頭，她兩眼空洞望向臭臉肥貓，沒有經過思考便機械式地彎下腰，幫助肥貓脫困，看著牠踩過踏墊，緩慢的晃晃尾巴直到兇惡男腳邊磨蹭。

兇惡男瞄了下時鐘，雙手抱胸粗聲粗氣：「今天輪到誰照顧沒錢？是你吧四眼璃？你該餵牠吃午餐了！」

「吼呦等一下啦！我現在很忙！」捲毛女應聲不忘朝麥克風吼了一句：「快刷坦克血啊！要倒坦了還不快用力奶！」

兇惡男沒理會她的推託，他輕輕捧了捧胖白貓的屁股：「去！去找她討食物！今天她是你老媽，要飯要錢都去找媽媽！」

「喵～」臭臉貓始終維持一號表情，牠哀怨的臭著臉從少女視線中走過，這回晃到了捲毛女腳邊磨蹭：「喵～」

「哎呦很癢欸！別在我腳邊亂鑽啦笨貓！你會干擾到我輸出！」捲毛女輕輕踢了踢沒錢，最終難耐死纏爛打的牠，竟沒多看一眼就把手中的杯麵往地上放，毫無顧忌的給沒錢當午餐吃。

停！快住手！貓咪能吃那東西嗎？怪不得牠會胖成那樣！胖的跟小豬一樣！這根本是虐待動物！是虐待動物啊啊啊啊啊！

眼看無辜的胖貓就要把咖哩泡麵吃下肚，為了保衛小動物的性命，少女這時迫使自己恢復理智，飛快出聲向前阻止！

「沒錢別吃啊！」少女撲向了白貓，口中喊道要是讓外人聽到鐵定會使人誤解的話語，無意運用到了雙關修辭。

同一時間，工作室最深處的那扇房門「碰！」一聲開啟，突來的碰撞聲不禁使外頭的三人一貓同時抬頭。

最後登場的，果真是少女八輩子不想再見到的陌生男子，今天的他仍穿著和赤腳踏入派出所當天同一套的淺藍色連身睡衣，臉上依舊掛著溫和神情：「大家早安～」

「Boss早。」捲毛少女的視線終於離開電腦螢幕。

「老大早。」兇惡男朝他點頭示意。

「喵。」臭臉貓嘴角已掛上一條泡麵，發完聲還順勢「嗽～！」吸進嘴裡。

跪在沒錢側邊的少女則不發一語，正確來說是無法言喻，這瞬間她只感到胸悶外加頭部暈眩，估計是快要吐血的關係。

咖哩書香的空氣中，如今又添了一筆衣物柔軟精的芬芳……

為什麼……？真的是你……去你的還穿著那套連身睡衣……

少女用最後一口氣抬頭瞄了下掛在白色樑柱上的時鐘，剛好是正午十二點。

時鐘的上方還掛著一幅橫聯，上頭寫著「無法使世界完美，至少使其完整。」

真是讓人摸不著頭緒、意義不明的橫幅，跟這間怪咖工作室簡直絕配。

是說已經十二點了……還說什麼早安……？

少女在內心擠出最後的吐嘈後便闔上雙眼，就這樣昏了過去。

惡夢

粉紅蕾絲的化妝鏡前坐著一名女孩，任人操弄，好比大型洋娃娃。

保母大力梳扯女孩的黑色長髮，女孩輕皺眉頭忍受拉扯的疼痛，歷經三番兩次的後仰、前傾，女孩的脖子差點沒扭傷，保母好不容易才在她腦後編出一大條辮子。

「覺得如何？好不好看呀？」後方的保母瞇起雙眼，透過鏡子看著女孩笑笑問道。

「不喜歡，這樣頭皮好不舒服，好緊。」女孩朝鏡中的保母撇嘴，她其實喜歡頭髮自然垂放，那樣比較輕鬆。

「可是夫人覺得您綁辮子比較可愛。」

一聽到保母這麼說，女孩立刻挺直身軀、馬上改口：「喜歡。」

只要媽媽喜歡，我就喜歡。

體貼的女孩總是這麼想，就怕自己令母親失望，打破家族長輩對她「乖孩子」的好印象。

女孩跳下高腳化妝椅，隨著場景切換，她手中莫名出現一張畫有可愛泰迪熊的水彩畫，她滿心期待奔向長廊盡頭，蹦蹦跳跳的踩著紅地毯衝下旋轉梯。

「爸爸！爸爸你看！」女孩一手拿著自己剛完成的水彩畫，也不管滿臉顏料，她興奮地跑向難得回國的父親展示自己的創作：「這是我畫的喔！」

高大的父親沒有回頭，只管專注用流利的英語跟話筒另一端談生意，但接二連三被女兒輕扯褲管、多次被干擾，他便猛然低下頭朝女孩怒斥：「潘婷歡！你沒看到爸爸正在忙嗎？這個時間你應該要在書房念書才對吧！」

女孩的頭不禁內縮，雙腳還害怕的退了幾步。

糟糕了，爸爸不開心了……

一想到爸爸難得回家，自己還惹心愛的爸爸生氣，淚水頓時在女孩的眼眶中打轉。

印象中更殘忍的還在後頭。

「這是什麼垃圾？你有時間畫這鬼東西，不如多花點時間念書！你的大堂哥 Steve 都考上醫學院了，你還處在這浪費時間！你必須妥善運用時間，將時間花在更有意義的地方！別再成天幻想成為畫家、成為作家！成為那些連自己都養不活的人只會讓我們丟臉！」父親話完硬是從女孩手中搶走畫作，然後奮力將其撕碎。

唰嘶！唰嘶！唰嘶！

不到三秒，可愛的泰迪熊水彩畫眨眼變成紙屑，女孩的期待就這樣一片片飄落，在她面前凋零，最後化成地上的一攤垃圾。

畫作碎了，女孩的心也碎了。

「真是的，亂七八糟的顏料弄得到處髒兮兮，Maria！快帶小姐去洗澡！然後送她回書房讀書！順便把地上這攤礙眼的垃圾掃走！等等有貴客要來家裡拜訪，這筆生意很重要，動作快！」

「遵命，老爺。」

看著嚴厲的父親使喚保母過來，保母又招呼了更多佣人前來清理那攤礙眼的「垃圾」，女孩的臉早已爬滿淚水卻又不敢哭出聲音，就怕惹父親更生氣。

最終，心碎的女孩在保母的硬拉下被拖上樓洗澡，她用泛紅、模糊的雙眼，眼睜睜看著夢想的碎片被佣人掃進畚箕，倒進垃圾桶。

那一幕女孩永遠忘不了，直到現在女孩長大了，仍無法忘懷。

算了，人生不過就是如此嘛。

女孩刻意麻木自己，在心中感嘆。

在父母事先撰寫好的劇本下，女孩根本無從選擇。

說不定打從尚未出世，一切的一切都被父母安排好了，等女孩一出生，貼心的父母就斷言這孩子以後要從事什麼行業、跟誰結婚甚至連要葬在哪、棺材要用什麼花色都打定主意了。

簡單來說就是念書、考上好學校，再念書、再考上更好的學校，直到考到最最好的學校，最後靠著漂亮的履歷取得一份好工作。

而所謂好工作，不過是能讓父母掛在嘴邊向外人炫耀，和其他孩子相互比較，高薪卻爆肝的工作。一生中的大小事，哪怕是呼吸的節奏都得遵從父母的聖旨。

她沒想過要反抗，更沒想過要順從自己的心意。

當中唯一的喘息時間，就是偷偷提起筆寫些簡單的小故事、畫點可愛的小插圖，運氣好點可以瞞著父母和死黨一起參加創作比賽。

偶爾，睡前，她會從床底下抽出知名編劇 FG03 的作品，躲進棉被、打開手電筒朗讀，那些藏匿於房間各處的故事書、繪本，全是女孩託死黨幫她買來的。

當然，還有泡個舒服的熱水澡。

場景轉眼來到了浴室，少女沒有多想，她舒舒服服泡在盛滿熱水的浴缸，仰望那些出自己手的精緻磁磚。

「希望明天應徵能夠順利。」

她獨白，隨後闔上雙眼緩緩下沉，口中不斷吐出泡泡使自身沉到浴缸底部，陣陣泡沫劃過她的鼻頭，連同熱水輕吻她的臉頰，非常舒服。

啵啵啵啵啵啵……

熟悉的泡沫聲……

「喵～喵～」

熟悉的喵喵聲…

等等……貓叫聲？

嘩啦！

水花飛濺，少女猛然浮出水面甩動長髮，她揉揉雙眼睜開，隱約於熱騰騰的霧氣中見到一隻胖白貓。

她火速打開浴室門，通風後隨著霧氣消散，少女很快便見到一隻肥貓趴在浴缸邊緣，牠擰著一張臭臉瞪視著她，一副討債的樣子。

「喵。」牠滿臉不悅。

「慢著，你怎麼會在這？你不該出現在這！」她此時才發現不太對勁，矛盾的場景似乎哪裡怪怪的？

咦？我在作夢嗎？我該應在作夢對吧？這裡可是我的住處，再怎麼樣「沒錢」都不應該出現在這兒……

難道是我把牠撿回家養了？有那麼一回事嗎？我怎麼不記得了？

少女不斷在心中自問自答，大概是受夢境意識干擾的關係，她仍無法確定此處就是夢境。

「什麼叫我不該出現在這？廢話少說，錢拿來，不然殺你全家。」未料臭臉貓此時竟朝她伸手要錢，還兇狠的擠弄鬍鬚，居然認真地開始討債了！

「我……我沒欠你錢啊！」少女一臉茫然。

不……不對！重點是……

「貓……貓咪會說話！」她頓時摀住雙頰大喊。

太不合理了！這絕對是夢啊！

正當少女意識到自己深陷於夢魘的瞬間，她的腳底突然癢到不行，不禁使她「哈哈哈」的狂笑，她笑得合不攏嘴，笑得直不起腰，最後人仰馬翻向後摔出了浴室。

「哈哈哈哈……哈哈哈好癢啊！放過我，別再搔我癢了！」

少女死命掙扎、胡亂扭動身軀，她鼻子自然嗅了嗅，發現一股淡淡的衣物柔軟精香正緩緩鑽進她的鼻腔，這熟悉的味道直接喚醒了她對某人的記憶。

很快的，一名身穿淺藍連身睡衣的男子莫名出現在她身旁，他望著發癢倒地不起、渾身赤裸的她開口：

「要吃鬆餅嗎？」

她瞬間滿臉通紅，反射縮起赤裸的身軀並用雙手遮住胸前。

「你該起床囉。」他溫柔的笑著。

此時的她腦中一片空白，緊接著，香噴噴的鬆餅味便衝醒了少女的意識，成功將她喚回現實。

「——變態！」

她扯開喉嚨大叫。

面試

老舊的明燈下，少女坐在稍有晃動就會喀喀作響的木凳上。

一間看似倉庫又像茶水間的額外隔間，這裡同樣堆放著許多稿件和待完成的作品，還有一疊疊像是切結書的東西，上頭寫著「棄養聲明書」，非常詭異。

雜亂、昏暗，僅剩的空間用來擺張桌子和兩把凳子都很牽強，明顯是硬塞擺設，沒想到正是要在此進行面試。

是說就要開始面試，她腦中卻一片空白。

真是蠢斃了。

有什麼事會比應徵工作當天昏倒還丟臉？

昏倒就算了，還賞了陌生人一巴掌。

喔不，不是陌生人，正確來說，是賞了這間工作室的老闆一巴掌。

那名男子熟練地跨過書堆，拉開椅子坐下，他嘴裡叼著塊鬆餅，右臉尚殘存著剛出爐的粉紅巴掌印，身上仍舊穿著那套淺藍連身睡衣。

「嗯……那麼我們開始吧。」他一邊咀嚼道，口吻輕鬆悠哉，完全沒有老闆的架子。

應該說，面前這名睡衣男絲毫沒有身為領導者該有的架勢。

先不說這裡狹小又擁擠，身旁那些閒置的書堆感覺隨時可能會倒下來壓死人，重點是……哪有老闆穿睡衣幫人面試？又有誰會選在倉庫面試新人？眼前這頹廢又隨便的傢伙究竟在想什麼？

邋遢的穿著加上詭異的邏輯，真不愧是統領怪胎的大怪胎。少女在心中下了這樣的評語。

不過在面試真正開始前，關於一點她非常介意，就是不知道為什麼清醒後她臉上有些黏黏的……難不成自己昏厥的過程中發生了什麼恐怖的事？

「那個……我可以先問個問題嗎？」少女哽咽，她十指忍不住抓緊大腿。

「請。」男子順手攤開報紙，直接擋住了兩人的視線。

「剛剛我昏倒的時候……是不是有人搔我癢？」

「刀哥幫你脫了鞋，想讓沒錢舔你的腳看你會不會醒。」

少女頓時無語。

「結果沒用，我只好把鬆餅放在你鼻尖上試試，最後你果真奇蹟般的甦醒過來。」

聽男子這麼一說，少女不禁摸了摸臉，她伸手一舔便嚐到一絲甜味——是楓糖漿。

「你很幸運，要是鬆餅的誘惑都叫不醒你，我們就打算搬出秘密武器……」

「什麼秘密武器？」

「王子的吻。」

「……什……什麼？」少女的臉瞬間漲紅，她完全不敢相信自己聽到的：「你……你該不會要……」

「沒錢是隻公貓，我們要他親你。」未料男子語氣十分鎮定，隨後刻意降低報紙的高度，雙眼向上擺了少女一眼：「你也真奇怪，是在胡思亂想什麼？」

她嘴角頓時抽了兩下，眉間的青筋則不受控地凸起。

靠！什麼叫我胡思亂想？是你的言詞引人遐想吧？講得好像我思想齷齪！

還有到底是誰比較奇怪啊？正常人看到陌生人昏倒不都會先叫救護車？誰會沒事把鬆餅放到別人臉上？真要不幸取得這份工作，日後就得跟這睡衣怪咖共識，還有外面另外兩位怪咖共識，光用想的真想再昏倒一次。

算了，自己得冷靜一點，反正眼前這名睡衣男就是個怪人，沒什麼好跟他計較的。

今天來的目的是為了工作，而這傢伙又是這兒的老闆自然不能跟他起衝突，為了日後的安排，自己勢必得忍耐。

少女在心中安撫自己，她很快便冷靜下來，成功收起想一拳打爆男子的衝動。

「還有什麼疑問嗎？」這時他已摺好報紙放置一旁。

「沒了，謝謝。」她勉強擠出笑容。

「嗯，那就輪到我問你問題了。」

男子深深吸了口氣，前傾身子，挺直腰桿，他十指輕扣於腹前，雙瞳那滿懷熱忱的火焰剎時燃起，臉上的神韻與少女初次見到他時的記憶瞬間重疊。

不用兩秒整個儲物間的氛圍就變了，此刻男子散發出的氣場和剛剛翹腿看報紙的頹廢睡衣男完全判若兩人，甚至釋出一種莫名的壓迫感。

並非仗著權力藐視他人的壓迫，而是一種登峰造極、居高臨下的眺望。

對此少女打了個冷顫，她鞋內的腳趾不禁內縮。

這一瞬間，透過男子的雙眼，少女依稀在那閃耀熱火後方看見了另一個世界，那個她曾透過文字遊走過但不曾觸及的世界。

少女的直覺告訴自己，眼前這名男子肯定不是一般人。

她正視他的雙眼，非常緊張卻也非常熟悉，不知道為什麼。

「潘小姐，你為什麼來應徵這份工作？」男子拋出問題，幾乎所有老闆都會問的題目，同時翻了翻少女的履歷：「依你的學經歷，應該能找的給得起更好待遇的地方吧？」

「一點也不，我想加入創作界，想藉由擔任工作室的管帳人員的機會一邊學習關於圖文創作的知識。」

「所以管帳只是順便，本意是想涉獵創作領域？」

「是的。」

「原來如此，那麼……」

唰。唰。

男子當場撕碎了少女的履歷，揉成一團往地上扔去。

「既然是重新開始，那張廢紙就沒有參考價值了，畢竟我在你的履歷上看不到任何關於創作的資歷。」

「……嗯。」她點頭，偷偷用眼角瞄了地上那團垃圾一眼。

這一幕還真熟悉，當年父親撕碎了她的作品，毀了她的夢想。

如今男子撕爛了她虛假的人生，她不但不生氣反倒鬆了口氣，有種如釋重負的感覺。

男子緊接著拋出第二個問題：「那，你為什麼想加入創作界？」

「我喜歡畫插圖，更喜歡寫故事，而且我很崇拜 FG03。」

「喔？就是夢時代 First Group 的編劇對吧？」

「嗯，沒錯，就是他，我非常崇拜他。」少女拚命點頭，講到此處她不免有些激動，仰慕之情全寫在臉上。

「為什麼崇拜他呢？」

「因為 FG03 筆下的故事會給人一種正面能量，感覺什麼事情都有可能發生，感覺再艱難的事都有可能完成，再絕望的世界都有可能出現奇蹟，他的故事有振奮人心的力量，我想像他一樣用故事感動他人。」

「所以你也想成為一名編劇？」

「不只。」

「不只？」

「如……如果可以……」她握緊雙拳，咬緊下唇，好不容易才鼓起勇氣道出埋在心中多年的夢想：「如果可以，我想進入夢時代，成為 First Group 的編劇！」

少女說出這番話時，口中的每一字都充滿了力量，狹窄的儲物間迴盪著她激動的聲音，就連對座男子都被她突來的激昂嚇到，沉默了許久。

她心想「既然都豁出去逐夢了，不如就把夢做大。」，不料這麼唐突開口便使對方愣住，直接把氣氛搞僵。

真糟糕，自己會不會太狂妄？居然想也沒想就誇下這種海口，明明什麼都沒接觸過還敢大言不慚，說不定會惹人討厭……

想必接下來會被恥笑一頓吧？這男的鐵定會狠狠揶揄、大肆嘲笑一番，順道報復我剛剛甩他的那巴掌。

未料就在她忐忑不安，打算開口道歉挽回場面，乾脆假裝自己剛剛在開玩笑時……

「不錯啊，這夢想挺好的。」男子眨了眨眼回應，他的語氣出乎預料的平穩，這讓少女感到十分意外。

咦？他不打算嘲笑？一般創作人聽到菜鳥說出這種夢想不都會哈哈大笑，笑到岔氣？這男的卻一臉稀鬆平常，好像進入「夢時代」很簡單似的？

不，不可能，估計這男的是把我當瘋子，所以連嘲笑的力氣都省了，有誰會介意神經病的瘋言瘋語？不然就是先前有太多白痴新人面試時也說出同樣的夢想，所以他聽膩了，同一個笑話聽太多遍自然不好笑，畢竟在這世上的創作人，基本上都會把最終目標定在「夢時代」。

「不錯，聽起來你很有決心，那麼……在進行最後一道關鍵題前，我想先問個有趣的事情。」

「嗯，請問。」

「我很好奇，你說你很崇拜 FG03，那麼在你心中 FG03 究竟是長什麼樣子？」男子一手撐頭朝她挑挑眉尖。

「蛤？」少女嘴巴開開，不明白這題的意義為何。

「夢時代」為了保護旗下重要成員，所以未曾對外公開 First Group 組員的照片，會這麼問大概是要考驗新人的想像力吧？少女在心中揣測。

長什麼樣子嗎？自己景仰多年的偶像何嘗沒想像過？這題對少女來說再簡單不過。

「我想 FG03 肯定是個舉止得體又有氣質的紳士，博學多聞加上才華洋溢，溫柔但又有男子氣概，是個可靠的人。」少女敘述了腦海中的想像雲，基本上就是把她的喜好說出來而已。

「噗……」男子忍不住摀嘴偷笑，肩膀還略微顫抖。

「怎麼了？你在笑什麼？」

「沒、沒什麼，我只是突然聯想到莎士比亞，咳咳！我是說，你形容得真好，你可真有想像力。」

「呃……謝謝。」少女總覺得男子的神情有些不自然，看他不停抓脖子、撥頭髮，氣場似乎又退回到睡衣男模式，他身上那奇妙的壓迫感也同時褪去。

這男的真奇怪，認真時給人的感覺和平時給人的感覺像是兩個極端，兩者狀態差異之大好比人格分裂，一會兒像是君王，一回會兒像是街邊庶民，這種反差真叫人難以接受。

她偷偷打量眼他，心中不自覺萌生「你還是維持睡衣男模式好了」這種想法，這樣比較不會給人壓力。

只見男子抽起胸前那支金色鋼筆，還順手從一旁的廢紙堆抽了張翻到背面：「接下來是最後一個問題，請你務必老實回答，這題可是面試的重點，攸關你會不會被錄取。」

「嗯。」她調整呼吸，專注聆聽男子接下來的每一個字，格外小心謹慎。

「你說你喜歡寫故事，代表你應該有嘗試過文字方面的創作吧？」

「嗯，尚未正式步入職場前時間比較多，有空會寫小說。」

「寫在紙本上還是打在電腦裡？」

「都有，我習慣是先寫在紙本上再打進電腦。」

「很好。」男子露出滿意的笑容。

見對方莞爾，少女猜想看來自己是被錄取了，他大概是想錄取有創作經驗的人，能幫忙管帳又能加減分擔工作室文字處理的人最好。

然而她嘴角才剛上揚，男子的問題卻還沒問完：「那麼，麻煩你告訴我作品的名字。」

「……蛤？」得意的少女一時愣住了。

面試還沒結束嗎？是說問這什麼怪問題？難不成要根據書名和主角名的好壞決定是否要錄取我？

糟糕，真要是那樣我女主角的名字就太普通了……

不給少女思考的時間，男子慎重地重問了一次：「告訴我你小說的書名，還有書裡主角的名字。」

她感到慌張，同時看著他熟練地使閃耀金光的鋼筆在右手指間來回轉動、擺盪，似乎等不及要落字。

沒有多餘的時間猶豫、瞎掰或竄改，少女只能反射回答：「書名叫《情雲》，女主角的名字是艾琳。」

很快的，男子飛快在廢紙空白處寫上「情雲、艾琳」，接著不發一語地盯著那四個字看。

少女仍摸不著頭緒，她根本搞不清楚男子究竟在幹麻，為何要盯著那兩個詞看，但她也不敢打斷，只知道男子正全神灌注、散發著異於常人的集中力緊盯「情雲」和「艾琳」，從旁看去，睡衣男整個人近乎快陷進紙張，彷彿墜入到另一世界。

不敢打擾、不敢擅自臆測，少女只管安分坐在木凳上等待，好不容易過了十來分鐘，男子身軀終於往後一仰，待鬆了口氣後他還伸了個懶腰，臉上的表情像是剛經歷完一場疲憊的旅程。

「請問……面試結束了嗎？」她這時才開口。

「嗯，結束了，辛苦你了。」他揉揉眼睛，指著倉庫的老舊木門：「你可以離開了。」

蛤？離開？意思是……

「我沒被錄取？」少女瞪大雙眼，難以置信。

「當然，匿名工作室需要的是能夠有始有終的人，而不是半途而廢的人。」

「什麼意思？我不明白，不錄取我沒關係，好歹告訴我原因吧？」可以死，但不可以死不瞑目，少女是這麼想的。

「因為你沒完成你的作品。」

她愣住了，徹徹底底的愣住了。

應該說，嚇呆……

這男的怎麼知道我沒寫完那部小說？瞎猜的？

男子起身跨過書堆，與木凳上定格、無法動彈的少女擦身而過，隨後推開儲物間老舊的木門：「謝謝你前來應徵，辛苦了。」

他並沒給少女一個滿意的答案。

眼看男子即將離去，定格的少女這時才回神跟了出去：「慢著！等等！你怎麼知道我沒寫完！難道是無憑無據瞎矇的？這樣叫我怎麼接受？」

男子頓時停下腳步，卻沒有回頭。她則錯愕望著他的背影。

看似一個箭步的距離，其實是巔峰和谷底。

「你想知道？」

「廢話！」

「把作品完成帶來，我就告訴你。」

「這……」

「給你一個星期的時間，加油了潘小姐。」男子回眸一笑，隨即離去。

空留滿臉疑惑的少女站在原地。

《情雲》

嗒。嗒。嗒。

異常安靜的房間，牆上時鐘內，細長分針移動的聲音此刻顯得格外清晰。

桌上攤滿淩亂的稿紙，書桌旁的垃圾桶早已被一陀陀揉爛的紙張餵滿。

亂七八糟的劇情樹狀圖、角色設定、場景切換等等……少女時而提筆，時而停筆，更多時間處於當機狀態，打結的思緒下，近小時內她的眉頭皺了不下百次。

「啊啊啊啊啊！可惡啊！完全沒有靈感！」少女失控地拉扯自己的長髮，拔草似地。

眼看一個下午過去，她仍毫無頭緒。

距離上次寫小說不知道過了多久，突然想回頭動筆果然沒那麼容易。

這幾年腦袋的記憶體全去裝數字和財務報表的資訊，什麼損益表、資產負債表早燒光了她的記憶體，過去那些想像力下的產物早扔到資源回收桶刪除了，她腦中的「想像力資料槽」早已格式化。

好比一名功力不深的小廚子，已有十年沒碰鍋鏟，突然叫他變出一桌滿漢全席當然不可能。

《情雲》是少女國三時期的作品，內容不外乎是她青春的縮影，女主角艾琳更象徵著她自己，是個有點叛逆的小女生，整體劇情偏向校園愛情，依照少女年輕時的天真爛漫，故事理當有個美滿結局。

殊不知少女日夜躲被窩寫小說，某次不幸被母親抓包，整疊紙本手稿直接被扔進垃圾桶，要不是管家好心幫她偷撿回來，所有角色將進焚化爐火葬，結局差點就從 Happy Ending 轉為大悲劇。

自那次後，少女母親夜晚巡房的頻率大增，靈敏度好比在被窩裡裝了監視器，一旦少女想提筆寫故事，母親便會神奇地推開房門即刻現身，只差沒直接從床底下爬出來。

也因為這樣，少女再也找不到機會落字，故事的劇情也只能被迫中斷，還斷在非常尷尬、難以銜接的地方。

劇情停在「女主角艾琳車禍昏迷，癡情男主角持續等待女主角甦醒。」，非常老掉牙的劇本，套用「車禍生病治不好」那類的無限循環八點檔、公式小說，這種萬年爛梗爛到少女不知道該如何接下去……

光是修錯字和標點符號就浪費了足足兩天，要不是時間有限，那些太過中二、露骨的字句還真想一併重寫，什麼「她是我的女人！」、「有種落人出來講啊！」、「你混哪的？我老爸是天道盟！你敢動我試試看？」這種鬼話現在回頭來看真讓少女抬不起頭……為何自己當初會幻想有這種男友？是嗑藥嗎？

文筆什麼的就算了，國中的文筆寫起小說來就像劇本，事到如今也沒時間逐字修改了。

扣除今晚，離約定的日子僅剩四天。

少女雙手托著下巴，無奈地望著空白的紙本發呆。

腦中那口想像之泉早已枯竭，此刻該如何把故事接下去寫完呢？

「真想放棄。」她仰頭坦白，轉眼已經傍晚六點半。

仔細想想，那份工作也不是非要不可。

再仔細想想，那個秘密也不是非得知道——才怪！

「我好想知道……我真的真的好想知道……」

她用臉不斷磨蹭書桌，橫著視線無意瞥見架上那排書籍，那些在陰暗棉被、在手電筒照明下伴她度過每一個漫長黑夜的故事，那些故事全都出自 FG03 筆下。

「你真的好厲害喔……」她望著那排書獨語。

到底是要多驚人的想像力才能擠出那堆故事？自己光是寫個爛梗小說就快腦殘、快把腦汁榨乾了……

回想起來，每次經過書店便能發現架上有數之不盡的書籍，沒親自動筆還真以為出一本書很簡單。要設定角色、要想劇情、要精煉文字好將自己的所見所聞全都濃縮進紙本，再巧妙地、完美地呈現給讀者，好讓讀者的腦中有畫面，還得在上千份稿件中脫穎而出，幸運地被出版社相中才能出版。

原來出一本書這麼難。

說到底，不管是否成功出書，這世上的每一位創作者肯定都相當努力，無時無刻熱衷於創作並渴望得到他人認同，作畫、演奏、歌唱、跳舞、設計等都一樣。

要努力、要堅持，還得忍受他人批評及漠視，相較起來「放棄」真的比什麼都要簡單。

想到此處，少女不禁起身挺直腰桿。

她走向書櫃，輕撫著其中一本書的書背。

「如果現在放棄，不就連你的背影都摸不到了？」少女的指尖在作者處停了下來。

＊　　＊　　＊

整整七天少女幾乎都窩在書桌前寫稿，扣除吃飯睡覺，平均下來一天僅睡三小時。

多虧了上份爆肝職務，這種程度的連番熬夜她還吃的消。

只要還有餘力睜眼，少女便埋頭拚命寫，倘若不幸卡關，進入到腦殘鬼打牆之毫無靈感模式，她就出門看場電影、四處閒晃或是逛個展覽好刺激自己停擺多年的想像力。

或是換個地方寫作，帶著筆電駐紮咖啡廳，用熱飲配甜點犒賞自己的毅力。

很快的，一星期過去，約定的日子到來。

抱著百分之九十九點九九九會被嘲笑的決心，少女帶著那本超中二的《情雲》回到匿名工作室赴約。

「喵～」

彷彿聽見少女的腳步，沒錢慵懶地鑽出小門打招呼，臉上的表情仍像地下錢莊，除此之外鬍鬚還沾了點楓糖漿。

「早安啊沒錢～那些怪胎又塞了什麼給你吃？」她蹲下來摸摸沒錢的頭，順道幫牠清理鬍鬚。

少女難忍心中的不安，她深知自己的作品不夠好，應該說，很糟。

但，中二歸中二，這本小說好歹也有九萬多字，怎麼說都是自己認真擠出來的。

雖然滿滿的九萬多字中，有將近六萬字是急忙榨出來，文筆可想而知。

至於劇情嘛……

「還是不要去想好了……」少女摀著臉，有股衝動想躲進沒錢的木製小屋。也只能祈禱那名睡衣男別太刁鑽了。

她伸手按下對講機。

* * *

今天的他依然穿著那套淺藍連身睡衣，身上仍散發著淡淡的衣物柔軟精香。工作室依舊亂七八糟，倒是多了一處隔間，疑似是臨時挪出來的辦公室？值得少女慶幸的是，那名捲毛少女和凶神惡煞的吊嘎男今天都不在座位上，代表她只需忍受一人嘲笑即可，而不是先前想像的三人齊笑。

「另外兩人呢？」基於好奇，她忍不住開口詢問。

「四眼璃去網咖參加網遊比賽，刀哥南下協助朋友談私事。」睡衣男跨過重重紙本堆成的小山倒回沙發，捧起紙盒繼續享用他的早午餐——鬆餅淋上滿滿的楓糖漿。

「談私事？」

「黑社會之間的事，可能是火拼之類的，我也不清楚。」男子拿起遙控器轉至衫電視，該電視台恰好在播他最喜歡的卡通。

「火……火拼？」她愣愣看著他，一時接不下話。

少女腦中頓時閃過幫派間角逐、槍林彈雨、血流成河的畫面，她非常不明白眼前這位老闆為何敢收那種員工？為何能用如此稀鬆平常的語氣吐字？還能悠悠哉哉的躺在沙發上吃早餐一邊看卡通？就不擔心那名員工出事？

話又說回來……

「你是小孩子嗎？一個大男人居然捧著甜食看卡通，不覺得很奇怪？」她同樣跨過滿滿阻礙來到他身邊。

「來，一起看。」他拍拍沙發，牛頭不對馬嘴。

「那個……你是不是忘了什麼？」她提醒道，自己可不是來看卡通的。

未料只見他眨了眨眼：「忘了什麼……嗎？」過分緩和的口吻聽上去，估計是真的忘記了。

這怪胎難道真的忘記小說的事？老娘可是連夜爆肝、如約前來，你大爺居然愜意地繼續嗑早餐、看他媽的弱智卡通？是真的少根筋還是徹底沒把我當回事？

少女嘴角抽動，總覺得眼前這位老闆可能會比先前公司的老闆更難應付。

眼看睡衣男仍面無表情，少女正打算破題時，他卻突然「啊！」的一聲從沙發上彈起轉而跑進房間，不到五秒又快速翻過沙發背回到原位，然後塞給少女一條巧克力棒。

「你的。」

「呃……」她呆呆看著手中的巧克力棒。

「卡通就是要配零食，是我不對，不該忘記你的份，失禮了。」

少女的理智線似乎在同一時間「啪啪」兩聲斷裂。

除此之外，她的拳頭不自覺緊握，握得很緊，非、常、緊。

……不知道巧克力棒能不能用來殺人？

「你在跟我開玩笑？」她握緊巧克力棒，裡頭的酥餅正喀喀喀的粉碎。

「嗯？開你玩笑？」他壓根不明白少女為何如此憤怒，反倒補了一句並遞出手中的鬆餅盒：「怎麼？難道你對巧克力過敏？不然交換？」

「……唉！」她鬆手，徹底拿他沒輒，猜想這白痴睡衣男大概是真的忘了。

顯而易見，這老闆的邏輯跟常人不同，與其浪費腦細胞繼續跟他瞎耗，不如直接切入重點，以免在他還沒想起正事前，自己會先吐血身亡。

「不好意思，是你叫我一星期把小說完成並帶來，你是否該先看看我的作品？」

「我知道，可是這一集很重要，主角現在要去救他哥哥，這集攸關他們兄弟倆的命運。」想不到他其實記得。

記得，手卻依然指著電視。

「所以，你堅持要看完這集卡通就是了？」她雙手抱胸。

「我們可以一起看啊，相信我，『銀河小宇宙』很好看的。」他真摯邀請。

「我又沒看過前面幾集，現在怎麼看得懂？」事已至此，她甚至懶得吐嘈這部卡通的名字愚蠢至極。

「別擔心，我可以邊看一邊跟你解釋，這部卡通我早晚重播每一集都有看，劇情我很瞭解的。」

「不，不了，拜託不要，謝謝你，你看你的就好，我一旁等你。」

「好吧，真可惜。」多次被拒絕，男子便不打算再邀請少女。

不料就在他轉頭後的兩秒……

「──你當真以為我會等你啊！」

少女失控咆哮，嚇得睡衣男手中的鬆餅盒直掉到地上。

她揪起他的衣領猛烈搖晃，一手掏出《情雲》果斷往他臉上砸：「你是沒看到老娘臉上有黑眼圈？為了這本書我可是費盡心思，絞斷腦子去想！你這混蛋未免太不尊重人？你以為你是誰？信不信我把你的腦袋壓進電視螢幕？讓你一輩子套著電視機像項圈那樣？」

「我已經看完了。」

「蛤？」

「我說，你的作品我已經看完了。」面對少女突來的暴怒，男子語氣依然溫和。

「……騙人！你胡說！」

「艾琳最後康復，馬克成了飛龍堂幫主，可惜兩人最後沒有在一起。」

聽到這她也只能錯愕地鬆手。

又來了……這男的又發動了什麼特異功能？明明連原稿都沒看過就直接道出結局……簡直不可思議。

少女咬緊下唇，情緒頓時由憤怒轉為些許害怕，面對睡衣男莫名其妙的特殊能力她也只能乖乖道歉：

「抱……抱歉，我不知道你是什麼時候……」

只見男子溫柔地伸出手拍拍她的頭，他輕聲安撫：「沒事，我不介意，你別放在心上。」他順手關上電視機，指了指後方新空出來的隔間：「我昨天就看完了，也知道你今天肯定會來，所以就先幫你挪出辦公室。」

「意思是……我錄取了？」

「嗯。」他微笑，隨後撿起掉到地上的《情雲》叮嚀：「不過記得別再亂丟自己的作品，這樣對你的努力很失禮，也對書中的角色不禮貌，明白嗎？」

「……知道了。」她紅著臉接過紙本。

整天穿著睡衣、喜歡看卡通又喜歡吃甜食，思想和舉止令人難以捉摸，感覺就像長不大的孩子，簡單來說就是童心未泯吧？但是遇到關於書的事情又非常認真，頓時讓人覺得「原來自己才是真正的小孩子」。

「對了！你還沒告訴我呢！你到底是怎麼知道我沒完成作品，明明沒有原稿又怎能知道結局？」少女可沒忘記關於男子特異功能的事，她為了知道真相百般努力，他答應過的。

可惜又見男子拿起遙控器打開電視：「那部分晚點再說，先讓我看完這集，你也一起來看吧。」

「唉。」到頭來她也只能嘆氣，隨後默默坐到男子身邊陪他看那破卡通，什麼「銀河小宇宙」，希望看了智商不會降低。

這男的果然是個混蛋。

苦等八年的少年

時間回到少女面試當天……

在她眼裡，男子專心注視紙張的短短十分多鐘，對他來說可是一趟旅程。以書名為地址，以內容為指標，透過凝視「情雲、艾琳」，男子再次落入了他至今為止進出無數次的神秘世界。

沒有正式的名字，擁有無限傳說，由世間創作者共同編織的平行時空——The other world。

聚焦於紙張上的文字、凝聚意識後，張眼，男子已站在一間氛圍單調的白色醫院大門前。

白天黑雲，從地面到天空，花圃、路燈、中庭和建築，映入眼底的一切全是死沉沉的黑與慘淡的白，除此之外沒有任何其他色彩，景物的線條也極為粗糙，未經修飾，每個物件好比剛出礦的原石，狗啃般的形狀又失去色彩，像是帶有雜亂菱角的黑白石頭，是部非常不完整的作品。

「嗯……嘛……真是個不負責任的少女，這樣可不行。」

男子原地搖頭，同時彈了下指尖將身上的連身睡衣換成筆挺的白色襯衫，下半身同時轉變成卡其色長褲，他眨眼就從睡衣男變成有模有樣的企業顧問。

他有些失望，卻不是非常意外，畢竟世間有太多創作者棄自己的作品不顧，半途而廢的創作者他見多了。

簡單來說，The other world 分成三個區塊。

一是作品已完成，得以被創作者和眾人牢記於心的歡樂彩色區。

一是灰色地帶，那裡的居民色彩全灰卻不失活力，進一步能踏入彩色天堂，退一步便落入黑白深淵。

還有作品未完成，坐等被遺忘、毫無生氣只能乖乖等死的絕望黑白區。

而所謂等死，即是消失。

隨著時間流逝，凡事未完成的作品會漸漸失去生氣，顏色逐從灰色褪變至黑白，到最後裡頭的角色看上去都像癌症末期，沒有顏色、毫無希望，失去存在意義的作品終將滅亡。

如今放眼望去的一切正是最好的例子。

「那麼……這病入膏肓的小說劇情斷在哪呢？」男子好奇地繫好領帶，依循直覺步入黑白醫院，沿途打量著周遭單調至極的無趣線條。

時而貧乏、時而雜亂無章的線條男子倒不介意，畢竟不是每位創作者都有非凡的文筆好駕馭自己的想像力。

文筆差不打緊，他只在乎作品有沒有完成，創作者是否持續在創作，這才是最重要的。

逛來晃去便能一目瞭然，依照男子多年的觀察經驗，《情雲》肯定被棄坑很久，導致這間醫院如同死城，走了三分鐘仍不見半個人影，代表那些不是很重要、非主要角色的人物可能都死光了，全都消失了。

為了尋找尚存的居民，男子隨便進入某棟建築爬上樓梯，疑似在三樓轉角處聽見腳步聲，他便往聲音的來源走去。

「讓我看看主角長什麼樣子吧。」他很慶幸終於遇到活人，代表這作品仍有角色被作者記得或是被他人記得，所以沒有消失，能夠活這麼久的大概也只有男女主角。

很快的他停下腳步，停在病房 02W3-6 門前。

*　*　*

白髮少女戴著呼吸器，虛弱的閉著眼躺在病床上，站在她一旁來回踱步的是名黑髮黑眼、臉上留有駭人刀疤的不良少年。而他們兩人的肌膚皆是慘白色，象徵逐步邁向死亡的人物。

男子停下腳步，不敢貿然上前搭腔，見到黑髮少年無袖露出的建壯胳膊、雙臂刺龍刺鳳，十之八九能猜到這名黑白少年絕非善類。

嗯……想必眼前的就是男女主角，那名躺在床上不省人事的大概就是艾琳。

至於這名小混混嘛……八成是艾琳的男友？或是親戚？

男子杵著下巴揣測時，黑髮少年已注意到有他人在此，他隨即轉過身子狠狠瞪著突然冒出的男子。

「你是誰？你他媽混哪的？」少年不斷折手指耍狠，發出喀喀喀的聲音示威。

男子則輕皺眉頭，臉上的表情有些困惑。

開口就問我混哪的還一副想揍人的樣子，這是什麼奇葩男主角？

這本書不是叫《情雲》？如此優雅的書名怎會有這種男主角？眼前的男主角比較像《黑道風雲》的角色吧？難不成是跑錯棚？從別的書、從別的區域跑過來的？

不給男子思考的時間，少年火速向前揪起他的領子：「喂！弱雞！老子在問你話啊！還不趕快回答？信不信我打爛你的腦袋？」

「……先生，請您先別激動，我是來探望你們的。」

「探望？探望什麼？你是艾琳的誰？我沒聽她說過你啊！還有！為什麼你是彩色的？難不成你是彩色區的人？」

「你誤會了，我並非完成區那邊的居民，我是來這邊救你們的，但麻煩你先鬆手把我放下，好讓我說明一切……」

「誰理你啊！給我滾出這裡！你們彩色區的傢伙根本什麼都不懂！有顏色的傢伙都該去死！」

沒等男子解釋，少年猛然舉起手朝他出拳，只見兩人間的縫隙頓時冒出一面無形牆壁，直讓少年的手狠狠揍到牆上，痛得他「嗚！」一聲縮回手臂。

同一時間，男子憑空變出一條鋼繩朝少年擲出，不用兩秒，繩子好比活蛇服從指令，自動將少年纏繞，迅速就將激動的少年捆綁在地。

「靠！該死！這是什麼？放開我！這是什麼魔法？去你的怪胎魔術師！彩色區的傢伙居然會施法！」少年死命掙扎。

「省省力氣吧，你無法掙脫的，還有我說過，我不是彩色區的人，更不是什麼魔術師。」男子又變了張椅子出來，然後悠哉地坐下。

「你、你到底是誰？」

「好問題。」男子拍著自己的胸口，拉了拉自己的衣袖和褲管：「如你所見我有顏色，但我並非 The other world 彩色世界區的居民，我是來自另一世界的人。」

「另一個世界？」

「就是創造出你們之人所處的世界，套用你們這邊的說法，我算是你們 The other world 的創世神其一。」

聽完男子的答覆少年不禁愣住，他完全明白男子的意思。

The other world 的居民都知道，不論彩色、灰還是黑白，他們的生命、個性、意志等全出於創世神雙手，而受創世神愛載者便能步入天堂，被神遺忘者終將消失滅亡，這是永恆不變的法則。

「既然你是創世神！那為什麼放棄我們！你這該死的神！」

「我剛說了，我只是創世神其一，《情雲》這個地方並非出於我手，雖然我有能力使這裡完整，但我不認為自己有那權力，除非創造你們的『神』願意把那份權力割讓給我，不然我閒閒沒事不會去動他人的作品。」

「所以創造我們的人已經放棄我們了？那我和艾琳只能在這邊等死就對了？我不要！我不要艾琳消失！我沒關係！但拜託你、求求你至少救救艾琳！自從她車禍住院後，她已經八年沒有醒來了……」

八年啊……

沒記錯那位潘小姐應該是二十二歲，這本《情雲》停擺了八年，代表是少女十四歲時的作品，也就是她國中時的作品。

怪不得景物線條那麼粗糙，國中孩子的文筆是能多好？是說居然讓劇情斷在女主角車禍昏迷不醒、男主角一旁苦等的橋段，那位潘小姐也真夠壞了，唉。

「求求你……我已經在這等了八年，拜託你幫幫我們，這邊好冷，大家都一一不見，護士、醫生全都消失了，天空越來越暗，景色三不無時剝落，艾琳的氣色也越來越糟，我的記憶也越來越差……我知道在這樣下去……我們都會消失，我們都會死……嗚嗚……」趴地不起的少年不斷哭泣，連淚珠也是黑色的。

「我知道，我知道，乖，別哭。」男子向前蹲到少年身邊安撫，並為少年解開鋼繩，好讓少年的頭靠在他的肩膀上大哭：「孩子，你叫什麼名字？」

「我叫馬克……嗚嗚……」少年抱著男子抽抽吟吟。

「辛苦你了馬克，謝謝你願意在這邊陪伴艾琳，已經沒事了，我保證一切都會沒事，這整整八年來辛苦你了。」

男子完全不把少年起初的惡言和無禮放在心上，因為他完全明白少年心中的憎恨。

The other world 的黑白居民都非常厭惡彩色區的傢伙，羨慕也好嫉妒也罷，他們不明白為何被遺棄的是自己。

好比被父母生下，被賦予生命和名字，雖然披著灰色的外皮卻能不斷冒險，體驗喜怒哀樂，他們始終相信，有朝一日創造自己的神會讓他們步入彩色天堂。

不料某天，他們莫名奇妙被拋下，明明什麼也沒做。

隨著時間流逝，他們逐漸被遺忘，消失於創作者的記憶，也不被他人記得，只能眼睜睜看著自己被捲入黑白世界，望著天堂離他們遠去。

被父母生下，被父母所殺。

除了憎恨和孤寂以外，他們一無所有。

「艾琳真的會沒事嗎？我們可以活下去嗎？」

「當然，你們當然可以活下去。」男子為少年抹去漆黑的淚痕。

「你為什麼這麼有把握？」

「呵呵，因為我是無名士啊。」男子露出溫柔的笑容。

「無……無名士？你是無名士！化身為無名士的創世神？平息火柴人王國戰爭的英雄無名士？」少年的雙眼像是看到了曙光。

男子點頭，他輕拍少年的頭：「交給我吧。」

傳說，眾多創世神中，有一名神自願化身成人落入凡間，只為調解 The other world 的所有紛爭。他平息了火柴王國間的大戰，他敞開雙手擁抱黑白世界的憎恨，並將黑、白、灰色等生命引導至彩色天堂，讓那些被神遺忘的生命重獲新生。

他是神，是人，是英雄，是傳奇。

人稱生命解放者——「無名士」。

【第二幕　匿名工作室】

Chapter 2

捲毛繪手

順利成為匿名工作室的職員後，第一個上班日。

兩名前輩還沒到，睡衣男理所當然似地還沒起床，已經九點多了工作室仍只有她一名活人。

並非期待上工，全怪昨晚於床上輾轉難眠、翻來覆去，既睡不著也找不到事做，乾脆就提早來。

好不容易如願以償，本該是充滿活力的首次上班，此刻的少女卻趴在辦公桌上，毫無生氣。

直到現在她仍半信半疑，關於自己老闆擁有「筆念」超能力一事，她很難說服自己去相信，卻又沒辦法全然不信。

真要不信，沒看過手稿、就能道出結局的事便無法解釋，世上又有誰能對素昧平生之人開口，用十分篤定的語氣指出對方沒完成自己創作？

同時，她也感到非常內疚，自己居然拋棄了《情雲》足足八年……

她側臉趴在桌上，神情呆滯地凝視眼前《情雲》的原稿。

老闆說，在我完成作品的剎那，艾琳、馬克和其他角色都進到彩色天堂了，可是那都是結果論吧？

倘若雅竺沒有給她傳單，就沒有機會來到匿名工作室，自然不可能再遇到那名睡衣男，如果真是那樣，想到此處，少女忍不住哽咽，光用想得就非常心痛、不捨，藏於她內心的自責猛然湧現。《情雲》的角色不就……注定全部死去？

「對不起，讓你們等了八年。」她將手輕放在原稿上方，不自覺脫口。

她隨後走出辦公室，抬頭仰看白樑上那副橫聯，「無法使世界完美，至少使其完整。」。

第一天來到這時，她完全搞不懂其中蘊含的意義，現在可終於明白了。

就算文筆再差、劇情再爛，管他工作忙碌還是家庭因素根本都是藉口，既然身為創作者就該有始有終，盡全力完成自己的作品，這就是匿名工作室的宗旨。

少女嘴角忍不住上揚，她開始期待往後的日子，等不及想聽更多關於另一個世界的故事。

喀啦。喀啦。

這時工作室入口的小門突然被推開，一隻肥貓隨即跳到了少女身邊磨蹭。

「喵～」

「早啊沒錢，今後還請多多指教囉！」

少女才剛蹲下撫摸沒錢白茸茸的鬆毛，很快又輪到大門被推開，玄關上的武士風鈴清脆「叮鈴～」作響，換得另一名少女步入。

不論是否剛睡醒，頭髮永遠東翹西翹的捲毛少女，她拿下全罩式耳機、表情不屑地推了下臉上的超厚無筐眼鏡：「哎呦？這麼早？」

「……早！」少女趕緊起身向這名矮自己將近兩顆頭的前輩問好。

印象中這名前輩就是把電繪板拿來墊泡麵的神人，另一名凶神惡煞的前輩似乎稱她「四眼璃」？疑似是名繪手？

坦白說對她的第一印象不是很好，身為繪手居然拿自己吃飯的傢伙墊泡麵，更不用說還一邊吃泡麵一邊玩網遊，就不怕泡麵打翻弄壞電繪板？

頭髮亂糟糟、穿著隨性外加看起來有點叛逆，八成不太好相處……　正當少女不知道該怎麼接話時，捲毛少女早已卸下背包，從中掏出了繡有武士圖案的錢包：「吃過早餐沒？」

「呃……我嗎？」少女指著自己眨眼。

「不然你以為我在問誰？問那隻胖貓嗎？」她撇了慵懶賴的沒錢一眼，隨後拉開大門：「我要去吃早餐，要就一起來吧。」

「……好啊！好的！馬上來！」

少女毫不猶豫接受邀請，她開心地返回辦公桌拿錢包，隨後飛快跟了上去，奪門而出前卻又剎時停下腳步望向工作室最深處的房門。

「要邀請老闆一起吃嗎？」她好心追問。

「不必，對 Boss 來說睡覺比吃飯重要，他不到十二點是不會醒的，他說自己被吸血鬼詛咒，沒睡飽會見光死。」

「是喔……」根本鬼扯。

叮鈴～

武士風鈴搖晃，在胖白貓的目送下，兩名少女出發覓食。

＊　＊　＊

步行十分多鐘後，兩名少女來到了位於十字路口的美式早餐店。

畢竟對這附近還不熟，也不知道這間店什麼好吃，少女就隨意上到二樓挑了靠窗的沙發，乖乖坐下放前輩去點餐，反正她也不挑食。

她撐頭望向窗外，這才意識到自己有好一陣子沒坐下來放鬆享用早餐。

看著下方街道熙來攘往的上班族，不禁使她想起從前的自己，上份工作忙到只能沿途買早餐，還沒到公司就邊走邊嗑，有時才剛睡醒連自己嘴巴在嚼什麼鬼都不曉得。

一名西裝筆挺的男子手持咖啡，快速奔跑，偷闖紅燈；一名身材窈窕的女子踩著高跟鞋追著剛離站的公車狂奔；一部違停車輛下來一名母親，她暴躁地催促小孩趕緊上車，而後方還有計程車猛按喇叭……

還真是個忙碌的社會體系，回想起來，過去的自己也是這忙碌體系中的一環，想在這個高度競爭的社會下生存、賺錢，勢必無法跟「忙碌」兩字撇清關係。

那麼……那名自稱正午以前醒來會見光死的睡衣男呢？照前輩的說法匿名工作室就是十二點才開張吧？如此懶散的工作室鬥得過那些九點準時開工的大出版社嗎？肯定鬥不過吧？

也許正如自己最初所想，匿名工作室早就面臨財務危機，代表這間工作室可能隨時會倒……這樣的話自己好不容易掙到的飯碗不就隨時會破？

正當少女堪憂自己的未來時，捲毛前輩便捧著餐盤出現，上頭擺滿了熱呼呼的美式餐點：「呦，早餐來了。」

「謝謝前輩，多少錢？」她準備掏出錢包。

「不必，員工吃飯都是 Boss 出資，盡量吃吧，吃死他。」

「……這……這樣好嗎？」

雖然老闆請員工吃飯聽上去合情合理，可是看捲毛前輩的表情十分陰狠，明顯在得意地偷笑……不對，是邪笑！

「放心吧，Boss 有錢的要命，不瞞你說我和刀哥的目標之一就是吃垮他。」

這是什麼目標？一般員工會這樣對自己的老闆嗎？

更重要的是，那名睡衣男怎麼看都不像是有錢人啊！雖然他很怪，是個不折不扣的怪咖，但也算是個溫和的好人，這樣天天照三餐吃他會不會太殘忍？

「你們跟老闆感情不好？」她忍不住追問。

「沒啊，好的很。」前輩戳起培根往嘴裡塞，邊咀嚼邊解釋：「就是因為感情太好，才敢放膽吃定他啊。」

原來如此。

看來前輩們跟那名睡衣男的關係不像單純的員工跟老闆，聽前輩的語氣比較像朋友，甚至是家人。

「那我就不客氣囉。」少女捧起分切好的烤總匯三明治，大口咬下。

「對了，你有綽號嗎？」

「呃……朋友都喜歡叫我小歡，那前輩該怎麼稱呼？」少女反問。

「不用叫我前輩，叫我四眼璃或璃玥吧。」

「噗！咳咳！」聽到前輩的介紹少女差點被生菜沙拉噎死，待吞了大口冰水後她連忙追問：「璃玥？你是知名網路繪手璃玥？那個網路頭像都是武士造型的繪手？」

「幹麻？有需要那麼驚訝？這表情真令人不爽，嘖！」四眼璃忍不住朝少女翻白眼。

雖然過於激動很不禮貌，但少女就是這麼驚訝，沒辦法。

會知道璃玥這名繪手不外乎是因為喜歡她的畫風，加上少女過去常使用的部落格正是璃玥的發跡地。凡涉獵網路創作不淺的創作者都知道，璃玥是名天才繪手，剛升初中就靠經營部落格四格漫畫竄紅，也替不少人執筆插畫。

而少女最喜歡璃玥的正是她筆下的武士四格漫畫，那可是少女大學時上課偷滑手機的原動力。

印象中璃玥曾公開表明自己要淡出創作壇，連經營甚久的部落格都忍痛關閉，如今能見到她本人當然十分訝異。

當然，驚訝的點不外乎是從沒見過璃玥本人，用藝名「璃玥」來聯想還以為是名氣質淑女，殊不知是個看起來叛逆到不行的捲毛丫頭。

等等，所以說……

「你幾歲？」

「十七。」

「真是的，原來小我那麼多歲，虧我還一直畢恭畢敬……」說到這裡少女忍不住坦白。

「吵死了，你這怪阿姨。」不料對方突然一瞪。

「你……」

阿姨？活到二十二歲頭一次被人戲稱阿姨……

只見璃玥揮起叉子開始指指點點：「我年紀是比你小，但論創作經驗我可比你資深好幾百倍，所以在創作壇上我仍是你的『前輩』，你最好別把我當小鬼看。」

該說什麼才好呢？

算了，還是別跟她鬥嘴，免得她下次當街叫我阿嬤……

這化名璃玥的繪手真是不可愛的小孩。少女在心中捏了把冷汗。

流氓編輯

翻開匿名工作室的帳簿，果不其然全是赤字，少女差點沒把剛吃完的早餐吐出來。

營運收入根本不足支付店租、水電和生活開銷，這間懶散的工作室之所以還能存在，全仰賴匯款紀錄的無名帳戶匯款。

真不曉得是哪位佛主，每月固定匯錢養三條米蟲，一條臉正貼著電腦螢幕打遊戲、一條橫屍在沙發上擺爛，另一條自稱會見光死的到現在仍沒起床，簡直不要臉到極點。

翻著翻著，少女忍不住起身走向外頭，怒朝翹腳玩電腦的四眼璃和橫躺於沙發看電視的刀哥說教：「兩位公主少爺啊，已經一點多了你們難道都不用工作？你們當工作室是網咖？」

大概是戴著耳機沒聽到，四眼璃繼續敲打鍵盤，專注應付螢幕上的Boss，至於上半身赤裸，僅用四角褲遮住下半身的刀哥根本懶得轉頭，他語氣敷衍：「少囉唆新來的，你管好錢就行，沒事別管人。」

面對兇惡前輩的反駁，少女很不是滋味。

放眼望去，工作室到處都是閒置的稿件和作品，人手擺明不足，這兩個傢伙卻如此消極，換作自己前公司的老闆早把他們炒魷魚了。

少女堅決不能置之不理，她重新用客氣的語氣勸說：「我當然要管人，我認為我有義務協助公司的運作，其碼要收支平衡，而你們偷懶工作室就沒有收入，現階段別說收支平衡，根本是入不敷出，恕我無法縱容你們。」

「哎呦～好大的官威啊～第一天來講話就這麼大聲，不怕嗆到嗎？潘小姐？」沙發上的刀哥放生揶揄，嘲諷時也沒看少女一眼，只管繼續看他的綜藝節目。

對此少女本能吸了一大口飽滿的氣，第一天上工實在不想和同事吵架，但被老鳥這麼一嗆她火氣整個爆衝上頭。

媽的，你們不是說跟老闆感情很好？感情好不就該幫幫你們老闆，一起為工作室的未來奮鬥？還是說，就因為感情好才可以像水蛭一樣賴著他吸血？

喀嚓。

電視機倏然關閉，螢幕轉瞬全黑。

少女已來到電視機旁邊，她一手拎著插頭，一手指向刀哥的辦公桌：「你應該是編輯吧？桌上不還有一堆稿子？你好意思躺在這看電視？」

刀哥沒有起身，他冷眼瞪著少女手裡的插頭，語氣變得比剛才更為冰冷：「插回去。」

「等你完成工作，再來跟我說你要看電視，有本事領人家薪水，就得有本事好好幹活，領錢辦事，天經地義。」她最看不慣的生物就是米蟲。

可惜沙發上的惡棍絲毫沒打算退讓，更不覺得自己做錯了什麼：「我說，插、回、去，別讓我說第三遍。」

「休想。」

碰！

沙發旁的茶几剎時猛烈搖晃，上頭的茶杯瞬間打翻。

刀哥怒捶一拳起身，身材高大的他用不到兩步就跨到少女面前，他低頭將臉湊到少女眼前狠狠瞪視，像一頭瀕臨發狂的野獸：「臭婊子你找死啊？你再不把插頭接回去，下秒你要接的就是自己的手臂囉？」

未料少女壓根本不怕威脅，反咬緊牙關和他大眼瞪小眼：「怎樣？黑道了不起啊？別以為講話大聲我就怕你，你真敢折我手臂，老娘就找律師告死你，告到你哭天喊地，告到你脫褲子！」

刀哥太陽穴的青筋轉瞬凸起，這回直接揪起少女的領子，少女則伸出雙手扯住他的領口，兩人就這樣陷入僵局，一旁的四眼璃終於注意到情況不對，但她可沒出面制止，反倒拿起智慧型手機拍下這驚險的畫面，拍完便轉回身繼續打網遊。

「告我？你不知道台灣是黑道治國？警察是掛牌的黑道、法院是黑社會開的你不曉得？老子斷你條手臂連筆錄都不用做！」

「照你這樣講台灣一半的人早都殘廢啦！走路都會踩到殘肢斷臂，監獄也不用關人拿去養蚊子就好了，少嚇唬我！」

「你不信邪就是了？」

「我什麼都信，就不信你！」

「喵～」

「吵死了笨貓！給我閃邊去！在這亂鑽很礙眼，小心我把你的皮扒掉！」

「你罵牠幹麻？你沒事遷怒沒錢做什麼？牠又沒得罪你，沒錢你快走，這男的是神經病，我幫你叫動保協會來抓他！」

「喵～喵～喵～」

眼看兩人音量越來越大，你一句我一句，誰也不願先退一步，到最後連外頭的沒錢都鑽進來喵喵叫，整個工作室吵到屋頂都快掀了，導致忙於激戰副本的四眼璃無法聽清楚隊友的語音，她只好卸下耳機走向工作室深處，敲敲老闆的房門。

叩叩。

「Boss～小歡和刀哥槓上了～需要你出面協調～」四眼璃發出第一次呼救，明明是求救語氣卻十分平淡，可惜無人回應。

叩叩叩。

「Boss～麻煩請你起床，我的月卡在乾燒～他們吵得要命我沒辦法打本～」第二次求救伴隨著東西摔碎聲和貓叫聲，四眼璃鎮定地靠著房門玩手機，但還是沒人回應。

叩叩叩叩叩！

「Boss～你再不起床新來的管帳人員就得領殘障津貼過日子，我們唯一的萬用編輯可能會到綠島唱小夜曲或被奇怪的團體押走，而沒錢可能會少一層皮，還有已經一點半了，超過十二點不適用吸血鬼詛咒～請你別再賴床了～」

就在四眼璃發出最後通牒後，房門終於開啟，身穿淺藍連身睡衣的男子一邊揉眼一邊打哈欠，踩著小熊軟拖鞋走出房間伸懶腰：「大家早。」也不管背景音樂全是高分貝叫罵和東西翻倒聲。

「Boss早。」

「喵～」此時沒錢已繞到睡衣男腳邊磨蹭，另外兩名員工仍忙著對罵、互扔東西。

「嗯？怎麼這麼熱鬧？他們在玩什麼？丟丟樂？」睡衣男說話的同時不忘閃過迎面而來的稿本。

「Boss，正確來說他們是在吵架，小歡拔了刀哥的電視插頭，刀哥就揚言要斷她手臂外加幫沒錢去皮。」

「喔～原來是這樣。」他伸手抓了抓頭髮，不忘俐落閃過緊接飛來的沙發抱枕。

「那就交給你了Boss，我去遛貓順便買點卡。」

「好喔，路上小心。」

四眼璃自認使命完成後便抱起沒錢，為牠繫上紅色鏈子悠哉出門，而身為事務所老闆的睡衣男順手從皮夾掏出一千塊，沿路左閃右躲，巧妙迴避飛來橫去的文具和家具，很快就來到少女和刀哥中間。

「喏。」他直將一千塊塞到刀哥胸前。

「老大？」

「去幫我買早餐。」

「可是這瘋女人……」

「去。」沒等刀哥話完，男子拍了拍高自己半顆頭的刀哥，一把將他推向大門。

沒有怨言、不敢反抗，刀哥只能不情願地捏緊手中的鈔票，回頭朝少女豎起中指後便轉身甩門「碰！」一聲踱步離去。

少女感到非常驚訝，想不到那凶神惡煞的混混竟對睡衣男言聽計從，還稱他「老大」，難不成每月收了他很多薪水？

事情有先後，解決了暴躁的刀哥，男子便回過頭來對付少女：「至於你，潘小姐，你還記得我昨天叮嚀過你什麼嗎？」

「呃……別亂丟自己的作品？」

「是，怕你鑽牛角尖，容我現在重新更正，在匿名工作室不准亂丟東西，枕頭、文具和貓咪一概不行，包括自己和他人的作品稿件在內，這樣的規矩你可以接受？」

「可……可以……」少女平靜下來才意識到自己闖禍，工作室已被她和刀哥搞得面目全非。

「很好，那麼現在麻煩你收拾殘局，等我回容覺醒來工作室必須恢復原樣，就是原本亂中有序的樣子，可以嗎？」

啥鬼？

亂中有序？亂就亂還亂中有序？

並非少女想吐嘈，被核彈炸過的地方在自己亂扔東西後仍會是被核彈炸過的地方，說實在不會有多大改變。

「還是你覺得物歸原位這要求不合理？有技術上的困難？」

「不、不會！沒困難！沒有困難！」但自己亂丟東西就是不對，她也只能摸摸鼻子乖乖收拾。

「那我就去補眠了，如此一來工作室就只剩你一個人，你可以好好『觀察』新的工作環境，趁機『認識』一下新同事。」睡衣男刻意對空打引號，明顯在暗示少女什麼。

「觀察？認識？什麼意思？」

「像是偷看一下，偷翻一下啦……之類的？咳咳！我好像說太多了？」

「呃……」

「記得把握時間喔～遛貓跟買早餐頂多十分鐘吧？切記『物歸原位』，就這樣啦～晚安～」睡衣男語畢便走回工作室最深處的房間。

原來如此，怪不得他把人都支開了。

像是明白了什麼，少女的嘴角忍不住上揚。

同事

光是整理工作室過去凌亂的帳目和把閒置的稿件分類，第一天就這樣過去了，雖然費時，但相較前份工作真的輕鬆許多。

少女躺在床上，她望著天花板沉思。

她很後悔偷看了那些東西，那害她知道了太多。

在璃玥和刀哥不在工作室的短短十分鐘裡，少女一邊收拾殘局順道幫他們「整理」辦公桌。

璃玥的辦公桌上擺滿了各式色筆和繪圖工具，還有整排電玩公仔和武士玩偶，感覺就是名超宅而且超愛武士的中性少女，桌墊下則壓了滿滿的高職夜間部考卷，上頭不但沒答案反倒全是塗鴉，且十張有九張是零分。

此外，電腦旁放了一副中型畫框，裡面鑲了一幅武士畫。少女肯定那幅畫並非出自璃玥雙手，畢竟畫風截然不同。

帥氣的日本武士配上紅黑相間的盔甲，霸氣外露，質感細緻到不仔細看會以為那是高階雷射印製的圖片，可惜唯一的敗筆是武士的右腳竟用紅色蠟筆塗鴉，十分突兀，感覺像小孩子惡作劇，好好一幅畫就敗在那一腳，真不曉得作者在想什麼。

簡而言之，璃玥是名稱職的繪手，但絕不是個好學生。

能與充滿熱忱的阿宅繪手共識，少女由衷感到榮幸。

至於刀哥嘛……

「唉。」少女嘆氣，她側過身子閉目思索，極其懊悔自己為何要去動刀哥的電腦，往後真不知道該怎麼面對他。

起初發現桌上擺滿了樂譜、食譜、五花八門的書籍和修一半的文稿，如同璃玥所言，刀哥是名多才多藝的萬用編輯，精奏曲、善烹飪，既是能一目十行的校稿神人，又是文筆行雲流水的超級寫手。很難相信，刀哥是名才華洋溢的通才，與他那種只能當街頭混混的痞子外表完全相反。

就在少女滿心崇拜之時，她的手無意碰觸到桌上的滑鼠，使處於螢幕保護階段的電腦恢復到桌面。

而桌面視窗停留在知名文壇的帳號登入畫面。

帳號處顯示「jason5671」。

一個惡名昭彰，遭所有文壇創作者唾棄的帳號名稱，網友稱之為「盜文傑森」。

所謂「盜文」，就是抄襲他人好的作品並竄改其中角色、場景和些微劇情，將他人的作品變成自己名下作品的惡劣行為，該行為遊走法律邊緣，進一步能快速竊取他人作品的創意和精髓，從中獲利；退一步就是觸犯著作權和智慧財產法，隨時可能步入公堂、背上牢獄之災。

「盜文傑森」是全文壇的公敵，他利用自己寫手的好天賦為惡劣出版社效力，把網路上許多高人氣作品重新改寫，變成自己名下的作品並搶先賣給出版社謀利。

不少作家從書店架上隨手買了本書，回家打開一看竟發現裡頭的主角和劇情全是自己的點子，當下的憤怒和沮喪感可想而知……

曾有創作者號召，希望網友聯合起來肉搜「盜文傑森」，但經過連番查證發現「盜文傑森」有恐怖的黑道背景，還有惡劣的大型出版社當靠山，意思是要幹架要打官司都會有人罩他，號召行動就此沒了下文。

不過，那都是幾年前的事了。

傳聞「盜文傑森」被出版社黑吃黑，被其他功夫更好的寫手取代，出版社解僱他後，怕他抖出內幕還找了大把人修理他，最後因不良紀錄太多、風評太差外加被智產局盯上，導致根本沒出版社敢收留他，創作界再也沒他的容身之處，「盜文傑森」的創作之路就此腰斬。

兩個字，活該。

各大文壇接連開香檳慶祝，大家都很高興「盜文傑森」得到報應，自食惡果，沒人管他最後死哪去了，只知道他人間蒸發，再也沒出現在網路文壇。

沒意外的話，刀哥就是「盜文傑森」。

那麼，老闆知道這件事嗎？那個睡衣男應該知道吧？既然如此為何還敢雇他當編輯？那種前科累累的人再犯的機率很高吧？就不怕他再私下把工作室的作品拿去賣？

還是說……「盜文傑森」改邪歸正了？所以自己大可相信他？相信那個兇巴巴的前輩，相信刀哥？

「那個惡棍今天還大呼小叫的，我看還是算了。」少女咬牙抱緊棉被，今早的爭執她可不會輕易忘記。是說，那個睡衣男明天還刻意安排刀哥指導自己，說要請刀哥為她簡單講解匿名工作室的作業分配和出版流程。

為什麼不找璃玥前輩，非要找刀哥？再不行老闆你親自上陣也沒關係，穿睡衣講解也行，就是別找那惡霸嘛……

少女感到無奈，受不了那自以為別有用心的老闆和他愚蠢的安排。

作業流程

碰！

厚紙疊成的小山重重落到桌上，上頭寫著「棄養聲明書」。

「好啦潘大小姐，老子現在就來講解本工作室的作業流程，我只說一次，你最好張大耳朵聽清楚。」刀哥一手拍了拍小山，另一手替自己點了支菸。

少女捏緊鼻子，火速打開窗戶搧手，她痛恨香菸刺鼻的味道，更不用說二手菸。真不明白那個臭睡衣男究竟為何雇這種人當編輯？一副吊兒郎當的跩樣，講話粗俗又兇巴巴，多看他一秒都覺得討厭……

更討厭的是，明明就是個該蹲監獄的惡棍，偏偏卻才華出眾，叫人難以接受。

「首先得先告訴你，咱工作室成立的目的並非賺錢，而是幫助創作者完成他們未完成的作品，簡單包含畫作和書籍，我們低價向創作者收購版權並幫他們完成作品，最後再匿名出版，這麼做的理由你也聽老大說過了，我就不再廢話。」

「嗯。」少女點頭。

為了要使世界完整，對吧？幫助 The other world 的角色進入彩色天堂，避免他們消失於黑白世界。

歷經《情雲》的神奇事件，加上覺得那睡衣男不太可能編故事唬人，少女姑且相信 The other world 真的存在。

刀哥隨便抽了一張起來當作範例：「如你所見，這張鬼契約就是『棄養聲明書』，那些懶得完成作品的創作者填完這張紙、簽名或蓋章同意後，會協議一個價格把作品的著作權讓渡給我們，你大概瀏覽一下。」

「嗯。」少女順手接下。

範例上頭紀錄了創作者的真實姓名、筆名、聯絡電話、e-mail 和地址，還有書名《唯恐天下不亂》及其劇情大綱、角色資訊和特別事項等等……

「一旦取得創作者同意，我們會詢問創作者的意見，看他有沒有特別的想法，關於作品的預定走向和結局，提供更多資訊好讓我們更順利地將作品完成。」

「所以原作先前創作的部分就不再更改，我們只要接下去把作品完成？」

「沒錯，除非原作強調前面哪部分需要特別修改，不然我們都會尊重原作的想法，原作若沒註明特別事項，我們就順勢完成作品即可。」

「可是……整個作品重新修不是更好？不論書籍還是畫作，由不同人接手創作怎麼看都很奇怪吧？外行人也能看出筆法和文風不一樣啊！」少女頓時想起先前好友給自己看過的那本書籍。

「關於這部分，老大的說法是『必須盡可能保持作品的原創性，不然另一個世界的居民會不穩定。』，除非必要不然不准更改原稿。」

「不穩定？什麼意思？」她仍不明白。

「鬼才知道，我又沒有老大的超能力，你想知道就去問他吧。」刀哥不耐煩地聳肩。

「喔。」看來這間工作室最怪胎的還是那名睡衣男。

「總而言之，確認『棄養聲明書』無異後，會先交給老大請他擬定剩下的劇情，再交給我依照劇情把故事寫完、校稿和排版，然後請四眼璃設計書封和插畫，最後再用匿名『John Doe』低價出版。」

「為什麼要低價出版？」

「怕賺太多，原作眼紅跑回來跟我們要版權，打官司很麻煩，老大說只要讓更多人記得書中的角色，另一個世界的居民就能永恆存在，況且我剛也說了，匿名工作室的存在目的絕非賺錢，而是要使另一個世界完整。」刀哥伸手指了指白樑上的橫幅。

少女大致上明白了。

由老闆編劇情、由刀哥處理文字再由璃玥負責美術部分，三人協力將被他人遺棄的作品完成。

「無法使世界完美，至少使其完整。」，依循這個宗旨辦事，可見璃玥和刀哥也相信老闆的超能力。

話說回來那自己呢？照刀哥的說法，既然匿名工作室不是為了賺錢而存在，又何須聘請一名管帳人員？這樣自己存在的意義是……負責養貓？還是管帳兼職清潔工？

「既然你們是慈善事業，那老闆雇我的用意何在？」

「不知道，錢太多或是想看妹吧？多個人燒飯洗衣也不錯？」刀哥語氣輕蔑地挑挑眉尖。

聽起來像廉價佣人。

正當少女百般無奈時，鼻下突然傳來淡淡的衣物柔軟精香，耳邊隨即蹦出一句：「不只。」睡衣男神奇從旁冒出直嚇了她一大跳。

少女趕緊仰頭一看，原來已經十二點了，睡衣男的甦醒時辰已到。

「我需要你管帳、養貓、洗衣、打掃、買東西……」他分別指著後方玩電腦的璃玥和身旁的刀哥：「還有照顧這兩隻。」

原來是全職佣人附加保母功能。

「最重要的是，你得說服創作者不要放棄自己的作品。」

「蛤？」

睡衣男抽起少女手中的「棄養聲明書」繼續解釋：「填寫完這張紙後，創作者仍有三天的時間可以反悔，而你的工作就是盡可能讓他們反悔。」

「為什麼？」

「因為我們人手有限，不足以應付超量被創作者遺棄的作品。」睡衣男拇指向後，指著那一堆堆閒置的作品。

很明顯，那滿山滿谷的稿堆都是遭他人放棄的作品，堆在那等待被完成，不少作品堆到生灰、長蜘蛛網。有多少創作者放棄作品，The other world 就有多少、甚至更多角色瀕臨死亡。

「我該怎麼說服他們？」

「這就是你該思考的問題囉～至於仍在時效內的『棄養聲明書』全放在你辦公桌下方的綠色紙箱裡，關鍵的三天全靠你了，頭很硬的潘小姐。」

居然刻意提起糗事，該死的混蛋。

不等臉紅的少女回應，睡衣男悠悠穿上室內軟拖鞋，帶上幾張「棄養聲明書」就這樣離開了工作室。

明明還有很多疑問，身穿睡衣的他卻眨眼消失，少女感到十分錯愕。

是說璃玥稱他「Boss」，刀哥稱他「老大」，那自己又該怎麼稱呼他呢？總不能真叫他「睡衣男」吧？稱他「老闆」感覺又過顯生疏……

望著他離去的軌跡，少女無意瞥見門口旁堆置的紙箱，裡頭全是完成待出版的作品。

匿名出版「John Doe」……

不如就叫他「J先生」吧。

神的左右手

《唯恐天下不亂》，描述中古歐洲兩派勢力的鬥爭，聖光下的騎士出征，黑暗中的盜賊群起，是一個戰火頻繁的混亂世界。

特殊事項，原作竟遺忘了書中主角的名字，更神奇的是，原稿每一處提及主角姓名的地方，字跡全都莫名暈染，形成一坨坨污漬。

作品擱置一大段時間後，莫名其妙忘記主角名稱，加上原作的父母覺得寫小說根本浪費時間，成為作家難以糊口，《唯恐天下不亂》終被原作放棄，送到匿名工作室。

看在常人眼中，絕對沒有比「身為原作居然蠢到忘記主角名字」還要奇怪的事。

不過，對於擁有「筆念」的男子來說……

「這很正常。」

身穿睡衣的他躺在公園樹蔭下的長椅獨白，男子一手拿著「棄養聲明書」，另一手不停旋轉著金色鋼筆等不及落字。

他知道創作者身處的時空和 The other world 是兩個交互影響的平行世界，兩世界存在的密不可分的因果關係。

意思是，「原作莫名失憶，忘記主角名稱。」和「原稿被筆墨暈染，無處可見主角姓名。」兩啟事件可能同時並存。

這有兩種可能。

一、原作筆下的主角在 The other world 死亡，導致尚未完成的原稿失去了主角名，主角名稱也同時從原作的記憶中消失。

二、位於 The other world 的主角跑離尚未完成的作品，擅自離開《唯恐天下不亂》的區域，導致他的名字從原稿當中消失，作者也暫時忘了他的名稱。

想到此處男子不經坐起身子，拿出《唯恐天下不亂》的原稿翻閱，發現紙本中雖不見主角的名字，但仍能看到關於主角的描述，長相、動作和主角行徑過的事蹟依然可見。

「看來是個調皮的孩子，八成到別的地方閒晃去了。」他托著下巴，一邊思考關於另一個世界的諸多潛規則，還能看到關於主角的文字敘述，代表主角沒死。

值得慶幸，但時間有限。

對於 The other world 的黑白居民來說，無故逃出自己的作品只會加速消失，等同自取滅亡。

他提起金色鋼筆，在紙張空白處寫下「唯恐天下不亂」和一些原稿可見的關鍵角色名稱。

以書名為地址，以內容為指標，男子專注地感受筆觸、凝視殘留的字跡，再次化身為「無名士」。

任憑神奇的筆念帶領意識，男子很快又落入那熟習的彼端——The other world。

* * *

破碎的哥德式建築，荒廢的修道院，男子眨眼便出現在中古世紀的黑白色廣場。

如同其他未完成的作品，這裡的天空慘白沾染黯淡，漆黑的雲朵感覺隨時可能化為黑煙飄散，四周的磚瓦時而剝落，一草一木正逐漸凋零……

更慘的是，已經是命在旦夕的作品，因應原作劇情，大量白色騎士正和群群黑色盜賊在不遠處的街坊上廝殺，這種亂仗只會害更多角色死於非命，加速他們消失。

——轟砰！——轟砰！

依循火砲聲，男子邊跑邊換上黑色盜賊服裝，刻意應景就怕以彩色之姿跳進人群會「唰唰唰！」最先被亂刀砍死，或被「轟隆！」兩聲瞬間化成灰，畢竟The other world的黑白居民最仇視的仍是彩色居民，男子可沒打算藉由犧牲自己終止雙方人馬內鬥。

得小心謹慎，要是自己不幸中彈、被捅，難保原世界的自己不會發生不測，男子確信The other world跟原本的世界會相互影響，有一定的因果關係。

沿著城市邊陲地帶奔跑，男子成功避開主要戰場，只為尋找落單的角色好打聽主角去向。

即便原作失去了關於主角的記憶，只要原稿仍留有主角的事蹟，與之一同冒險過的次要角色肯定會記得主角的名字。

只要知曉主角的名字，男子便能發動定位瞬移，直接移動到主角身邊並將他帶回《唯恐天下不亂》。

「不過看樣子勢必得先平息這場戰火。」他攀附於傾斜尖塔的側邊，眺望整座黑白城市，照這種崩壞速度，恐怕還沒找回主角這本書就先滅了。

此時，男子無意瞄到右前方的巷弄有兩名角色，一名受傷、靠牆坐在地上的黑色盜賊和一名拔出寶劍、準備處死敵人的白色騎士。

想也沒想，他靈活躍出尖塔，順勢落到對面屋頂上，以翻滾緩衝，起身續跑時順便變出一把匕首，飛快滑下屋頂，剛好趕在寶劍落下時抵住了騎士的攻擊。

鏘！

「！」兩人的武器劇烈擦撞，白色騎士嚇了一跳，他高速向後退了兩步，拉開距離並將寶劍對準男子和坐地不起的盜賊。

「且慢，你是法拉凱爾，對吧？」男子同樣將匕首指向騎士，不敢鬆懈。

男子有稍微瀏覽過原稿，所以大概知道故事劇情斷在哪。眼前這名配戴龍頭盔甲的騎士正是騎士團團長，法拉凱爾，而後方腹部正滲出黑色鮮血的盜賊，是主角的青梅竹馬，雷莉。

「區區一名盜賊居然知道我的名字，想必你是盜賊團的首領。」

「不，我不是，你口中的盜賊團首領是我要找的人，在那之前能否請你放下武器，我有事想跟你商量。」

「商量？別笑死人了！我堂堂騎士長跟你們這些無惡不作的鼠輩有什麼好商量？你就和你後面的惡棍同胞下地獄懺悔吧！」懶得嘮叨，只見騎士長雙手持劍，高速刺了過來。

看準白色寶劍早因閒置多年出現裂痕，男子奮力朝裂痕處回擊，短短的匕首簡單就粉碎了騎士長的武器，還不忘送他一技迴旋踢，三兩下就把騎士長單手壓制在地上，最後補上繩子將他反綁。

「抱歉這麼粗魯，我趕時間，希望你們能配合，這整件事攸關你們所有人的存亡。」男子拍拍法拉凱爾的肩膀，同時變出醫療箱暫時為雷莉止血：「不好意思，麻煩你告訴我盜賊團首領的名字。」

「你……你是誰？我在團裡沒見過你……」雷莉虛弱地摀住傷口，一手揮開男子的手臂，眼神依舊充滿戒心。

「唉。」事到如今也沒法隱瞞，他只好拉下黑色兜帽，露出有色彩的臉孔：「我是『無名士』，來自另一個世界的創世神其一，我受託來解放你們的生命。」

聽男子介紹完，雷莉和法拉凱爾都愣住了，他們臉上全是驚訝。

「請你們立刻停止這場無意義的戰鬥，我不管你們的創世神為你們安排了什麼命運，倘若你們還想活命就乖乖照我的話做。」男子慎重告誡，同時溫柔的為雷莉包紮傷口。

「別開玩笑了！你說你是『無名士』我就得相信你？就算你真是那位傳說中的英雄，那又如何？我聖騎士長被賦予的使命就是貫徹正義！我寧可和敵人一同滅亡，也絕不跟邪惡妥協！」遭到反綁的騎士長趴在地上咆哮。

男子無奈搖頭，想不到法拉凱爾這個角色竟被設定的如此固執，看樣子這次的作品相當棘手。

既然騎士方不肯配合，只能拜託盜賊方先行撤退，再打下去所有建築都會被轟得稀巴爛，要角次角全都會死光。

「站得起來嗎？帶我去找你們的副團長，我們得說服他下令盜賊團撤退。」男子扶起雷莉。

「我就是。」

「那就麻煩你了，趕緊叫你的夥伴們撤退，再打下去這個區域將會毀滅，而你們所有人終將難逃一死。」

他扶著雷莉快步走進暗巷，深怕騎士長隨時可能掙脫：「另外，請你告訴我主角的名字。」

「那個笨蛋叫伊瑟洛，已經失蹤好一陣子了……」雷莉露出擔憂的神情。

「放心，我會把那笨蛋帶回來，然後給你們一個完美的結局。」他微笑。

正當雷莉要釋出撤退信號彈時，突然，一枚火砲高速炸了下來，咻轟！直把她和男子震飛，四周的牆壁接連倒塌，就在其中一面牆要壓向雷莉時，男子捨身往前飛撲，他成功抱住雷莉並往側面翻滾，雖躲過了致命坍塌，但男子的後腦勺卻被磚瓦擦傷，所幸沒有大礙。

「無……無名士！你沒事吧？」雷莉看著撐在自己身上的男子皺緊眉頭。

「沒事，我不要緊，但……」

陣陣腳步聲逼近，很快的，一大群白色騎士迅速將他們倆包圍，騎士們各個高舉武器，沒打算放他們一條生路。

非常糟糕的情況，自己隨時可以抽身離開 The other world，但要是丟下雷莉不管她絕對會死，如此一來就無人對盜賊團發號司令，戰火便不會平息，這個區域很快會因戰亂而消失。

「乖乖束手就擒吧，可惡的盜賊！只要你們不反抗，我們會讓你們毫無痛苦地死去，一刀斬下你們的首集，讓你們痛快！」其中一名白色騎士喊道。

「隊長你看！其中一名盜賊有顏色！八成是彩色世界的居民！」

「什麼？居然！那些可恨的盜賊團想聯合彩色居民消滅我們！給他們死！」

不等男子解釋，白色騎士們自行腦補劇情，執起武器一湧而上。

所幸死神逼近前一刻，男子位於現世的身軀在早在半清醒的狀態下，反射性在空白的紙張上落字，振筆直書「緒方出雲，艾伯特．傑，救我！快！」，及時向夥伴發出救援訊號。

就在騎士寶劍將刺穿男子胸膛的剎那，坍蹋的圍牆赫然飛出一道黑影，而黑影上頭乘著另一道身影，兩者同時躍出；黑影高速甩尾，石屑漫天，身影騰空翻轉，刀波四射，濃煙遮蔽了騎士們的視線，刀波更逼退了他們的攻擊。

「膽敢在主子面前放肆，格殺無論！」高大的身影於煙霧中吆喝，粉塵不斷折射他手中閃亮的武士刀。

「哪個不要命的想被輪胎碾爆？還是想嚐嚐子彈炸穿腦門的滋味？」另一道身影疑似甩上車門，下車後順勢上膛發出喀喀兩聲。

「你們可終於來了。」男子攙扶著雷莉笑笑，語氣格外心安，身旁的雷莉則一臉錯愕，完全摸不著頭緒的她此刻只有發愣的份。

濃煙漸漸散去，沒一個騎士敢輕舉妄動。

很快的，答案揭曉。

一名穿戴紅黑相間盔甲的日本武士，身材魁梧，全身上下無一處不散發霸氣，唯一顯弱的是他突兀的右腳，像是硬裝上去的、紅色蠟筆下的粗糙義肢。

看似孩童惡作劇的塗鴉，卻是女兒深愛他的證明。

一輛藍色科尼賽克，甩尾繞圈留下滿地擦痕，它的主人倚靠著車門，手上的黑槍早已上膛，是名褐髮藍眼的俊俏車手。

而跑車的車牌號碼洽好是「jason5671」，為了紀念創造他的神悔改向善。

「武士和車手……還差一人，等等！難不成你是？」騎士隊長頓時想起了那個傳說。

「正是。」男子笑笑。

來自匿名畫作的「獨腳守護者」、稱霸《獵盜》的「皇城車神」和落入凡間的創世神「無名士」，三人齊聚一堂。

「還有人想打嗎？」男子挑挑眉尖。

不用兩秒，所有騎士視相地卸下武器，俯首稱臣。

咆哮山谷

擁有「筆念」之人能在 The other world 隨心所欲，憑空創造萬物，但這不代表他們無敵，因為單憑想像力創造出的物品仍非創作，具有時效性且不穩定。

只有真正的「創作」才能在 The other world 穩定存在，而完整的創作更是永恆。

這點男子當然知道，即便身為創世神，他仍需要強大的貼身護衛和專屬司機，也就是武士保鏢和車手，如此一來便能應付少數難以溝通的黑白居民。

在白色騎士全數投降、盜賊團全員撤兵後，男子乘上了傑的藍色跑車，身型較大的緒方則盤腿坐上車頂，三人很快又踏上旅程。

比起一開始，現在時間充裕許多，至少能確定騎士和盜賊們在笨蛋主角返回《唯恐天下不亂》前不敢再戰。

但時間仍然有限。

「是說老大，你怎不用瞬移把那笨蛋秒抓回《唯恐天下不亂》？」傑雙手握著方向盤，眼角瞥了副駕駛座的男子一眼。

「我剛移動到伊瑟洛附近，發現情況有點特殊，需要借助你們的力量……」男子望著窗外黃沙滾滾，藍色科尼賽克正依循紅色箭頭，奔馳於荒漠。

那些醒目的紅色箭頭全是男子事先定位所留下的指標，它們全數串連在一起，連成一線並往荒漠彼端延伸，理所當然指向書籍主角伊瑟洛的所在位置。

「情況特殊？怎麼個特殊法？」傑好奇。

「呵呵……你等等就知道了，反正有點尷尬。」男子乾笑。

「話說那笨蛋也跑真遠，從這開始就是彩色世界區的邊境了，一個黑白居民跑到這幹麻？嫉妒尋仇？」

「不曉得，總之得在《唯恐天下不亂》毀滅前帶他回去，還有人在等他。」他想起雷莉擔憂的神情，和那些黑白角色漫無目的廝殺、絕望的表情。

「主角就是不一樣，夠大牌，讓所有角色等他一個，嘖嘖！」

正當兩人閒話家常時，位於車頂的緒方雙眼一眯，發現最後一枚紅色箭頭位於山崖附近，他趕緊出聲：「停！」

傑立馬轉動方向盤，使跑車側身甩尾即時煞車，右輪恰好停在峭壁邊緣，離墜落谷地僅剩不到一公分。

「沒看到其他箭頭，看來是到了？」傑將頭探出窗外，副駕駛座的男子先行下車，兩手變出望遠鏡眺望遠方。

浩瀚的荒漠中，一隻巨大的機甲黑蟲在山谷間來回爬動，它身上那堆長短管噴著黑煙，所行徑的地方無一處不留下深痕，黑蟲身上還扛著一座要塞，而要塞四周長了少說二十根高射砲，短程砲不計其數。

即使與之有段距離，位於峭壁上的三人皆能聽見機甲黑蟲發出的嗡嗡聲，震耳欲聾，腳下的山壁甚至微微震動，因為巨大黑蟲在遠方爬動的關係……

仔細一看，其中一架高射砲的砲管上竟掛著一名黑色居民——衣服破爛，臉色慘白的盜賊，正是伊瑟洛。

「喏，你們自己看吧。」男子將望遠鏡分別遞給傑和緒方，緒方看完不發一語，盔甲下的表情有些無奈，傑則是依照創世神賦予他的性格，忍不住罵了一聲「幹。」

「多虧了那隻機甲黑蟲，這裡被稱為『咆哮山谷』，堪稱 The other world 數一數二的危險地，正確來說這裡本該是一大片山脈群，被那黑蟲撞得坑坑洞洞，進而形成山谷地形。」他悠悠解釋道。

「所以我們要怎麼救卡在砲管上的伊瑟洛？打爆那隻黑蟲？」傑手中的望遠鏡因時效到期而消失。

「別傻了，那隻蟲叫『機甲咆哮獸』，是夢時代 First Group 科幻電影裡的生物，我那矮子朋友創造出的生化兵器，許多企圖越界的黑白居民都死於牠手。」男子想起背碼 FG02 的死黨，那名金髮藍眼的動畫師。

「連在下的『出雲』也無法擊潰牠嗎？」緒方冷靜地握住尚未出鞘的武士刀。

「恕我直言，絕對無法。」男子斬釘截鐵，只為免除不必要的犧牲。

影響 The other world 居民強弱有三個重要依據，依序為作品完整度、創作者素質和角色本身的意志。

雖然「緒方出雲」和「艾伯特．傑」兩人皆是彩色居民，作品都非常完整，但牽扯到創作者素質就無人能和「夢時代」FG 的成員抗衡，男子絕不會讓他們白白送死。

「老大也幹不掉那隻黑蟲？」

「我並非這世界的居民，攻擊效果有限，何況我不想破壞朋友的作品，所以別再想該怎麼毀掉那隻蟲。」

男子攏了傑一眼。

「那該如何是好？想救伊瑟洛勢必得靠近他，但貿然靠近可能會被那些砲管轟成灰……」

「理想的狀況是分兩組，一組當誘餌把蟲引到峭壁附近，一組趁機跳上蟲背救人。」

「行啊，那要怎麼分？」

「根據電影劇情，機甲咆哮獸背上的要塞會生產士兵，我需要護衛陪同上去救援，所以緒方跟我上去。」

「遵命。」緒方朝男子單腳下跪，眼神燃起火光。

「等等！所以我得去當誘餌？」傑瞪大雙眼。

「不過是開車躲砲彈，難道《獵盜》的『皇城車神』做不到？以你的駕車技術，閃掉幾發高射砲不難吧？」

「唉！希望我的名字別從《獵盜》的原稿上消失……」雖不情願，但面對救命恩人的吩咐傑也只能摸摸鼻子接受。

「放心，你只管專心開車，至於挑釁引誘黑蟲的工作就交給他吧。」他拍了拍傑的肩膀。

「啥？」傑左右張望，只見後方地面突然浮現魔法陣，一道刺眼的藍光隨即高速從天打下、落在魔法陣上，顯然是來自其他地區的傳送魔法。

早在他們抵達「咆哮山谷」前，為了使救援計劃順利，男子事先在紙張寫下少年的名字，希望他前來幫忙。

如今隨著作品完結，少年也長大成為青年，此刻站在魔法陣上的是名身穿無袖帽T、手臂刺龍刺鳳的黑道邦主，他的皮膚已非先前的慘白，而是健康的古銅色，臉上仍留著些許志氣，雙眼炯炯有神。

「大哥我來啦！」青年露出爽朗的笑容，他開心地跳到男子面前比出勝利手勢。

「呦，你長大了呢馬克，彩色區的生活還習慣嗎？」見到青年如此有精神，男子備感欣慰。

「比想像中好玩呢！託你的福艾琳也變回美麗的金色長髮，可惜她跟別的男人跑了，是說大哥你能不能幫我改寫結局啊？」

「想得美，說過了，我不會干涉其他創世神的作品，除非他們把權力讓渡給我。」

「那你去說服創造我的神，請她幫我改寫結局嘛～拜託～求求你～我想跟艾琳在一起～人家想跟艾琳結婚啦～」堂堂飛龍堂幫主像個孩子跪在地上，諂媚地抱住男子的大腿磨蹭，一旁的緒方和傑臉上掛著三條線，他們很少見到這麼露骨的角色。

男子毫不客氣往馬克頭上輕敲一拳：「死小孩，你們能活著就不錯了，別奢求太多，做人就該知足，沒時間閒聊了，你不是說想報答我？現在給你表現的機會。」

「嘿嘿～那有什麼問題？沒什麼能難倒大爺我！說吧，要我幫什麼？看我咻咻咻的把事情瞬間擺平！」

馬克相當有自信地左右揮拳。

看來……這孩子中二的性格並沒有隨著劇情進展消失。男子抹了把臉。

傑忙著憋笑，他忍不住揶揄：「咻咻咻的把事情擺平？老大，你這是猴子搬來的救兵吧？這小鬼等會兒怎麼死的都不知道……」

緒方則是不予置評，不過盔甲下的神韻隱約透露憐憫，可能已默默在心中為這名不曾相識的孩子哀悼。

「我要你去引誘那隻蟲。」男子指向遠方的機甲咆哮獸。

馬克皺緊眉頭，他先是眯起雙眼凝視遠方的黑蟲，隨後發現身旁的武士和車手臉上似乎寫了什麼。

「在下會在心中為你祈福」跟「安心上路」。

「……我可以反悔嗎？」

「不行。」

*　*　*

飛沙走石，黃土飛揚。

勇敢的青年站在峭壁間，不遠處的龐然巨獸正快速逼近。

地面上的石屑因地震而彈跳，嗡嗡巨響迴盪於山谷。

「艾琳……我愛你，雖然你最後跟羅亞跑了，但我還是愛你……」馬克一手摀著胸口獨白，神情黯淡地發表遺言。

「臭小鬼，少說這種觸霉頭的話，照你這樣講跟你同一組的我不就得陪葬？」傑將頭探出窗外，嘴裡叼著煙提醒：「一會兒成功吸引它就趕緊跳上車，聽到沒？」

「好希望死前陪在我身邊的是你，艾琳……」

覺得被無視，傑瞇起眼睛，恨不得踩油門拋下某個白癡離開。

在傑看來，這種愛演小劇場的中二主角跟那位掛在砲管上的笨蛋，兩者一樣蠢，可以的話通通消失最好，究竟是何等低能的創世神才能造出那種角色？

眼看漫天沙塵撲了過來，後照鏡黃沙中的黑影越來越大，傑便吐掉口中的香煙：「好了舞台劇先生，咱們一起咻咻咻的把事情擺平吧！」

黑影衝出，數支長短不一的黑色砲管撥開黃煙，「機甲咆哮獸」剎時出現，與渺小的青年僅剩不到一百公尺的距離。

好比巨型蒸汽火車，黑蟲火速躍進，乘載裝甲的身軀不斷噴出黑霧，漫天黃沙眨眼被染成黑色，看在馬克眼裡，眼前的山谷好比橫著嘴的邪獸，左右峭壁剛好是上下兩排利齒，而衝向自己的黑蟲正是邪獸的舌頭，將把碾碎的萬物捲進去吞噬。

「我……我該怎麼引誘它啊啊啊？」馬克瞬間腿軟。

「你大爺不是很厲害？去咻咻咻的引誘它啊！」傑對後照鏡中臉色慘白的馬克賊笑。

——剩不到五十公尺！

「快吸引它注意啊白癡，快沒有時間了！」傑變更檔位，單腳反覆催油門，藍色柯尼賽克的引擎蓄勢待發。

「它的眼睛在哪？黑黑一大坨我看不懂啊！」

「你管它眼睛在哪！想辦法讓它注意到你對了！」

——剩下二十公尺！

慌亂之下，馬克隨地拾起一塊石頭朝黑蟲的頭部擲去：「看招！」

鏘。

清脆悅耳的一擊，石頭直被黑蟲臉部的裝甲彈飛。

「吼吼吼吼吼！」機甲咆哮獸發出震天裂地的嗡嗡聲，背上的煙管齊噴，火冒三丈，它張開雙顎釋出陣陣黑氣，漆黑的風壓輕鬆將馬克震倒，嘴裡數以萬計的大小鋸齒、齒輪不斷擦出火花，準備攪碎眼前的一切。

——剩下十公尺！

「咳咳！我的媽呀！救命啊啊啊啊！咳咳……！」馬克早已被黑煙燻得灰頭土臉，他拚命在濃煙中往反方向跑，伸手不見五指，腳下的地面龜裂，後方刺耳的機械聲鏗鏘接近。

——五公尺！僅剩五公尺的距離！

就在馬克失衡摔倒的前一刻，藍色柯尼賽克即時甩尾閃進黑霧，側向滑行打開車門，一見成功讓馬克直接跌進車內，傑立馬煞車，令車身一振闔上車門，換檔，在黑蟲碾碎車尾的前一刻踩下油門，火速拉開距離。

同一時間，趁黑蟲分神之時，峭壁上的兩道身影躍下，男子和武士成功落到蟲背上，兩人同樣被黑煙燻得烏漆媽黑。

「咳咳！那臭矮子居然把這隻蟲設計得跟烏賊一樣，咳咳！」男子忍不住抱怨過去的同事，眼角被濃煙刺得泛淚。

男子話才剛說完，四周的砲管突然「喀鏘！喀鏘！」，兩大根遠程砲向前打直，顯然是瞄準頭前左搖右擺的藍色跑車！

「無主公！趕緊穩住！」緒方飛快壓住男子，迫使兩人於黑煙中蹲低重心。

——轟砰！——轟砰！

兩發遠程砲隨即轟出，火藥味瀰漫，巨響和後座力差點將背上的兩人震飛，此刻要是從蟲背上摔下去，下場絕和落入蟲嘴相去不遠，就是被碾成肉泥。

位於前方的跑車更是驚險，地面被轟到掀起石塊，傑掌控方向盤的雙手忙得不可開交，左閃砲彈右閃石塊，在能見度近乎為零的情況全憑車手的反射本能迴避。

「我們會死！我們會死啊！我不想死！好不容易活下來現在就要死了，嗚嗚……才剛進到彩色天堂現在就要回歸塵土了……大爺我的人生真短暫，嗚嗚……」跑車的擋風玻璃被震碎，馬克抱頭蜷扶在椅子下顫抖。

「吵死了小鬼！敢在胡說八道別逼我把你甩下去！想再見到艾蓮娜就安分躲著！然後乖乖閉上嘴！」

「是艾琳啦！」

「哎呦隨便啦！是說你不是混黑社會的？怎麼孬成這副德性？」後方的高射砲持續連發，傑忙著應付從天而降的砲彈，實在沒閒功夫和後座的屁孩吵架。

——轟砰！——轟砰！——轟砰！——轟砰！

喀鏘！

「咦？」一聽見奇怪的卡榫聲，傑和馬克不禁同時抬頭，頓時發現後車箱被不明鐵鉤勾住，鐵鍊不斷向後延伸，只見一名生化蟲人正沿著鐵鍊朝這爬了過來。

「天啊是蟑螂人！」馬克尖叫，和張大嘴鉗的蟲人對上了眼：「攜帶武器的蟑螂人！呀呀呀呀！」

「他馬的……已經夠忙了還來這招！」想也沒想，傑直接把馬克拉到前座：「你小子開車！我去把那噁爛的傢伙幹掉！」

「我？可、可是我不會開車啊！」

「少囉唆！不會更要多練習！開就對了！」不再理會哎哎叫的馬克，傑翻過椅背跳到後座，他一腳踹開車門、單手緊抓車身，另一手掏出黑槍連發：「吃子彈吧醜八怪！」

「嘎嘎嘎嘎！」蟲人四手揮舞武器，兩腳攀緊鎖鏈，第一隻慘遭子彈爆頭，第二隻兩腳被打爆直摔落繩索、落入黑蟲的大嘴被攪得稀巴爛，卻很快又冒出一隻，它們仍接二連三從蟲背上的要塞竄出，殺也殺不完。

如男子所想，依據電影劇情，「機甲咆哮獸」背上的要塞駐有源源不絕的生化蟲人，那些蟲人不斷爬向跑車攻、不斷從要塞出生將自己和武士團團圍住，有翅膀的早已飛向天空待命，戰情一面倒。

火藥粉、黃沙、黑煙，三者遮天；風壓、聲壓迎面而來，後座力時而劇震，四面楚歌，情況十分危急。

「無主公！請趕緊下令！」緒方握緊腰際上的「出雲」，處於隨時得以應戰的拔刀姿態。

「去砍斷勾住跑車的鎖鏈！然後全力殺蟲！我去後側救伊瑟洛！你負責掩護我們所有人！」男子於吵雜的機械聲中大聲咆哮。

「殺蟲？可是無主公，這不是您朋友的作品？在下真能斬下那些蟲人的首級？」

「別管了！只管先砍死他們！不然死的會是我們！殺蟲人就好，切記別傷到黑蟲的身軀！」

「遵命！」

無名士一聲令下，「出雲」出鞘！緒方發動拔刀術，以藍綠色澤的光輝斬開黑霧，刀波直向劈開蟲群，筆直往黑蟲頭前的鎖鏈劃去，不到兩秒便精準的切斷鎖頭，繩上的蟲人全數落下，消失於滾滾黃沙。

男子抓緊時間，微蹲，他橫著身子保持平衡，緩慢往蟲背尾端移動，好不容易於風沙中，看見吊在側面砲管上搖搖欲墜的伊瑟洛……

——轟砰！

高射砲再次擊發！突來的震盪使男子失去重心，伊瑟洛掛在砲管上的背領順勢下滑！

男子奮不顧身撲向砲管，兩手即時抓住伊瑟洛的兜帽，他趴在砲管上，昏厥的伊瑟洛則懸空搖晃，離摔落深淵僅剩一線之隔！

「嗚……可惡……！」男子自覺快抓不住，更糟的是，三隻於天空待命的蟲人已拔起武器，下秒便朝自己振翅俯衝而下。

事態緊急，管不了時效限制，男子想像背後長出白色翅膀，他奮力展翅彈開蟲人，背起伊瑟洛衝出沙塵，飛向前頭，其他蟲人尾隨在後。

「傑！接著！」他將伊瑟洛拋給夥伴，隨後掉頭撞開蟲人群，鑽回黑煙中：「我去接緒方，你們先走！」

「收到！」傑抱起伊瑟洛縮回後座，很快又跳到前座把馬克擠開，奪走方向盤：「做得好！現在去後頭照顧你的白癡同類！然後抓穩啦！」最後用力踩下油門，狠狠踩到底，不用幾秒，後照鏡裡的黑蟲便越來越小，最終只剩下若隱若現的塵土。

蟲背上的緒方持續激戰，片片剝離的翅膀、支離破碎的蟲肢陸續落進黃沙，數百隻蟲人也敵不過他手中的「出雲」，要不是無名士交代不得波及黑蟲，他還真想使盡全力，一刀把蟲人要塞斬成兩半。

黑煙中傳來一陣熟悉的呼喊：「緒方！」武士隨即收刀，伸手躍起，兩人有默契地勾住彼此的手臂突破重圍，飛向天空。

展翅的男子拉著武士衝向天際，車手載著青年和目標盡全力向前奔馳，眼看四人就要全身而退時……

嗡嗡嗡嗡嗡嗡嗡嗡嗡嗡嗡……

他們同時皺眉，明顯感受到一股莫名的磁場漸漸聚集，黑蟲的脊椎突然冒出一座像是雷達的砲台，那詭異的砲台正張開黑網續集能量，一絲絲黑色雷電從中竄出，發出「呲……！呲……！呲！」的聲音……

蟲群害怕似的躲回要塞、藍色柯尼賽克的儀表板失靈、所有的砲管迅速縮回黑蟲的身軀，而男子背後的翅膀正漸漸透明，因時效到期即將消失。

「無主公，在下有種不好的預感，總覺得事情不太妙！」緒方留下冷汗。

男子打了個冷顫。

因為他腦中倏忽閃過「夢時代」科幻電影的經典畫面——「機甲咆哮獸」釋出強烈電磁砲，一舉毀滅主角家園，萬物消散的恐怖片段。

「吼吼吼吼吼！」黑蟲發出最後的咆哮，背上的黑網敞開屏蔽了天空，爆裂性的磁場夾帶漆黑閃電以黑蟲為中心猛然釋放，方圓十里隨即化為一顆黑暗球體，地面、峭壁、來不及迴避的蟲人眨眼煙消雲散，且黑球的體積迅速擴大，很快就將高空和地面的四人一併吞噬！

萬物消逝之際，隨著無盡之黑映入眼簾，男子的雙瞳也在同一時間發生了變化……

因果

歷經無數戰役後，王國聖騎士終於和夜影盜賊團握手言和。

國王任命盜賊團首領伊瑟洛為刺客總長，由他率領盜賊團於黑暗中協助聖騎士，一同守護德薩爾王國，盜賊們再也不必燒殺擄掠，四處搶奪度日。

象徵光明的聖騎士和潛伏陰影的刺客成為了國王的左右手，兩派勢力成功為戰亂的世代畫下休止符。以聖十字盾牌為底，閃耀的寶劍和漆黑的匕首交叉於盾前，成為了德薩爾王國的新國徽，嶄新的和平世代就此來臨。

「Happy Ending，真好。」少女開心地闔上書本，看著書封的伊瑟洛、雷莉和法拉凱爾，三名角色被璃玥琢磨的炯炯有神，背景是德薩爾王國燃燒的旗幟，如此熱血的書封應該能吸引不少讀者目光，更不用說售價只要一百元，實在想不到比物超所值更優惠的字詞來形容。

她將《唯恐天下不亂》放回老舊的書架，書背上作者處如同工作室的其他作品，當然是「John Doe」，也如同璃玥前輩所說：「放心，Boss 筆下沒有悲劇。」

前輩強調，匿名工作室成立以來沒有作品以悲劇收尾，除非原作童年有陰影，特別註明希望壞人征服世界、好人全家死光，可以的話再掛掉幾個要角虐虐讀者，不然劇情終點絕對是好的。

「那壞人呢？J先生也會放過壞人，不讓他們死？不給他們報應？」少女當時這麼追問。

「Boss 會用劇情引導、教育他們，使他們改過向善，他說每一位角色都是被遺棄的孩子，不管好壞他都不捨得殺，何況所謂『壞人』也是基於原作設定，被創造成壞人並非出自角色己願。」璃玥轉述男子的觀點。

看來自己是白擔心了，深怕那個睡衣男會惡搞劇情，來個男女主角殉情，騙騙讀者眼淚，想不到他很上道，雖是老梗的歡喜大結局，卻格外溫暖人心。

回想起來 FG03 筆下似乎也沒有悲劇。

劇情的架構和節奏給人的感覺莫名熟悉，和自己過去讀的那些書籍感覺還真像？

難不成……

「唉！怎麼可能嘛！不過是個溫柔的邋遢鬼。」少女自嘲，自己居然把那名睡衣男和世界知名編劇聯想在一起，簡直蠢斃了。

她踏出二手書坊，走出騎樓仰望藍天，猜想此刻《唯恐天下不亂》和《情雲》的角色也在另一世界仰望天空，也許兩書的角色會成為朋友。

今日的上架工作順利結束，少女深吸了口氣覺得身心飽滿，她十分慶幸能成為匿名工作室的一員，這份工作比什麼年薪百萬有意義多了，甚至可能是自己至今為止做過最踏實的事。

她頓時想起辦公桌下的綠色紙箱，裡頭盛滿快溢出來的「棄養聲明書」，還有一票打算半途而廢的作者等著自己去說服，她打算買完沒錢的飼料就趕緊回去。

不料回程途中她不得不停下腳步，佇立於一間二手販售舖門口，她愣愣地望著櫥窗內的二手電視，只因聽見了熟悉的三字——「夢時代」。

「研判是氣候異常的關係，昨日美國南加州罕見的暴雨使得低窪區淹水，損毀不少民宅使許多民眾琉璃失所，就連國際創作重鎮『夢時代』分部也受到波及，暴雨滲透建築直導機房，所幸只有電影《異戰》的磁碟紀錄些微損毀……」

《異戰》？那不是夢時代 First Group 的熱門科幻電影嗎？印象中是 FG02 近年主導的新系列，記得目前出到第二集？

少女雖然沒看過，但身邊不少友人熱衷科幻異形，尤其是電影中那隻裝滿鎧甲的黑蟲，好像叫什麼……機甲鬼叫獸？看在她眼中很噁爛的蟲子，人氣卻高到破表，很多影迷首映時連夜排隊不為別的，就是為了那隻詭異蟲子的限量公仔。

「夢時代 First Group 稍早也透過官方網站表示，除了『機甲咆哮獸』的模組檔受到雨水毀損，《異戰》整體的影音檔仍非常完整，而本部也保留『機甲咆哮獸』的完整副本，本次天災絕不影響《異戰》第三集的上映時間，請影迷放心。」窗內的二手電視隨後切換至災區的空拍畫面。

還好存有原始副本檔，要是那隻噁爛蟲有個萬一害電影延期，估計全球影迷會暴動吧？

說來也奇怪，明明是滲水，照理來說整個磁碟都會毀損，只有單一物件損壞還真不科學……

正當少女百思不得其解，直覺告訴她事有蹊蹺時，她提袋內的手機忽然響起，竟是璃玥前輩打來的。

「喂？璃玥前輩嗎？怎麼了？」少女一邊往巷口的寵物店走去。

「沒什麼，想問你上架的事還順利嗎？刀哥說你肯定連書坊都找不到，會在二手店鋪街迷路，我想在申報失蹤前做個確認。」電話另一頭的璃玥開玩笑。

「拜託……這又沒什麼，你們有給我地址，我也不是路癡，雖然這條二手街挺偏僻但不至於鬧失蹤好嗎？何況我已經搞定了，一會兒買完沒錢的飼料就回去。」少女回望那兩排陰暗的二手店鋪，明明是大白天整條街卻只有她一人。

「對了小歡，Boss 要你順便幫他買個冰枕。」

「怎麼？他發燒了？」

「不是，Boss 說他昨天在公園編劇情時睡著了，醒來才發現自己滾下躺椅，後腦勺摔得很腫。」

「唉，知道了知道了。」她忍不住嘆氣，真受不了那個睡衣男。

希望這一摔能負負得正，把他摔正常一點，不要再整天穿著連身睡衣晃來晃去。

少女只覺得睡衣男笨手笨腳，殊不知一切不過是現世與彼世的因果關係。

不過是一片磚瓦的業障。

爭執

隨著網路蓬勃發展，創作不再受限於紙本，與其埋頭苦幹寫紙本、獨自做畫，不少創作者將作品上傳至網路，藉此增加作品的曝光率，進一步獲取知名度，渴望有朝一日被伯樂相中，一舉成名。

撇開大把鈔票不談，最初的動機不外乎是想和他人互動，創作者肯定希望自己的作品被認同、被讚賞，那可是創作的一大動力，就算作品很差，創作者也希望受人批評指點，這樣至少能知道自己哪裡需要改進。

本以為網路創作能徹底打破「創作是一條孤獨又漫長的不歸路」這句俗話，想不到近年又竄起個討人厭的新詞彙——「潛水」，指看完作品不留言，拍拍屁股就閃的現象。

「唉……」少女坐在辦公桌前嘆氣，她無奈地望著桌上那一疊時效內的「棄養聲明書」，她非常明白那些創作者為何放棄。

同樣身為創作者，少女當然有網路連載的經驗，起初以為多少能與讀者互動，不料作品空有點擊率卻從來沒人留言。

所以呢？看完後的感想是？作品到底是好，還是不好？

老娘費盡心思花了大把時間敲鍵盤，好不容易敲出一部小說卻得不到任何回應，那跟把石頭丟到大海有什麼兩樣？

喔不對，石頭落水至少會噗咚兩聲，被讀者「潛水」就像被人放悶屁，連個聲音都沒，只聞到一絲絲臭味根本可悲至極。

對創作者來說比起被批評，被漠視的感覺更差，有種做白工的無力感湧上心頭，「潛水」風氣盛行，創作者何來動力創作？

為此，少女想出了對症下藥的絕妙方法，好說服那些讀者別輕易放棄創作。

她順手抽起一張「棄養聲明書」，用搜尋引擎鍵入書名，再依正確的筆名找到該作品，看是刊登在哪個文壇或論壇就隨便申辦個帳號，然後……

「哇！寫得真好！很喜歡故事的架構，期待下一篇喔！」鍵入，送出，留言成功！

即便她看也沒看過，如此籠統、概括含義無限廣的留言卻足以應付任何作品。

再看看網站有什麼認同作者的機制，該給愛心就給愛心、能給GP就給GP，投顆珍珠或點下推薦選項，最後加收藏、加入書架或加入最喜愛的名單，反正每個網站的流程大同小異，緊接著換下一張「棄養聲明書」。

「題材真好，非常有想像力，很喜歡你的作品，加油喔！期待大大更新，先收書囉！」附上系統內建的微笑表情，送出留言，收藏書籍。

再換下一張，依循這步驟反覆作業。

此方法唯需注意的是，怕被作者反過來追蹤帳號，所以同樣留言不能重複使用以免穿幫，反正只要抓準「含糊不清」的留言精髓，什麼「劇情超讚！」、「故事節奏很棒！」或「期待下一章！」，用這種能套用在任何作品、連主角名字都不必知道的口吻就行。

「我說小歡啊，那些人的作品你一眼都沒瞄過就留言，這樣跟說謊有什麼兩樣？」椅背後方的璃玥前來偷窺，懷裡還捧著擺臭臉的沒錢。

「前輩，我這叫『善意的謊言』，真要看完那麼多作品再留言，三天時效早過了，作品裡的黑白居民也都入土為安了。」少女拍拍那一大疊「棄養聲明書」，想在時效內應付大量作品、鼓舞創作者並拯救 The other world 的黑白居民，這是唯一快、狠、準，一招到位的方法。

少女也知道這麼做很虛偽，絲毫沒有身為一名讀者該有的真誠素養，但除此之外還有什麼方法能說服讀者不要放棄自己的作品？難道要跟他們說：「嘿！我老闆有超能力，他說你要是放棄創作，你書中的角色在另一個世界會死翹翹喔！」真要這麼講，那些創作者會以為這裡是精神病院而非工作室。

倘若非要據實以告，就得請J先生向那些創作者一一展現他神通廣大的超能力，可是難保當中不會有人說溜嘴，害J先生被異常人類研究中心抓走，到時工作室就得關門大吉。

「創作者最需要的是認同和互動，隨便一句稱讚對他們來說都是很大的鼓勵，虛偽也好、不真誠也罷，只要能讓他們持續創作，未來自然會有真正的讀者喜歡他們的作品，我這麼做是危急處理，目的就是要他們別放棄……」少女想起自己筆下的《情雲》，雖然擱置了八年但她從來沒動過扔掉它或把著作權轉讓給他人的念頭：「不放棄才有未來，有未來才能遇到知音，而且自己的作品當然要由自己完成，這才是稱職的創作者。」

聽完少女解釋，璃玥不禁認同地點頭：「說得好。」懷裡的沒錢也跟著喵喵叫附和。

不料外頭沙發上的刀哥聽見了她們的談話，他故意拍手嘲謔：「哎呦～！好一個危急處理啊！真不愧是前大公司職員，做事可真有效率，為了迅速完成工作而背棄道德，不簡單、不簡單！」

少女面色一沉，她忙於打字的雙手頓時停下。

凝結的空氣隨即瀰漫濃濃的火藥味，璃玥抱緊沒錢來回瞄，察覺這兩人的心結明顯還沒解開，直覺告訴她大事不妙，此時正是暴風雨前的寧靜。

是該說點什麼緩和氣氛？還是用遛貓當藉口趁機逃離呢？

正當璃玥想出面當和事佬時，心直口快的少女已刻意提高分貝冷笑：「呵呵！別笑掉人家大牙了！盜文傑森好意思跟人講道德？怎麼不先去照照鏡子？」

「小歡！別……！」璃玥知道那是刀哥的死穴……

碰！

但也來不及了。

只見刀哥火速撞門衝了進來，喊了一聲「操你媽的！」便一把拉住少女的後領將她往地上摔去，少女連同辦公椅一併橫倒在地，璃玥一時不知如何是好，嚇到整個人傻在原地發愣，懷裡的沒錢更是嚇到豎起直接毛跳出辦公室。

少女才剛單手撐起身卻又馬上被刀哥抓起前領，像被甩出去的垃圾袋直貼到牆上，腿軟的璃玥這時才勉強回神，嬌小的她趕緊從後抱住刀哥，企圖制止他卻被反手推倒。

「嗚……！咳咳！」撞牆的少女雖想轉身反擊，喉嚨卻被刀哥粗壯的手臂牢牢壓住，壓得她喘不過氣。

「你這嘴賤的臭婊子！像你這種一帆風順的傢伙懂什麼？要什麼有什麼！家境好、出生好、學歷高！到哪都有工作！不愁吃也不愁穿！沒本事招惹人家就乖乖閉嘴！」刀哥咆哮。

「……給我放手！咳！」她痛苦地掙扎、反抗，兩手指甲把刀哥手臂刮得粉紅，雙腳死命亂踹，換得刀哥更加用力把她抵死，她的臉色漸漸蒼白、發紫，很快連聲音都咳不出來。

「很難過是嗎？很痛苦是嗎？剛剛不是還很囂張？」眼看刀哥已變回過去道上的殘暴模樣，少女錯愕的雙瞳僅剩他準備落下的拳頭：「去死吧你！」

唰啪！

突來的厚重冰枕毫不留情甩在刀哥臉上，冰枕內結凍的化學冰塊瞬間爆出，碎冰噴得滿地都是，這重重一擊迫使刀哥瞪大雙眼，他本能鬆手令少女沿著牆壁滑坐在地。

「你被開除了。」身穿睡衣的J先生這時已站到他們兩人之間，右手還拎著破裂的冰枕袋。

刀哥虎軀倏然一震，聽到這句話的他像是被子彈貫穿心臟。

「東西收收，然後離開這裡。」J先生露出極為罕見的憤怒神情，他一手指向大門：「我聘得是文字編輯，不是街頭惡棍，這麼喜歡打架就滾回街頭。」

「可是老大……」

「沒有可是，你答應過我什麼？我們當初是怎麼約定的？」

「我……」刀哥愧疚地紅了眼。

「陳靜峰，你讓我非常失望，你的性格完全糟蹋了你的才華，現在的你沒資格踏入匿名工作室。」J先生這回直接道出刀哥的真名，那個過去登上報紙社會版不少次的暴力犯名字，隨後將毀掉的冰枕袋置入垃圾桶：「把這整理乾淨，然後離開。」

絕望的結局使刀哥再也忍不住淚水，面對J先生他直接跪地苦苦哀求，像三年前在大雨中那樣磕頭：「老大對不起……對不起……對不起……拜託你再給我一次機會……求求你……」他不斷磕頭，一把鼻涕一把眼淚，深怕重回那段黑暗人生。

「陳靜峰，你是要自己走出去，還是被我轟出去？」未料向來溫柔的J先生竟如此回應。

額頭貼地的刀哥隨即陷入沉默。

最終，得不到第二次原諒的刀哥只能抽抽吟吟邊拭淚水邊吸鼻涕，認命跪在地上乖乖善後，一旁的少女和璃玥誰也不敢說話，就這樣和雙手抱胸的J先生看著他收拾殘局、緩慢地整理東西，幾分鐘後便安分提起樂器和束口袋，在重機排氣管的呼嘯聲下離去……

關於父親

整個星期的好天氣也敵不過籠罩匿名工作室的低氣壓。

起初幾天少女真有衝動想去醫院驗傷，再到警局報案，打算請律師告死刀哥那混蛋、用司法體系送他去吃牢飯。

身為潘家掌上明珠，出生以來別說挨揍，除父母外誰敢瞪她一眼？哪怕蚊子在她腳上叮胞，挨罵的也是保母和傭人，怪她們沒照顧好。

少女很生氣、非常生氣，氣到幻想要雇殺手送刀哥去見閻羅王。

「我要那畜生吃不完兜著走！」光是開除難消少女心頭之恨。

「小歡，你就別浪費力氣了，那傢伙踏出工作室等同踏入虛無，用不著你動手，外頭自然會有人處理。」璃玥淡淡地說道，她一邊上網看遊戲攻略一邊解釋：「俗話說得好，歹路不可行，身為黑道長子卻沒繼承家業、跑來搞文創，現在丟了飯碗，同輩的江湖份子會怕長子回頭跟他們爭奪權位，當然會找機會料理刀哥。」

「……這樣啊？」少女眨了眨眼。

「何況刀哥以前幹的壞事可多了，光是仇家就可以塞滿整間工作室，也許正當我們閒聊時，刀哥已變成某處海岸的消波塊了。」

「……嗯。」她哽咽，報紙上的江湖私刑自己也不是沒見過，絕對比鬼島的刑罰更變態、更殘忍。

也罷，就交給檯面下的世界去處理那惡棍吧，省得自己費錢費時。

與其花時間跑該死的法律程序，不如多上網為那些沮喪的作者灌水打氣。

想是這麼想，心煩仍使少女失去動力，也不知道為什麼，最近她完全沒心思說服那些棄作品不顧的創作者。

眼看七天都過去了，綠色紙箱內的「棄養聲明書」仍一張未滅。

少女很快便意識到，此刻最需要被開導的是她自己才對。

她有些內疚。

動粗的刀哥固然可惡，但導火線正是因為自己失言。

那混帳怎麼還不回來？工作室不是他唯一的歸屬嗎？

J先生似乎也沒聯絡他，真打算就這樣放他去？都不擔心他遭遇不測？

還是說……那混球真的已經被「處理」掉了？真的變成消波塊了？

「不會吧……」少女趴在桌上，望著外頭空無一人的辦公桌，望著那惡棍原本的座位，依稀還能看見他穿著吊嘎拉小提琴的身影。

失去了唯一的編輯……更正，失去刀哥等同失去編輯、樂師、廚師、送貨員、維修專員，匿名工作室直陷入癱瘓，七天下來不光是出版，許多稀鬆平常的生活瑣事也無法順利完成。

「Boss，我們是否該找新的編輯？」幾天下來，璃玥天天燒熱水以泡麵果腹，畢竟廚師已經不在了。

「不用。」然而沙發上的睡衣男依然悠哉看他的電視、吃零食，好像什麼事也沒發生。

「那誰來校稿？誰來排版？」

「好問題。」他微笑。

然後呢？

沒有然後了。

談話就這樣劃下句點，J先生沒再給予回應，繼續自顧自的看電視嗑零嘴。

一旁的少女實在按耐不住，她直繞過沙發坐到J先生腳邊：「既然是好問題，那你有好答案嗎？工作室總不能一直這樣下去吧？身為老闆的你是否該做點什麼？」

只見男子陷入沉默，他的視線仍放在電視螢幕，表情像是若有所思。

少女由衷希望工作室回到以前的四人模式，看著璃玥和刀哥鬥嘴，孩子氣的J先生偷吃他們的甜食，偶爾會成熟地像爸爸一樣，出面阻止大家吵架……她非常喜歡那種家庭般的溫馨感。

「照這樣下去『棄養聲明書』會無限期停擺，The other world的黑白居民會消失喔……」瞧見J先生眉頭輕皺，少女猜想身為老闆的他可能是放不下身段，單純在鬧彆扭，她委婉建議：「J先生你就原諒刀哥吧，一來我真的沒受傷，二來是我踩刀哥地雷，說到底我也有錯，算我拜託你……」她雙手合十、低聲下氣地說。

「不，這並非任何人的錯。」不料他卻如此脫口。

「那你幹麻開除刀哥？」少女不解。

「因為醉翁之意不在酒……」J先生接著從紙盒抽出一根巧克力棒並將它直立，直將那根咖啡色的垃圾食物對準少女鼻尖：「在山水之間。」

什麼鬼？

老娘很認真在跟你求情，你卻拿著甜食胡言亂語？是巧克力棒啃多了啃到咖啡因中毒？還是後腦勺那一摔把你從怪胎摔成智障了？

看來工作室不僅要一名編輯，還得加聘一位醫生。

「……記得吃藥。」丟下這句話、強忍把零食插進老闆鼻孔的衝動，少女懶得再浪費口水，她起身走向璃玥：「外頭天氣不錯，一起出門散步吧。」

「組隊，DPS加加。」璃玥笑笑，故意用網路遊戲口語應聲。

反正少了刀哥一切工作停擺，對繪手和勸說工來說等同放長假，與其悶悶不樂、憋在工作室憋到屁股長瘡，不如帶沒錢出去遛遛，順道放鬆心情。

*　*　*

「真搞不懂那睡衣男在想什麼，每次跟他說話都想捲起袖子揍人。」少女咬牙，另一手牽著沒錢。

「Boss的思維本來就與眾不同，習慣就好。」璃玥拍了拍她的肩膀，語氣平淡。

兩人在鄰近工作室的公園晃了好一陣子，陽光炙熱，知道過胖的沒錢無法久走，她們便走一段、休息一段，為此沿路買了包花生米，每隔幾張長椅就坐下一次，邊聊邊扔花生，看鴿子和松鼠搶食。

「那個……對不起。」長椅右端，少女突然低下頭。

「對不起什麼？」長椅左端的璃玥目光正放在肥肥的鴿子上。

「是我害工作室的氣氛變成這樣，要是我沒講那種傷人的話，刀哥就不會暴走、被趕出去了……」

「嘖！只是剛好而已吧，沒報警抓他算客氣了。」璃玥不禁翻了個白眼。

本以為前輩會稍微責備自己，聽完她的回答直讓少女以為她和刀哥的關係不好。

「璃玥前輩也不喜歡刀哥？」

「天底下哪個創作者不討厭竊取他人點子的惡徒？雖然刀哥已經改過向善，但終究無法洗清他過去種種惡行，面對你的冷嘲熱諷，他哪來資格生氣？那是他應得的。」璃玥拿出事先準備的小盆子，在裡頭添了些水，隨後放到地上讓沒錢解渴：「更不用說他要是再犯錯，不管是觸犯智產法還是一般刑法，都會拖累Boss，甚至害Boss坐牢。」

「咦？為什麼？」

「當初是Boss把他從獄中保出來，Boss是唯一肯收留他的人，你也知道刀哥的背景特殊，即使他多才多藝也很難受人信賴，更不用說他在文壇留有黑歷史，基本上創作界已徹底封殺他。」說到此處璃玥忍不住握緊拳頭，老是無精打采的眼神更突然冒出怒火：「即便刀哥已流離失所，但在法律上Boss仍是刀哥的擔保人，那混帳要是敢重操舊業、胡作非為，進而連累Boss的話……我絕對饒不了他！」

難怪前輩最初會拐彎抹角地阻止自己提告，不外呼是怕拖累J先生。

難得看到前輩生氣，少女好奇的笑笑：「感覺璃玥前輩很喜歡J先生呢。」

「喜歡……嗎？」璃玥搔了搔頭，一臉不明所以。

其實少女一直很想找機會問，打從第一次踏入匿名工作室，一開門就撞見頭髮亂糟糟的璃玥和身穿吊嘎配四角褲的刀哥鬥嘴，那畫面不像員工間吵架，比較像朋友鬥嘴。

有時工作到很晚，也常看見J先生幫璃玥和刀哥蓋毛毯，還提醒她回家的路上要注意安全。那時她便察覺，這裡的人並非「老闆和員工」的那種關係，而是家人。

「問你喔小歡……會有人『喜歡』自己的父親嗎？」不料璃玥竟這麼反問。

「蛤？」少女瞪大雙眼。

「呵呵……很奇怪的問題嗎？」璃玥揉揉鼻子，神情頓時有些失落：「不瞞你說……我父親在我出生前就去世了，所以我不明白『父親』是什麼，自然不知道該如何詮釋對父親的情感，我只知道Boss對我很好，他非常照顧我，讓我吃他的、喝他的、有時工作晚了還住他的，甚至連現在夜間部的學費都是Boss替我出……」話說到此處，璃玥的眼角頓時濕潤，她刻意仰頭不讓淚水流下：「當我的創作之路被母親否定、課業太爛被學校掃出大門，覺得全世界的人都放棄我時，Boss是唯一認同我的人……我猜所謂『父親』就是這樣吧。」

「這樣啊……」怪不得她會把J先生當作父親。

璃玥撇頭拭去眼淚，她一手捧起背包上的武士吊飾：「我生父唯一留下的只有一幅未完成的武士圖，其他畫作都被我母親放火燒了，她說『都怪你那死老爸只會畫畫，害我們的日子這麼苦。』，也因為這樣，即便我在網路的作品享有高人氣，我母親仍堅決反對我成為繪手，她只希望我好好讀書。」

這部分少女倒是感同身受，想當年自己的畫作不是被燒毀，而是被父親狠狠撕爛，只是從火刑換成五馬分屍罷了。

任誰都知道，創作這條路道長路窄，需要大把時間、毅力外加資金，比賽項目少、競爭激烈、有時評審還收賄，若非頂尖還真難熬出頭、掙得幾毛錢，少有創作者把創作當成養家糊口的工具，多半兼差當興趣。

這也就是為什麼，世間創作者拼死也想進到「夢時代」，據說夢時代 First Group 成員的薪水跟職籃 NBA 球員的薪水並駕齊驅，薪資優渥、待遇好、享有最高榮譽，人人擠破頭，偏偏只有金字塔尖端的創作者能踏入那殿堂。

「所以當J先生找你去匿名工作室當繪手時，你應該很高興、馬上就答應了吧？」

「不，一開始我根本不認識他，那時我只把他當瘋子。」璃玥乾笑。

「欸？」

「你自己想嘛，沒有父親的你某天剛下課，突然有個素昧平生的大叔從後搭訕，劈頭就說『哈囉～小妹妹！你爸爸託我好好照顧你，聽說你很會畫畫，你想不想來我這工作啊？』，當下你會怎麼反應？而且那大叔還穿著連身睡衣喔！」

「噗……是我鐵定會揍他吧？狠一點就把他當色狼，直接報警抓他。」少女很能想像J先生白痴地登場，她腦中的想像雲瞬間跟派出所那次、J先生初登場的奇景重合。

「沒錯，當下我立馬抽起書包朝他臉打下去，然後拔腿就跑，想說遇到神經病還是趕緊躲回家比較安全。」

「哈哈哈哈哈哈！結果呢？」少女笑得合不容嘴。

「結果他死不放棄，每天放學都準時出現在校門口，搞得同學都以為他是我爸，甚至有人以為他是我男朋友，之後我刻意走後門卻老在小巷被他堵到，每天被他纏我都快煩死了……」璃玥嘆了口氣：「不過這也讓我意識到他異常有恆心，更好奇明明那麼多人可以纏為何只纏我？一般色狼挨了揍哪會再纏同一人？猜想他可能真的有求於我，我就姑且接受他的邀約，晚上讓他請吃飯。」

「吃什麼？該不會是巧克力棒和泡麵吧？」

「你錯了，是一間非常高級的西餐廳，叫『Claret』，他直接穿著睡衣拖著身穿國中運動服的我進去用餐，完全不在乎旁人眼光，有夠丟臉……」璃玥無奈地搖頭。

嗯，很像他的風格。少女一點也不意外。

那傢伙要是西裝筆挺才不正常吧。

「所以……因為他盛宴款待，你就答應當他的繪手了？」

「才不是呢，被一個奇怪大叔死纏爛打將近半年，吃一頓飯剛好抵銷而已！」

「不然？」

璃玥將半包花生米倒完並順手將紙屑拋進垃圾桶，她隨後抱起沒錢直放到腿上溫柔地撫摸，雙瞳頓時滿溢著思念……

「是因為他說了一則故事……」

獨腳武士

逐漸凋零的楓葉林，殘破不堪的武士行徑於黑白的落葉上，少了右腳的他勉強將武士刀當作拐杖，他一跛一跛地依循光源，向楓林深處的盡頭緩慢前進。

身上破損的戰甲好比枯葉般脆弱，他小心翼翼跨出每一步，深怕過大的震動加速他們脫落。

隨著視野逐漸模糊，周圍的燈光漸暗，他感到十分疲倦，想坐下來休息卻怕一闔眼便再也沒機會張開。

秉持超乎常人的毅力，自清醒後獨腳武士四處流浪，到處打聽關於自己的身世，眼看都橫越了半個黑白世界，都快走到彩色區邊境了，他仍一無所獲。

腦海揮之不去的話語成了他反抗死亡的動力，使他盡可能維持意識、不斷在消失邊緣痛苦掙扎。

「如果是女生的話，就叫林沁璃吧。」

他依稀記得自己被推進房間，白光直打在他臉上，接著便陷入昏迷。

也不知道昏厥了多久，醒來時少了一隻腳，眼前奇怪的世界，更是令他不知所措。

而這也是武士僅剩的記憶。

雖然不知道林沁璃是誰，本能卻告訴自己這個人相當重要，是誓死都必須守護的存在。

「必須盡快找到林沁璃，我要守護她，我必須守護她。」

堅決的信念成了獨腳武士忤逆 The other world 鐵則的力量，明明是黑白居民竟能長時間存在，雖不知能苟延殘喘多久就是了……

好不容易跛到楓林盡頭，數到耀眼的光線隨即打在武士身上，他不禁被映入眼簾的美景震懾，碧綠的山巒、盛滿稻穗的原野和清澈的河川，藍天白雲盡收眼底，打從他跋山涉水以來未曾見過黑白以外的色澤。

他用刀身撐著軀體，佇立在黑白楓林的山丘上眺望，發現山腳下恰有一片村落，打算去那邊打聽關於自己的記憶，運氣好的話，說不定還能問到關於林沁璃的資訊。

不料在他一拐一拐地跛下斜坡，終於費力抵達村莊入口後，一群年輕小伙子便火速衝出，直將他團團包圍，他們各個手持木劍、身穿劍道訓練板甲，眼神充滿敵意，明顯把黑白的獨腳武士當作敵人。

「不許動！」一名紫色短髮的少年將木劍對準武士並大聲質問：「來者何人？報上名來！」

「在下名為緒方出雲，是名流浪武士。」所幸他還記得自己的名字。

「黑色鎧甲加上慘白的臉孔，還少了一隻腳……看來是被神遺棄的惡人，你這被創世神遺棄的傢伙跑來這幹麻？是嫉妒想尋仇，還是專程跑來送死？」

獨腳武士完全沒進入狀況，對於一覺醒來就落入 The other world 的他來說，豈會曉得這世界的黑白居民和彩色居民相互仇視：「在下不明白您的意思，什麼叫被創世神遺棄？在下被誰遺棄？嫉妒尋仇又是什麼？」

「哼！少裝蒜了！你們這些黑白居民正因為身懷罪孽，才會被創世神拋棄，生為罪惡之人就算了，居然還眼紅，時常跑來我們彩色區搗亂！死前還想拖我們下水！根本可惡至極！」

「您誤會了，在下只是來這打聽關於自己的身世，和尋找一名叫做林沁璃的女子，絕無意圖與諸位交惡。」

「那就快滾回你的區域！彩色區不歡迎被神遺棄者！」少年奮力甩了下木劍。

「恕在下冒犯，要我走可以，但還懇請諸位不吝透露關於林沁璃的……」

「廢話少說！給我滾！」

不等獨腳武士話完，少年和他的同夥直抽刀向前躍出，十來把木劍直逼他的頂上人頭！

「非得刀劍相向嗎……」同一時間，武士已單腳跪下，俯身進入拔刀姿態，雖然缺了右腳，但他仍有雙手可以應戰：「失禮了！」

——喀唰！

「出雲」出鞘，武士奮力轉腰，以自己為中心猛然橫劈，漆黑的刀波飛快震出，以圓形狀向外擴散，刀波輕鬆就把蜂擁而上的少年們彈開，震得老遠，地面也跟著掀起陣陣黃沙。

單純自保、不想傷害無辜，獨腳武士刻意用刀背揮出震波，就怕傷了這些血氣方剛的少年。

「嗚……居然用刀背……真瞧不起人……」紫髮少年坐起身子，身旁的夥伴們一樣東倒西歪。

「不好意思，在尚未找到林沁璃前，在下可沒打算死去。」除此之外，武士覺得眼前這些孩子給人的感覺莫名熟悉，彷彿是自己的親生孩子，究竟是為什麼他也說不上來。

「這裡沒人知道你口中的林沁璃！快滾吧！」知道敵人放水，少年也不想再發動攻擊。

「那諸位知道在下的身世嗎？」

「誰知道啊？神經病啊你！誰會知道你的生世？我們彩色區的人沒事才不會跑到黑白區，這裡根本不可能有人認識你！倒是你們別再來亂了！既然生為罪惡之人就乖乖等死！沒事別跑來礙眼！」

啪！

正當紫髮少年大聲咆哮時，一把木刀突然從他頭上落下，狠狠打在他頭頂，很快就害他腦上腫出一個大胞，痛得他忍不住大叫，眼角泛淚。

「噢！」紫髮少年腦袋不禁一縮，他迅速撇過頭大罵：「是誰？居然敢打我！」

一名上半身穿著白色劍道服、下半身穿著藍色裙袍的神秘男子，他無視少年的怒火，還陸續往少年的小腦袋多敲了三下：「不乖、不乖、不乖。」

啪。啪。啪。

「噢、噢、噢！」少年像地鼠一樣在原地上上下下，身旁的夥伴則是你看我、我看你，沒人知道這名神秘男子究竟是何時出現的，誰都不記得村裡有這號人物。

「怎麼可以這樣對黑白居民說話？我跟你們強調過多少次，他們被創世神遺棄並非出於己願，真要說來可惡的是創造他們的神，而非他們。」男子將木劍輕壓在少年頭上。

少年惱羞地一手撥開男子的木劍：「你這混帳又是誰啊？為什麼亂七八糟的人接二連三出現啊？」

「翔太！這男的跟我們一樣都是彩色居民耶！」另一名少年同夥這才發現。

「既然同樣是彩色居民那幹麻打我？不是該協助我趕走那傢伙嘛？」紫髮少年怒指後方靜觀其變的獨腳武士。

啪。

又一下。

「不論色彩，同樣身為 The other world 的居民就該和平相處。」趁少年還沒抓狂，男子悠哉地收起木劍，伸手摸了摸少年的頭安撫：「還有我不是彩色居民，我是『無名士』。」

「無名士！」聽到男子這麼開口，少年們的戒心瞬間瓦解，他們的眼神頓時從敵意轉為崇拜，一個個衝上前擠到男子身旁，紛紛你一句我一句。

「是英雄『無名士』耶！跟我握手！跟我握手好嗎？」

「無名士先生！我想聽你說故事！快點快點！」

「無名士先生請教我魔法！我想像你一樣強大！」

「無名士大人！我想去火柴人王國觀光！帶我去帶我去！帶我飛上天！」

看著突然出現的神秘男子被少年們左拉右扯，獨腳武士腦中浮現更多問號，但他也沒打算開口多問，只慶幸這名男子替自己解危。

時間緊迫，既然此處無人知曉自己的身世，也沒人知道林沁璃的去向，自己也沒理由久留，得趕緊在失去意識前找到林沁璃才行。

「嗚……」沒料才剛撐起身子，打算趁亂離去，武士胸前頓時感到無比沉痛，沒幾秒他的視野便被黑暗吞噬，模糊的視線隨即左搖右晃。

好冷……好痛苦……

不行……我不能死……在我還沒找到妳之前……我……我怎麼能死？

必須……必須守護妳才行……

「林……林沁璃……」獨腳武士才跛了不到兩步，喊完自己唯一記得的名字便倒了下去。

碰。喀啷。

武士倒地，名刀「出雲」也跟著落地。

見到此狀，神秘男子火速推開少年們擠出人群：「你們乖，等會兒就來陪你們玩。」他迅速跑到昏厥的武士身旁蹲下，觀察幾秒後便出聲使喚：「翔太！麻煩你過來幫我！」

「啊？我？幫什麼？」紫髮少年皺眉。

「快來！幫我一起把他抬走，得盡快抬離這裡才行！」男子知道情況危急。

對於 The other world 的黑白居民來說，無故跑到彩色世界只會加速他們死亡。

離別

男子也沒想到，閒暇之餘，上網看個網路漫畫也能遇到突發事件。

他先是看了看紫色短髮的翔太，也就是這部武士漫畫的主角，再看看昏厥未醒的黑白武士，同樣以「武士」為題材，兩名角色的畫風明顯不同，但整體給人的感覺卻極為相似。

「翔太，你跟這名武士認識？」男子用木劍輕敲少年的腦袋瓜，啪。

「不認識……是說可以不要再用木劍敲我了嗎？」少年撇嘴。

「不認識？那他剛剛去找你和你朋友做什麼？」啪，又一下。

「不知道，他就跑來問我們問題，問我們之中有沒有人認識他、是否有人知道關於林沁璃這個人的事。」

他不太煩地撥開木劍。

「喔～原來如此～」男子點點頭。

林沁璃？怎麼聽起來很耳熟？這名字似乎在哪見過？

這陣子也確實聽說有名黑白武士到處流浪，四處向其他黑白居民打聽資訊……

「既然只是問問題，那你和朋友為什麼要欺負他呢？」男子雙手抱胸。

「我們才有沒欺負他呢！」少年辯解。

「喔？一群人拿劍湧上去不算欺負算什麼？」男子追問，手中的木劍等不及要教訓調皮的孩子。

「算……算……呃……」翔太慌張的杵著下巴，一時想不到藉口。

「嗯哼？算什麼？」等待之餘，男子用劍背替自己的肩膀按摩。

「算……算……哎呦煩耶！我不知道算什麼啦！」他任性地反駁。

啪！

「好痛！」

過了好一陣子，像是大夢初醒，獨腳武士這時才出聲：「嗚……」他張開雙眼，眼前不再是藍天，雲層又變回熟悉的黑色：「這裡……是哪裡？」

「這裡是一幅被遺棄的山水畫，怕你消失得太快，我和翔太就先把你抬來這。」男子解釋道，同時慶幸武士能夠甦醒。

山水畫？

獨腳武士緩慢撐起疲倦的身軀，他觀望四周，發現此處連綿的山巒已非先前的碧綠，和水流緩慢、泥沙淤積的河川一樣，兩者好比被死神的墨水灌溉，毫無生氣，給人陰氣沉沉的感覺。

而自己、男子和少年三人正坐在漆黑岸邊慘白的柳樹下。

猜想自己可能回到了黑白世界，但黑茫茫一片總讓他覺得「自己已經死了」，他有些懷疑地再次確認：

「在下……還沒死嗎？」

「當然還沒，武士先生，你的意志遠遠超乎你的想像。」男子露出欽佩的微笑，遊走 The other world 多年的他未曾見過生命力如此強悍的黑白居民。

在少一隻腳的情況下，竟能長期遊蕩，從黑白世界一路跛到彩色區邊境，還能以黑白之軀對抗數名彩色居民，沒有超乎常人的意志根本不可能辦到。

「不過我還是得提醒你，如果還想活久一點就別再誤闖彩色世界。」他隨後指了指武士殘缺的右腳：「畢竟現在的你非常不穩定，你是未完成品。」

未完成品？

武士皺緊眉頭，腦袋很快閃過方才夢境中的片段，自己正窩在某個昏暗的房間作畫，房內還堆滿了無數畫作和閒置的木筐，而畫板紙張上的圖案……似乎就是一名武士？

混亂的回憶頓時糾結在一起，武士感到頭痛難耐，每當他試著回想過去，陰鬱記憶的終點直是自己望著一名面容模糊的女子道出：「如果是女生的話，就叫林沁璃吧。」

那名女子是誰？林沁璃到底是誰？

而自己……到底又是誰？

為什麼自己被送進那房間、那道白光打下來後就昏過去了？為什麼一覺醒來後一切都不一樣了？

他備感沉痛，那是一股懊悔又自責的無奈，直覺告訴自己失去了一切，落入這世界的第一次清醒前，他的軀體感到無比沉重，像是有人趴在他身上大哭，耳邊更迴盪著離別的哀嚎，似乎是名熟悉女子撕心裂肺的哭聲……

強忍爆炸性的頭痛，獨腳武士逞強握住「出雲」，他死命撐起身軀：「謝謝你們救了我……在下十分感激，但在下還有心願未了，必須告辭了。」

「喔？你要上哪去？」男子好奇問道，看著武士搖擺不定的身子，感覺隨時又會倒下。

「在下必須找到林沁璃，在下必須守護她……」

「林沁璃是誰？」

「不知道，但直覺告訴在下她非常重要，在下必須保護她……」

「這樣啊？那……你知道她人在哪嗎？」男子皺眉追問。

「不知道……」獨腳武士一臉徬徨。

「唉。」男子嘆氣，臉上更是三條線。

一旁的翔太則迅速起身，他早已住慣好山好水，實在不想在這陰森恐怖的山水畫久留：「那個……無名士大人，既然他已經醒了，那我也回去囉……」

緊接著，自認事不干己的少年向左、半腳踏進棺材的武士向右，兩人自顧自的往前邁進，空留男子獨坐在原地。

「咳咳！誰說你們可以走了？」男子清嗓，嘴角微微抽動。

一股神秘的力量瞬間把他們兩人拉了回來，兩人的背部直接撞在一起，很快他們便沿著彼此的背脊紛紛跌坐在地。當然是男子的魔法。

男子沒收了武士的「出雲」，讓他沒拐杖可用，隨後拿起木劍又往翔太的頭頂敲下去，啪。

「噢！很痛耶！一直打一直打，我會變笨的！」翔太摀住頭頂埋怨，不忘抬頭擺了男子一眼。

「放心吧孩子，你本來就不聰明，被敲幾下根本無傷大雅，說不定就因為這麼幾下你的任督二脈就被打通了，你便成了數一數二的武士，到時你可要好好感謝我。」男子挑眉。

「屁勒！」翔太忍不住比中指。

無視少年的粗口，男子走到沉默不語的武士面前坐下：「至於你嘛……我可不會讓你白白送死，這把武士刀就暫時寄放在我這吧。」

武士仍然不發一語，他不明白眼前這名被稱作「無名士」的男子究竟有何意圖。

「放心，我只想好好跟你聊聊，應該說我想幫助你，所以需要你提供一些資訊供我參考，好讓我分析一下你的狀況，畢竟你的存在算是極為罕見的例子。」

「那我呢？」翔太轉頭。

「你安靜，乖乖坐著，不准亂跑。」啪，又一下。

武士隨即陷入沉思。

事到如今除了相信這名男子也別無他法，因為他能感受到，自己的意識不再像最初落入這世界時那樣堅定，感覺隨時會被死亡剝奪意識。

再仔細瞧瞧身上的戰甲，質地脆弱到感覺用手指硬戳都能穿破，用這狼狽的身軀大概也走不了多遠……

「你想知道什麼？」為了找到那名不知身在何處的重要之人，武士果斷選擇妥協，畢竟自己也沒多少時間可以猶豫。

「那麼……就先問關於你的事情好了，你對自己的瞭解有多少？在這世界除了四處流浪、打聽情報外，你有沒有歷經過其他事情？在這世界你有沒有夥伴？是否有你所熟知的對象？」

「沒有。」他果斷搖頭。

依照回答，代表這名武士很可能是來自畫作而非故事，倘若是故事就會有劇情，有劇情自然會有其他冒險記憶。男子依循自己長年的經驗分析。

「你所知道的就林沁璃一人？而你卻不知道她在哪？」

「是，在下除了林沁璃和自己的名字，緒方出雲外，其他的人、事、物，一無所知。」

「那創世神和這世界的規則呢？」

「在下完全不明白那些東西。」

嗯……這就奇怪了……來自畫作的角色竟不知 The other world 的各種規則，也沒有「自己出於創世神雙手」的概念……莫非是失憶？

「好吧，那除了緒方出雲和林沁璃這兩個名字外，你還記得什麼，麻煩你全部告訴我，盡可能把你腦中的每一分記憶說出來。」

「在下只記得自己跟一名女子說『如果是女生的話，就叫林沁璃吧。』，然後就被推進某個房間，隨後一道亮光從上打了下來，在下就昏了過去，醒來後便落入這個世界，還少了一隻腳……」他說出自己最清晰的記憶，隨後補充：「此外，在下剛剛夢見自己在昏暗的房間作畫，似乎就是在畫一名武士……」

「如果是女生的話，就叫林沁璃吧。」這話聽上去根本是在為尚未出世的胎兒命名……

加上夢見自己作畫，畫得又是一名武士……

該不會……

雖然一心覺得不可能，男子依舊飛快變出一面鏡子，並將鏡子立於武士面前：「你夢中自己所畫的武士該不會是長這樣？」

「！」武士的身軀猛然一震，他一臉難以置信。

怎麼會？為什麼自己會是這個樣子？

自清醒後未曾見過自己的面容，此刻的武士完全不敢相信眼前的一切。

「對吧？這是你所畫的武士沒錯吧？」見到武士錯愕的反應，男子大概猜到事情的來龍去脈，即便他也同樣難以置信。

明顯的，這名武士生前是一名畫家，死後心願未了，對於世間的思念便殘留在未完成的畫作當中，進而導致他落入 The other world，以武士之身化為此處的黑白居民。

「怎……怎麼會？」像是想起了什麼，武士伸手壓住鏡子，他這時才意識到此張臉孔並非自己真實的臉孔。

他兩眼滲出漆黑的淚水，激動的情緒無法用言語形容，悲傷、懊悔、自責，百感交集，腦海跟著閃過無數跑馬燈，一張又一張的片段影像接連從他眼前滑過，耳邊更傳來熟悉女子的聲音……

「真是的，就只會畫畫，真受不了你……」女子雙手叉腰，朝他露出沒輒的笑。

「怎麼一直咳嗽？要不要去看醫生？」女子溫柔地輕拍他的背，神情擔憂。

「生病就該好好休息，別再畫了老公。」女子從後抱住他，親吻他的頸背。

而眼前的畫作正是一名身穿紅黑相間盔甲的日本武士，唯獨右腳尚未完成。

「檢查報告呢？老公你是不是有事瞞著我？」女子擋住他的去路，隨後伸出手輕撫他的側臉。

「親愛的……告訴你個秘密……」女子踮起腳尖在他耳邊細語：「……你要當爸爸囉！」

最後……

「如果是女生的話，就叫林沁璃吧。」他躺在病床上，一手輕放在女子微微隆起的肚子上。

「答應我你會沒事，好嗎？」女子擔心到泛紅了眼，她注意到手術時間已到。

「我保證。」他笑笑，離去的前一刻吻了女子的唇，和她微微凸起的肚子：「我還得守護你們。」

壓抑已久的情緒爆發，獨腳武士崩潰跪地，他雙手奮力捶打地面，也不管脆弱的身軀會因此而毀滅，他哭到聲嘶力竭，並非雙手破裂使他疼痛而哭泣，哪怕粉身碎骨也不及他此刻心中的痛苦……

因為他知道，自己再也沒機會守護她們了。

「啊啊啊啊啊啊啊啊啊！」他仰天咆哮，一把搶過男子隨意放置地上的「出雲」，隨後拔出漆黑的武士刀，架在自己的喉嚨打算自盡，一了百了。

原來自己四處流浪、獨自苟延殘喘活了那麼久，到頭來不過是一場空。

「喂！你幹什麼！別做傻事啊！」翔太從後想制止武士，卻被武士用手肘狠狠撞開。誓死要守護的對象，如今已在無法觸及的彼端。

「少囉唆！在下已失去了存在的意義，事已至此……全部結束也無妨！」

自己果然是一個差勁的父親。

像自己這種垃圾，帶著無盡悔恨死去正是最好的結局。

就在獨腳武士自刎的前一刻，男子的雙瞳瞬間起了變化，兩顆黑圓的瞳孔直化為圓形時鐘，而時鐘內的數字全以希臘數字顯示，如同男子雙瞳的圓形時鐘同時浮現於武士頭頂，裡頭的時針停在十一逼近十二，而分針位於刻度五十九到六十之間，只差半秒，「出雲」便會劃開武士的喉嚨。

「誰准你自殺了？」男子的表情異常嚴肅。

「求……求求你……讓我死吧……」武士蒼白的臉孔流下兩道漆黑的淚痕，此刻他的動作被迫時間暫停，刀刃就這麼抵在他的喉嚨前，不管顫抖的雙手再怎麼使力也無法移動分毫。

「剛剛是誰口口聲聲說要守護林沁璃？現在呢？因為得知自己死亡，就想用死亡逃避責任嗎？如此膽小的心態還敢說要守護他人？」

「……你……你給我住口！你懂什麼？事到如今在下該怎麼守護她們？你說啊！在下要如何才能回到那個世界？你這滿口荒唐的愚蠢之徒！」他心如刀割，痛心疾首，胸口沉痛到只想嘔出鮮血狂吐。

「愚蠢？真正愚蠢的人是你吧！在你淺薄的認知下，所謂『守護』才侷限於空間！」

男子不禁憤怒握緊武士手中的「出雲」，也不管自己的手被刀刃劃出鮮血，他憤然抽走「出雲」直扔到遠方，沾血的武士刀「唰！」一聲削掉了柳樹的枝頭，隨後插入漆黑的土壤中。

「就算分隔兩地！你仍可守護深愛之人！」

男子怒吼，斷柳落地，武士與至親別離。

他愣愣望著男子出血的手掌，似乎被男子的怒吼震懾。

「生前的你接近死亡，是為了要守護她們，所以冒著風險接受手術，你是不折不扣的勇者、是武士，現在的你接近死亡不過是想逃避責任！逃避痛苦！逃避你對至愛之人的承諾！這樣得你還配稱作武士？還配得上那把名刀嗎？」

「那你告訴我該怎麼做啊！」他斷聲喊道。

「活下來！給我好好活著！然後跟隨我吧！」男子揪起他領部的戰甲：「我會找到你女兒，會在另一個世界替你照顧她，如此一來你在這世界守護我，不就是在守護另一世界的女兒嗎？」

「嗚……」武士淚流不止。

「我會把你的思念傳達給她，前提是你得活下去並且相信我。」男子鬆開雙手，俯視兩手撐地的武士：「緒方出雲，效忠我吧，由我『無名士』來解放你的生命。」

武士頭上的時鐘消失，時間暫停法術終止。

男子單手憑空一挑，「出雲」拔地而起，隨後聽從他的指令飛回手中，入鞘。

喀喀。

無名士蹲下，雙手輕捧「出雲」至緒方面前：「活下來，然後永遠守護她們。」

獨腳武士拭去淚痕，眼神不再迷惘。

他額頭貼地，雙手微躬，屈身服從。

「遵命！」

父愛

也許一切都是命中注定。

很難相信，用網路搜尋查證後，男子發現自己看的武士漫畫的作者筆名叫「璃玥」，而她的真名居然就是「林沁璃」。

好比孩子細微的神韻、不經意的動作和口頭禪，親生骨肉部分的性格多少會遺傳父母，「翔太」和「緒方」正是最好的例子。

武士漫畫的主角出於女兒，未完成的武士畫作出於父親，兩人筆下的角色在 The other world 相遇，更扯的是，還給擁有「筆念」能力的自己撞見，真的是剛好到不能再剛好。

「也許我該買樂透？不然就得小心走在路上被雷擊……」男子對著電腦螢幕笑笑，說到底他雖然相信命運，至今為止仍沒遇過如此神奇的事。

稍微瀏覽女孩的臉書和部落格，感覺她沒什麼朋友，唯獨長期連載的武士漫畫擁有高人氣，其餘的貼文都是網路遊戲資訊、泡麵團購和一些插圖分享，點閱率極少，沒什麼人按讚也沒什麼照片。

好不容易，男子游標下拉了好久才找到關鍵照兩張。

一是女孩的生活照，她戴著厚重的無框眼鏡、在沙發椅上翹著二郎腿，微捲的頭髮又蓬又亂，嘴裡還叼了根棒棒糖，看上去有點叛逆，可能是在網咖被人偷拍。

一是逼不得已的團體照，這張女孩的臉更臭，嬌小的她身穿運動服、盤腿坐在第一排，刻意單手撐頭、撇頭不看鏡頭，明顯不喜歡拍照。

「嗯……兩張都沒有笑容呢……」

他杵著下巴，替照片中的女孩感到心疼，四周同學都比出勝利手勢、露出兩排牙齒，唯獨她板著臉，叛逆的眼神流露出些許哀傷。

和他人少有互動、投注心力於虛擬世界、筆下漫畫的主角「翔太」成天被朋友環繞，以上三點便可總結林沁璃這個人——自我封閉卻又渴望陪伴。

肯定是個寂寞的女孩。

循著照片中的運動服，男子查到了女孩就讀的學校，恰好是萬畝市的塔山國中，他很慶幸自己不必跑太遠找人，同時也下定決心，在未來，一定要請這名女孩擔任工作室的繪手。

「不愧是畫家的女兒，國中就能上網連載漫畫，果真天賦異稟。」他一邊欣賞女孩的創作一邊自言自語，隨後印出那兩張關鍵照片，準備出發去找人。

為了實現與獨腳武士的約定，男子必須和時間賽跑，他絕不會讓那名深愛女兒的父親被黑白吞噬。

「我會給你們最好的結局。」他在心中發誓。

＊　＊　＊

下午四點，放學時段，男子準時抵達塔山國中。

他佯裝成學生親戚，神情悠哉的在校門口徘徊，不時偷瞄口袋裡的照片，期盼能於茫茫人海中找到目標。

直到四點二十一分，他終於看見與照片雷同的女孩出現。

厚厚的鏡片、亂糟糟的捲髮，手插口袋加上一臉憤世嫉俗的不屑表情……就是她了。

沒有猶豫，趁著捲髮女孩步出人群、逐漸往人煙稀少的巷弄走去，男子直從後方發動突襲，伸出手輕拍她的右肩。

啪。

「嗯？」女孩迅速轉頭、反射撥開他的手更退了幾步。

「哈囉～小妹妹！你爸爸託我好好照顧你，聽說你很會畫畫，你想不想來我這工作啊？」男子打招呼時注意到，女孩的側背書包上有隻栩栩如生的白色鳳凰，大概是用立可白畫上去的。

果真是一位傑出的創作者。他在心中讚嘆。

而面對女孩充滿戒心的雙眼，他仍保持溫柔的笑。

殊不知，男子溫柔的笑容在女孩看來，不過是變態怪叔叔的淫穢笑容，更不用說他還穿著連身睡衣。

她毫不猶豫拎起書包、使盡全力朝男子臉上「啪！」一聲打下去，隨後轉身就跑。

「噢……」男子摀著鼻子跌坐在地，再次抬起頭時女孩已不知去向。

沒關係，不打緊。

他並沒有因初次失敗感到氣餒。

人與人的心靈本來就有距離，想一次到位當然不可能。

仔細想想這樣的開場確實有些唐突，只差一件破爛風衣和一把灰色髒鬍子，自己便是貨真價實的街頭怪叔叔，就是拿種會「哇！」然後掀開風衣露鳥的色狼……

沒時間沮喪、沒時間多想更沒時間思考該怎麼做。

唯一的方法就是死纏爛打。

纏一次不行，纏兩次不行，纏十次可能會被抓到派出所，二十次大概就上新聞，保底三十次會被關進精神病院。

「三十次機會嘛……這不是挺多的？」他起身拍去塵土。

跟某位跛腳走過半片天的武士比起來，這檔差事算什麼？

為此，接下來的半年，女孩不得安寧。

校門口、暗巷、早餐店、十字路口、人行道旁的草叢，男子無所不在。

搞到最後，女孩經過人孔蓋會刻意避開、踏進家門會先探頭張望、睡前會先用手電筒察看床底，只怕那奇怪的睡衣男又突然冒出來。

終於，歷經二十七次嘗試後……

「我靠……神經病啊你……叔叔你煩不煩啊？你是哪裡有毛病？」這回女孩終於開口說話，她彎腰喘氣，很快從書包掏出兩百元鈔票：「給你掛號費，去看醫生吧！別再纏我了……」

「呵呵……謝天謝地……你終於肯聽我說了。」男子乾笑，一邊拭去汗水。

而他們兩人正站在某戶人家加蓋的違建鐵皮屋頂上。

為了甩開神經病，女孩也只好化身神經病，逼不得已爬上別人家的屋頂。

「跑一跑肚子大概也餓了吧？走，叔叔帶你吃飯去。」

「蛤？」

無視服務生詭異的表情、旁人的皺眉打量，男子就這樣穿著連身睡衣，把身穿運動服的女孩拖進知名西餐廳，並將天空另一頭的故事全告訴她。

他告訴她，有名獨腳武士為了尋找愛女，用武士刀撐著殘破的軀體四處流浪。

不管颳風下雨，不管死神的鐮刀已架在自己脖子上，武士仍咽著最後一口氣到處打聽女兒的下落，只為了再次守護她。

失憶、斷腳、界與界的隔閡都成不了武士向前邁進的阻礙，因為早在他失憶前，他的靈魂就被植入了根深柢固的父愛，好比生物本能、好比飛蛾撲火，即便每一步都使他更加疲倦，每一步都害他更接近死亡，他仍未曾停下腳步。

因為，他只想在最後一次闔眼前，見女兒最後一面。

如果可以，他渴望下一次張眼，便能返回至愛身邊。

而那名獨腳武士……

「就是你父親。」男子的雙眼堅定不移。

但女孩並沒有被故事感動，更沒因此相信他。

取而代之的是……

碰！

「你少胡說八道了！」她憤怒地咆哮，桌上的餐盤一併墜落、碎得滿地，四周客人更是不約而同望向此處，優雅的西餐廳隨即陷入一片死寂。

男子的故事只讓少女覺得，沒有父親的自己正不斷被消遣，長年來心中的舊傷一次又一次的被翻攪、掀開，痛得她眼匡泛紅。

「為了請我當繪手居然瞎扯這種故事！你果然是神經病！你以為消遣死者很好玩嗎？你不覺得拿別人逝去的父親編故事很殘忍嗎？」

「誰會為了雇一名繪手瞎編長篇大論？我說的句句屬實，更沒要消遣你父親的意思，在我看來你父親比誰都要偉大……」

嘩啦！

男子話還沒完，女孩就將盛水的玻璃杯往他臉上潑，隨後將玻璃杯往地上狠狠摔去，「哐啷」兩聲連同剛剛的餐盤碎在一起。

「你沒資格談論我父親！」

女孩吼完便轉身奪門而去，外頭正下著大雨，她一路在雨中狂奔，早已分不清臉上的究竟是淚水還是雨水。

她只想趕緊躲回家、抱緊棉被大哭一場，這些年她盡可能不去想關於父親的事。

應該說對於「父親」一詞，她根本一無所知。

她只覺得，每當被母親牽著右手，垂晃的左手便感到莫名空虛。

每次經過公園，看見別人的父親將孩子扛在肩上、好像伸手就能觸及天空，她卻本能地撇頭、加快腳步離去。

每當看見電視劇裡的孩子衝向玄關迎接下班的父親，隨後父親會將他們捧得好高好高，她便會反射望向玄關，試圖想像那種被擁在懷裡的感覺……

不行。

根本沒辦法想像。

最終，她也只能關上電視，獨自咀嚼屋簷下的孤寂。

而關於「那個人」的回憶全被母親放火燒了。

她只知道「那個人」好像是名畫家，一個沒什麼名氣、也賺不到錢的畫家。

到頭來「那個人」所留下的，只有破碎的家庭、辛苦工作的母親和孤單的自己。

無所謂，孤單又怎樣？自己不也好端端活到今天？

如今有沒有父親也不是那麼重要了。

何況……

「哪來的獨腳武士畫作？什麼The other world……根本胡說八道，那瘋子根本胡說八道！」再次回神時，女孩已抵達家門口。

她遷怒地一腳踹開鐵門、踏入虛有其表的家，如今渾身濕透使她覺得客廳的空氣比平常更為冰冷。

突然，她聞到一股淡淡的檀香味……

轉頭一看，她發現神壇上的香甕插了一杜香。

不記得今天是什麼特別的日子，為什麼要燒香？

很快的，從陰暗走廊步出的母親給了她答案。

「沁璃，你回來啦。」削瘦的母親臉上掛著難得的笑容，懷裡更捧著一幅沾滿灰塵的畫作：「你快來看看我找到什麼。」

女孩先是皺緊眉頭，隨後卸下濕透的書包，她兩眼直視母親懷中那幅灰霧霧的畫作，同時愣愣地、一步一步緩慢地走向母親。

不會吧……

「我老後悔自己當初為何把你爸的畫全燒光，如今還能找到值得留念的東西真是太好了……」母親將懷裡的畫作遞給女孩：「我想說你那麼喜歡畫畫，勢必得讓你看看那笨蛋的傑作……」

接下畫的同時，女孩已聽不見任何聲音。

唯獨她顫抖的右手下意識抹去畫作上的灰塵。

下秒她便瞪大雙眼，腦袋像是被鋼筋掃到，自認是神經病男子的瘋言瘋語、男子瞎扯出來的可笑故事、關於另一世界的流浪武士，種種思緒、記憶瞬間糾結在一塊——是一幅尚未完成的武士畫作，披著紅黑戰甲的武士，少了右腳的獨腳武士。

「原來是武士啊……那個笨蛋最後一次入院前還在畫這幅畫呢，真受不了他。」母親同樣紅了眼：「回想起來，那個說要守護我們的笨蛋跟武士還真有點像呢，忠誠又固執，誓死捍衛重要之人什麼的……」

「為……為什麼……為什麼會這樣……」女孩哽咽，她好不容易止住的淚水不禁再次落下。

「怎麼了沁璃？」

「該死……該死……真該死！」無視任何安撫，女孩像是想起了什麼，一件十萬火急的事。

她抱緊畫作撞開母親，直往閣樓臥房奔去。

「沁璃？沁璃！」

碰！

她重重甩上房門，喀喀兩聲反鎖，隨後飛快從抽屜翻出一堆美術用具，彩色筆、色鉛筆、水彩筆、發泡筆，琳琅滿目的著色用具散落一地……最後是蠟筆。

「誰要好好畫你啊！你這討厭鬼！擅自離我而去，就這樣丟下我跟媽媽！像你這種王八蛋消失最好！」

女孩任性地用紅色蠟筆朝武士空蕩蕩的右腳亂塗，她失控放任自己的情緒，作畫時，她生氣夾帶悲傷的淚水正一滴滴落在畫上。

同一時間，天空另一端正罕見的下著雨。

獨腳武士仰望慘白的天，看著黑雲降下雨水，漆黑的雨水正夾帶著強烈的情感一點一滴打在他臉上。

「你這混帳為什麼不好好照顧身體？就這樣隨隨便便死掉……你知不知道我和媽媽過得多辛苦？你知不知道我和媽媽多想念你？」

「對不起。」

她將紅色蠟筆隨手一扔，改換黑色蠟筆繼續胡亂勾勒線條。

他則看著自己的右腳一筆一觸漸漸被填滿。

「都是你的爛基因！害我也跟你一樣笨、一樣只會畫畫！都是你害我成績那麼差，在學校都被老師罵、一直被同學嘲笑！」

「對不起。」

她哭得不能自己，很想使力用筆戳破畫紙、狠狠發洩，卻怕傷了自己深愛的「那個人」。

他則感受到來自天空另一端、自己誓言要守護的對象正在哭泣，他不禁跟著流下淚水。

奇怪的是，他的淚水不再是過往的黑，而是清澈的透明。

「你知不知道我一個人好寂寞？你知不知道每次父親節，我有多羨慕別人？每次都只能躲在房間偷哭……都是你害的！全都是你害的！你這該死的……該死的臭老爸！我最討厭你了！」

「沁璃……」

她吶喊，他沉默。

兩個人，兩個世界。

一名孤單的女孩，一名四處流浪的武士，一段斬不斷的親情。

眼淚和雨水，一來一往。

兩份思念終於在此刻傳達到彼端。

當畫作完成時，女孩已趴在地上大哭。

武士則再一次看到藍天白雲，身上的戰甲已從破損的黑白轉為堅毅的紅黑。

「我告訴你！我已經不是小孩子了！不准你再擔心我！不准你再思念我！聽到沒死老爸！嗚……我……我最討厭你了！」

不論女孩再怎麼口是心非，面甲下的武士僅是笑笑。

彼端世界的他已充分感受到她的思念。

「女兒，我也愛你。」

填上色澤的武士站在雨中獨語。

「爸爸永遠愛你。」

【第三幕　命運的枷鎖】

Chapter 3

心意

稀鬆平常的早晨，慵懶的沒錢趴在白色木屋內，他本能將頭蜷進毛茸茸的身軀以迴避光線，好繼續補眠。

木屋右方，原本停放重型機車的空地早已空蕩蕩，那名萬用編輯至今仍不知去向。

微風徐徐，武士風鈴搖晃，竹竿繩上的衣物隨風飄揚。

陽光穿透窗簾間的縫隙，進而點亮了昏暗的匿名工作室。

尚不過七點半，空氣瀰漫陣陣蛋香，煎鍋上的蛋黃液滋滋作響，少女正於狹窄的廚房貼心地為前輩和「受吸血鬼詛咒的老闆」準備早餐。

「所以那間工作室如何？應該讓你有不少收穫吧？」電話另一頭的雅竺好奇。

「呃……你是指哪方面？」少女將手機夾在右耳和肩膀間，兩手不忘打蛋。

「當然是創作方面啊，你有沒有學到很多東西？」

「這個嘛……」

真是個好問題。

自己到這來也過了一個多月，用RPG遊戲來比喻，角色成長後的能力值全被迫拿去提升洗衣、煮飯和各種家務技能，這樣是否算學到很多東西？

少女花了五秒沉思，怕被死黨譏笑為高級台勞，為了面子她勉強回答：「當然有囉！」

「很好，那告訴我你學到什麼。」

「蛤？」現在是立委質詢？

「親愛的小歡，你別想隨便打發我，我特地從澳洲打國際電話來就是要監督你，看你有沒有踏實地追尋夢想。」

「可是我現在很忙耶。」她一邊將火腿和蔥剁碎。

當然，這只是藉口。

她實在不敢坦白自己僅是個勸說工，有時甚至覺得自己的存在可有可無。

也許，鼓舞失落的創作者對於 The other world 非常重要，但論現實面，這工作的重要性根本無從考證。

「喔？有多忙？是在忙什麼？」

「忙著整理稿件啊。」其實是在煎杏力蛋。

「少推托了潘小姐，我打國際電話都不嫌貴了，你好意思掛我電話？何況你最擅長的不就是一心二用？」

是想逼死誰？非得打破沙鍋問到底？

她嘆氣，將配料撒在柔順金黃的蛋皮上，不知道該怎麼啟齒。

說自己學會了遛貓、學會如何跟穿著連身睡衣的外星人相處、學會如何跟街頭惡棍正面衝突，還有學會「如何在入職一個月內害編輯被炒魷魚」……

——不對吧？

「小歡，你有在聽嗎？」

「嗯，我有在聽，你好歹給我一點時間思考嘛！」

「有什麼好思考的？你把自己的所見所聞說給我聽就好了呀！像是面試時的情況啊～同事人怎麼樣啊～很多事情可以說吧？難不成你一無所獲？」

「哪可能一無所獲？我只是不知道從何說起罷了。」

除了無奈地翻白眼外，她束手無策。

在倉庫面試，還見識到外星人展現超能力，同事也全是怪胎，其中一名到現在仍不知去向，說不定已經變成消波塊了……

更不能說什麼 The other world，那只會被死黨勸去看醫生。

「我學會了……養貓。」這是她僅剩的選項，相較之下、較為正常的選項。

「養貓？潘婷歡，我是很認真的在問你，你還跟我開玩笑？」

「我……」

正當少女想解釋，不料身後突然蹦出一句「誰啊？男朋友？」，嚇得她手機沒夾穩直摔到地上，她才剛彎下腰想撿手機，煎鍋上的杏力蛋卻冒出一絲焦味，她只好先迅速起身、拯救瓦斯爐上的心血。

「天啊我的蛋！」她趕緊用鏟子翻面，可惜背面已黑了一塊。

「早安。」不知從何冒出的J先生微笑，還揶揄補了少女一刀：「哇～你居然會煎蛋，我還以為你連瓦斯爐都不會開呢。」

「少囉唆！你走開啦！煩耶！」她將他往外推，反射轉頭瞥了眼時鐘：「才剛八點你起床幹麻？你不是被吸血鬼詛咒？快回去睡覺！」

「小憨，身為一名優良職員不能用這種態度跟老闆說話……」

「誰是小憨？是小歡啦！出去！」不等J先生說完，她奮力把他推出廚房，一路推回工作室最深處的房間：「去睡覺！鬼門還沒開別出來嚇人！」

碰！

她將房門狠狠拉上，鬆了口氣，卻感到些許掃興。

本想給他驚喜，沒料到那懶惰鬼今天這麼早起，真是太陽打西邊出來。

回到廚房，看著黑一塊的杏立蛋也只能認命重做，她重新打蛋液、切配料，希望能在璃玥前輩抵達工作室前變出豐盛的早餐。

所幸手機沒摔壞，但通話已顯示結束。

「也罷，改天再說吧。」她放下手機，有點對不起位在南半球的死黨。

論忙碌，身為一流雜誌美編的死黨肯定比自己忙，忙碌之餘還願意抽空打來關心，自己卻什麼成果都無從展現，令人失望。

綠色紙箱中「棄養聲明書」大致上都處理完了，能說的、能勸的她全做了，可惜少了刀哥，匿名工作室仍無法順利出版，真不曉得「The other world」的黑白居民是否安在。

偏偏在最低潮的時候打來，開頭吱吱嗚嗚、結尾的方式更糟，不爭氣的自己肯定把死黨氣得火冒三丈。

「你看起來很沮喪。」

「有一點……」少女頓了下，很快就察覺哪裡不對勁：「欸？」

「嗨。」

「煩耶！」又是他，她嚇得手中盛滿蛋液的碗差點掉進煎鍋。

真的是神出鬼沒，來無影去無蹤。

每次都毫無預警的突然冒出，活像恐怖片裡的地鼠。

「呼……我說你能不能不要突然出現？開門、走路都沒聲音，你是幽靈嗎？」

「被你發現了，我是不按牌理出牌的幽靈，不等鬼門開的幽靈。」男子笑笑，故意引述少女剛剛的笑話。

她擺了他一眼，這才發現他衣衫整齊，白色襯衫配卡其色長褲，今天不但早起還穿得罕見正式，唯一和以往相同的只有他身上那股淡淡的衣物柔軟精香，還有腳下那兩只小熊軟拖鞋，可能就是他「貓步」的原因。

「難得看你穿得那麼正經……哈雷慧星要撞地球了？」

「可能喔，那你要不要趕緊去 NASA 申請一架火箭移民？聽說火星還不錯？」

「這句話我原封不動還給你，你快搭飛碟回老家去吧，地球是很危險的。」她將兩片吐司放進烤箱，還不忘用他的笑話反擊：「我看肯定是跟女朋友約會。」

「智慧財產局應該稱不上女朋友。」

智慧財產局？去那做什麼？

難道說刀哥那傢伙又闖禍了？回去重操就業、盜文傑森重出江湖？

沒給少女機會追問，他瞄了下手錶：「不說了，我得先出門，跟人約好一起吃早餐。」

……

她頓了幾秒，很快便逞強擠出笑容：「喔，那你趕快出門，別遲到了。」隨後轉過身子背對他，本能想隱藏自己失落的表情：「路上小心。」

本以為自己除了鼓舞創作者外，還能為工作室的大家做點什麼……

自己也真是的，沒事雞婆瞎忙幹麻？特地大清早跑來這做早餐、沒事找事做，何苦呢？沒什麼大不了，頂多自己吃掉。

想不到少女才剛開始在心中安撫自己，下一秒卻像被讀心，只見J先生毫不猶豫從她手中搶走打蛋液的筷子，直夾起擱置一旁的焦黑杏立蛋並整塊塞進嘴裡。

「喂！那塊是焦掉的！」

「好吃。」他爽快豎起拇指，咀嚼，也不管臉鼓的像是用臉頰存放葵花籽的花栗鼠。

騙人，煎焦又沒加任何調味料。

「……謝謝你的安慰。」但她仍感謝他的體貼，令人溫暖。

「安慰？你誤解我的意思了，這麼棒的作品丟掉可惜，裡頭夾帶著滿滿的心意，非常好吃。」他輕拍她的頭，像溫柔的父親安撫小孩：「謝謝你的早餐。」

「不……不會。」雖然沒有鏡子，但她肯定自己早已臉紅。

「我下午就回來，工作室就麻煩你和璃玥了。」

「嗯，好。」

望著男子離去的背影，少女腦中頓時閃過與他初次相遇的場景。

他為她輕拭去鼻血，指尖殘留淡淡的衣物柔軟精香，當下的感覺難以言喻，只知道自己並不討厭，甚至可稱作「喜歡」？

怪不得璃玥會將他視為父親、踋上天的刀哥願意在他面前流淚，面對如此溫柔的老闆任誰都會卸下心防、都會不禁把這間工作室當成歸屬。

仔細想想，那塊焦黑的杏力蛋就跟那些被遺棄的作品一樣，充滿創作者的熱情和心意。不完美，卻非常珍貴。

所以不應該被放棄。

啟航出版社

「啟航出版社，讓夢想啟航！」

乍看之下令所有創作者為之心動的標題，其實是通往萬丈深淵的不歸路。

以徵文比賽為名，題材不拘，廣納世間創作者的作品，第一名除了能獲得高額獎金，還能與出版社協商出書。

比賽規章強調「參賽作品得為原創、不曾對外公開，若作品未達審核標準，比賽名次可從缺。」此外，主辦單位有權更動比賽規章。

少數眼尖的創作者一瞧便發現端倪，直覺告訴他們這項大型徵文活動很可能是惡劣出版社的商業陷阱，但仍有不少無知的小綿羊落入虎口。

近年來，「啟航」所辦的徵文比賽共計八次，神奇的是，歷屆比賽的第一名都重缺。

更神奇的是，拿了微薄獎金的二三名創作者，接連在網路書店見到與自己參賽作品極為相似的著作，買回家一看，赫然發現裡頭除了角色名稱不同，其他劇情架構、故事背景等幾乎一模一樣。

很明顯，自己嘔心瀝血的創作、好不容易想到的點子，全被出版社以徵文的名義盜走了。以為這樣就很下流嗎？

錯，更下流的在後頭。

撇開懂不懂法律，一般創作者碰上這種鳥事，要麻就鬧上智產局和出版社槓上，要麻就摸摸鼻子自認倒霉，沒鈔票也沒閒功夫打官司。

天真的創作者以為付錢請個律師，司法正義就會站在自己這邊，殊不知打從他們投稿的那一刻開始就中了出版社的圈套。

針對「公開發表權」，狹義的「著作人格權」只保護「公開」著作，偏偏徵文比賽的作品都是未公開著作，早在出版社公布比賽結果前，「啟航」旗下的寫手就先將優良的參賽作品改寫、翻修，轉為自己的作品並以出版社的名義出版。

到頭來站不住腳的反而是原作，因為在法律上享有「首刊權」的是先行公開作品的出版社而不是後知後覺的創作者。

除非原作能提出稿件的建檔日期或其他鐵證，不然結果往往是失去著作權又損失了時間和金錢。

「既然如此風聲應該會傳開吧？文壇的創作者只要互相警惕，告訴大家別投稿到『啟航』不就行了？收不到稿件的惡劣出版社自然會倒閉不是嗎？」沙發椅上，難得正式著裝的J先生手持可可冰沙提問。

「兄弟，事情沒你想的那麼簡單。」對座男子刻意降低音量就怕隔牆有耳：「我接下來要講的你可別說出去，我可沒你那麼有錢，我還有妻小要養，不想丟了工作。」

「明白。」J先生點頭。

上午，他和智產局友人相約咖啡廳吃早餐，不外乎是因為近期 The other world 的黑白居民暴增。暴增倒無所謂，匿名工作室會盡可能挽救他們的生命，偏偏促使創作者放棄的理由並非過往的其他因素，而是「啟航」出版社囂張跋扈，用合法的方式「盜文」。

合法「盜文」使 The other world 出現大量彩色複製人，那些複製人反映了「啟航」旗下寫手貪婪暴虐的性格，複製人四處破壞、傷害其他居民，甚至想抹殺原作筆下的角色，想徹徹底底取代他們、不給他們任何重生的機會。

鼓舞受挫的創作者、叫他們別放棄並協助他們更改題材，同時在 The other world 殲滅複製人，這些都是事後彌補的方法，治標不治本更敵不過「啟航」生產複製人的速度。

何況，因為怕「啟航」反過來告原作抄襲，原作若不肯放棄，只能卑躬屈膝更改作品題材，委屈自己向惡勢力低頭。

做賊的喊抓賊，這是什麼道理？這國家還有王法嗎？

為了彼端世界的秩序和現世創作的公平正義，向來低調的J先生再也嚥不下這口氣。

「幕後玩法律文字遊戲的出版社不只『啟航』，就我所知少說還有五六家出版社和『啟航』聯手，他們同樣以徵文手段搜刮創作者的好點子，將稿件轉賣給『啟航』或以劇本的名義私下兜售給影視界，就算創作者不投稿至『啟航』，那些出版社也會協助他們竊取題材。」

「既然你們智產局的人都知道，那為何不有所行動？是都睡著了？」J先生皺眉。

「上層都馬被出版社賄賂光了，像我這種小職員是能做什麼？」

「把那些盜文出版社的名字公開啊。」

「沒有鐵證是要怎麼公開？沒有證據隨便公佈名單等同無憑無據破壞出版社聲譽，到最後倒楣的可是我耶。」男子懊惱地揉了揉太陽穴：「何況我剛也說了，上層都收賄了，我們下面的人也莫可奈何。」

「幕後不曾有人想爆料、沒人想舉發？那些烏合之眾真有那麼團結？」

「想也知道不是團結，肯定是太好賺了，『啟航』背後那些黑道份子也是衝著這塊大餅來，其他出版社也是，人人都想分一杯羹，嚐到甜頭後自然不想退出，有錢撈又有黑道撐腰，當然『團結』。」男子隔空打引號諷刺。

怪不得小小一間出版社能在短短幾年內成為出版界的領頭羊，靠得就是無恥下流的骯髒手法，利用人們貪婪的本性集結狐群狗黨，為了牟利集體踐踏無數創作者的夢想。

沒有更下流，只有最下流。

從一粒小粉刺茁壯成一顆文壇大毒瘤，搞到現在沒人敢對「啟航」動刀，反而紛紛加入他們的分食行列，吃相醜陋叫人看不下去。

「啟航」不要臉的程度沒有上限，盜文尺度更沒有極限，如今孤身一人已無法阻止他們。

「所以說，想抓『啟航』的把柄只能從內部動刀？」

「理論上是，但離職員工就別想了，那些被『啟航』拋棄的棋子全都下落不明，最有名的例子就是『盜文傑森』，聽說他被黑幫狠狠揍了一頓，連有黑道背景的他都被揍到不敢吭聲，別期望沒背景的小老百姓敢跟『啟航』作對。」

這部分J先生也明白，刀哥的遭遇他比誰都清楚。

為了名利出賣道德的刀哥固然可惡，但追根究底「啟航」才是罪魁禍首。

對於那些才華洋溢的寫手來說，服從就有甜頭，不服從就滾蛋外加被毒打一頓，更不用提被「啟航」轟出去的沒人會收留，擺明「上了賊船就別想下船」，除非想落海溺死，不然就乖乖認命、終生當走狗海盜吧。

「但這顆毒瘤勢必得剷掉。」他堅持，沒打算放棄。

「誰不想剷掉？多少出版社不願與之同流合污，我們所能做得就是呼籲民眾別買『啟航』出版的作品，可惜上有政策下有對策，他們只需委託其他出版社代理出版或以寫手個人的名義自費出版即可，如此一來流到市場上的作品根本沒人認得出哪些是原創、哪些是盜文者的著作。」

他滑開手機研究「啟航」的官網，一邊想對策，就怕再這樣下去 The other world 遲早會被複製人大軍統治。

「是說兄弟啊，你不是想低調過日子？淌這渾水很危險，好比用木竿釣鯊魚，釣一大群鯊魚。」

「呵呵，誰會用木竿釣鯊魚，又不是白癡。」

他乾笑，眼睛隨後一瞥，竟瞧見一個有趣的資訊──「啟航」人資管理部急徵財務人員。

「不然你想怎麼做？」

「這個嘛……」有了。

Ｊ先生臉上溫和的笑容頓時褪去，直轉為比惡魔還邪惡的詭譎微笑。

與其絞盡腦汁想如何把一群鯊魚釣上岸，不如發射魚雷一舉殲滅他們。

他已經想到方法了。

「只好請航空母艦來囉。」

霸氣勸說工

下午，閒到發慌的少女賴在沙發上，她無聊到拿起雷射筆，令紅點在工作室各處來回移動，白胖胖的沒錢完全抵不住紅點的誘惑，一會兒跳上跳下、一會兒貓掌貼牆，還跟著打轉的紅點追著尾巴跑，逗得沙發上的少女會心一笑。

這麼做挺好的，可以打發時間順道幫沒錢減肥，全怪習於忙碌的她難以忍受無所事事。

刀哥再不回來、Ｊ先生再不請新人，少女深怕再這樣下去，自己很快會變成流口水的失智老人，有朝一日會癱死在沙發上，成為世界上第一個無聊到死的人。

璃玥倒是沒這方面的問題，對她來說有無工作在身都得盯著電腦螢幕，只是搞繪圖和下副本的區別而已，這讓少女很羨慕，也許自己也該找個嗜好？

她望著天花板、翻來覆去賴了好一陣子，像是想通了什麼。

與其坐等編輯回來，不如利用這段時間好好充實自己，畢竟自己的最終目標可是進入「夢時代」，趁著刀哥離家出走，大可讀本好書刺激靈感，或試著創作一部新小說，想把法精煉自己拙劣的文筆。事不宜遲，這就去提筆創作故事吧。

不料她才剛撐起身子，想讓軟骨頭告別鬆軟的沙發時……

嘟——

「呃……」她頓了下，好不容易撐起的身軀再次摔回沙發，這感覺如同卡通影片，窗外原本春光明媚每當主角想外出遊玩，開門的瞬間必然狂風暴雨。

她先是皺眉看向對講機，隨後轉頭望向璃玥，猜想戴著全罩式耳機、忙著和怪物廝殺的前輩可能沒聽到，她只好起身應門，臭臉沒錢則跟在她腳邊喵喵叫。

會是誰啊？J先生不是有鑰匙嗎？難不成……刀哥回來了？

她食指按下對講鈕，喀喀。

「呃……喂？您好，這裡是匿名工作室，請問有什麼事嗎？」這是少女第一次應門，雖然一時不知道怎麼開口，但口氣絕比兇巴巴的刀哥好上許多。

「那個……聽說你們有在收購創作者不要的作品，是嗎？」對方也是吱吱嗚嗚，聲音聽上去是男生，像青澀的國高中生。

「有喔，請您稍等一下。」可惜不是刀哥。

經璃玥同意後，少女便按下解鎖鈕，喀鏘兩聲放外面的客人進來，果不其然是名配戴書生眼鏡、長相清秀的高中生，他身穿鄰近高中的制服、背著書包，臉上的神情有些失落。

少女貼心地為他拉了張椅子，同時抽起一張空白的「棄養聲明書」準備遞給他。

「把上面的空格填完，然後簽……」少女才剛脫口，卻又覺得哪邊不對勁，只好將本來卡在喉嚨的話吞回去。她愣愣看著手中的空白契約，欲言又止，這令椅子上的客人摸不著頭緒。

自己的工作應該是鼓舞創作者，就這樣把「棄養聲明書」遞出去、要創作者填完，不就是直接唆使創作者放棄嗎？怎麼想都很奇怪啊……

很快少女便改變主意，將原先的「棄養聲明書」對折，暫且擱置一旁。

「怎麼了？」椅子上的客人看著若有所思的她。

「不好意思，剛剛是我不對，忘了跟你說清楚，匿名工作室確實有在收購創作者不要的作品，但我們更希望創作者能親手完成自己的作品。」這是經過思考後，少女自覺應該脫口的答案。

「可是我真的沒打算繼續寫作了。」

「為什麼？」

只見客人從書包「搬出」一疊厚到不行的手稿，驚人的厚度足以拿來當武器砸人，簡單來說就是特大號磚塊，他「碰！」一聲放在少女面前，桌腳劇震嚇得沒錢直躍進少女懷裡。

「這是我的作品《戰爭吶喊》，不含標點符號將近千萬字，裡頭描述諸神間的戰爭，是我參考西方神化、設定許多新神氏，拚命撰寫而出的作品。」

「那很好啊，都寫這麼多了為何還要放棄？是寫太多了不知道怎麼收尾？」

「不，當然不是，可以的話我真想繼續寫下去……」他眼匡頓時泛紅。

「不然？」

他隨後從口袋掏出一張像是法院傳票的通知，封面寫到智慧財產局、著作權等關鍵詞：「這陣子我細心將作品分章，一篇一篇上傳到網路文壇，不料竟有出版社告我侵害著作權，逼我把作品撤掉，甚至要我支付侵權的賠償金額。」

少女順手接過通知，攤開一看，發現提告者是「啟航出版社」，總覺得這名字十分眼熟。

「嘖！果然又是那下三濫的出版社。」一旁的璃玥聽到這個名字，面露不屑。

「啟航出版社？好像滿常在網路文壇看到耶……」少女頓時想起自己四處灌水、替創作者們打氣時，各大文壇的網頁右側短文區和公告區，時常刊登關於啟航出版社的負面消息。

「刀哥就是被那家出版社轟出來的，那家出版社聘了很多下賤寫手，要他們到處盜文、抄襲他人點子，報酬就是高到嚇死人的薪水，並讓那些偷來重新改造的作品掛上他們的名字出版。」

「可是這疊磚塊……喔不，我是說這疊手稿不是你的作品嗎？『啟航』告你侵權的理由是什麼？」少女不解。

「因為『啟航』已經把我前半部分的作品製成系列書並公開出售了，作品的內容理所當然被調整過，但我一眼買來看就知道，那絕對都是我的點子……都是我的點子！」他雙拳緊握，流下不甘的淚水：「可是我明明沒投稿到『啟航』，我投的出版社是『快樂屋』，為什麼還會發生這種事……真的無法接受……」

「很可能是『快樂屋』把你的作品轉賣給『啟航』，畢竟『啟航』的聲譽已經臭到徵不到稿，只能私下向其他出版社買稿。」璃玥推測。

「那就走法律途徑啊。」少女提議。

「沒用的，『啟航』的盜文方式剛好踩在線上，不合法卻也不算違法，他們故意鑽法律文字上的漏洞，用這種含糊不清、模稜兩可的方式盜文。」璃玥搖頭。

「智產局我也跑過了，現在他們兩家出版社互踢皮球，雙雙裝傻，智產局也愛理不理，可是我的點子卻被放在架上，照樣熱賣，錢和名皆被『啟航』賺走，我真的好不甘心，真的好不甘心……」

徬徨的少女看著他不斷揉眼、吸鼻涕，她默默將衛生紙盒遞給他，除了保持沉默外，這是她僅剩能做的事。

悲傷的情緒渲染整間工作室，她和璃玥都感到無奈。

看著桌上那一大疊手稿，同樣身為創作者的她們胸口不禁感到沉痛。

近千萬字耶，那需要花多少時間？多少心力？需要懷著多少熱忱，才能寫出那番巨作？不，應該說，就因為懷著無比熱忱，才能寫出那樣驚人的作品。

「豈有此理……難道就沒別的辦法了？」隨之而起的是滿心的怒火，現在的少女真有衝動放火燒了那兩家出版社，她確信一把火下去「快樂屋」將很不快樂，「啟航」更航不了多遠。

「詳細的法律條文我也不清楚，可惜最熟知智慧財產法的惡棍不在……」雖然很不想這麼說，但璃玥覺得必須做最壞的打算：「就算上公堂打贏官司，那些被他人用過的點子大概也不會有讀者想看了。」

意思是，想讓《戰爭吶喊》徹底重生，保有它的新鮮度和價值，勢必得全部重寫，對於近千萬字的作品來說，這等同宣告死亡。

這點坐在椅子上的原作當然知道，眼看暑假過後將升上高中三年級，即面臨大學學測、指考，他再也沒那麼多時間、也沒那心情創作了。

至今為止所有的努力全都白費，一切都結束了。

這就是他前來此處的原因。

他勉強拭去悔恨的淚水、平穩住呼吸，哽咽拜託：「我不想因這件事壞了考試心情，至少藉由捨棄那疊廢紙……忘記這段痛苦的經歷，我才能重新開始。」

「廢紙？你怎麼說自己的心血是廢紙？這樣對你過去的努力很失禮耶！」少女引述J先生的話語。

「別安慰我了，你同事說得沒錯，不會有讀者想看重複的故事，點子被他人奪走、先行公諸於世後，那些手稿就是廢紙了，沒有任何價值。」他的眼神充滿絕望，吐出來的一字一句正反覆刺傷自己的心：「那疊垃圾就送你們吧，我也不跟你們收錢了，只求你們幫我收留它……」

啪嘰。

聽他這麼一說，少女的太陽穴倏忽爆起青筋，她迅速轉身走向工作室的儲物間，從中拿出燒紙錢用的鐵桶並將桌上那疊手稿順勢撥進去，隨後又將椅子上的原作奮力拉起，一路狠狠拉到工作室外頭。

「喂！你……你幹什麼啊喂！」他尚未反應過來，連反抗都來不及就被推出門外。

一旁的璃玥沒阻止少女，僅看她安置好鐵桶後又走回工作室，最後拿了根打火機出來扔給原作。

璃玥露出一抹淺笑，她大概猜到少女想做什麼了。

「你剛剛說這疊手稿是垃圾對吧？」少女雙手叉腰，瞋怒瞪著滿臉疑惑的原作。

「呃……嗯……」

「很好。」她從鐵桶隨便抽了張手稿遞給他，要他親自點燃：「燒了它吧。」

「……蛤？」他頓時定格，第一時間以為自己聽錯了。

「蛤什麼蛤？燒掉它啊！是你親口說這疊東西是垃圾的，既然如此，用不著我們匿名工作室收留，垃圾沒有價值，更沒有存在的必要，就由你親自操刀，送這疊垃圾最後一程吧！」

他愣愣看著手中的打火機和那張「垃圾」，無法憑自身意志控制顫抖的雙手，兩手不聽使喚，就連簡單的動作——點燃打火機都沒辦法，究竟是為什麼他自己也不明白。

「發什麼呆啊你？有什麼好猶豫的？快點燒掉它！現在！Right now！」少女憤怒咆哮，她早看穿他的口是心非。

哪個白癡會為了垃圾掉眼淚？世上豈有創作者捨得燒掉自己的作品？被他人偷走都恨得牙癢癢了，何況親手毀滅？

「我……我……」

「做不到是嗎？做不到就由我來幫你吧！」

她飛快從原作手中奪走打火機和手稿、打算假裝點燃，而一切如她所料，自己的舉止隨即換得另一聲咆哮。

「——不要！」

他猛然向前，兩手緊抓少女的雙腕，在火源和紙張接觸的前一刻阻止了她。

「我不要任何人毀掉它！」他大叫。

「這才是你的真心話吧？」她則鬆開手掌，令打火機和手稿落至地上。

「我……」

「你以為捨棄作品就能讓自己舒坦嗎？你不覺得這麼做很不負責任嗎？你不覺得這樣很對不起過去的自己和書中的角色嗎？」

他雖不發一語，頭卻羞愧地下沉。

「你真的認為，藉由放棄那疊心血就能忘記所有痛苦和悔恨嗎？」

「不……我……我不這麼認為……」再次落淚時，他早已鬆開雙手，慚愧地跪在地上。

對於創作者來說，每部作品都灌入了滿滿的情感，那些情感反映了創作者的渴望、信念、回憶和夢想，將那些情感稱為創作者的靈魂一點也不為過。

已經印入靈魂的東西，闔眼前都別想忘記。

「真正垃圾的，是明明有能力完成作品卻半途而廢的創作者，也許現在的你沒有能力、沒時間重新改寫作品，但這不代表你以後沒機會改寫它啊！」少女雙手抱胸，鼻子吐出長氣：「還有一點我必須強調，匿名工作室只收作品，絕不收垃圾，以後要丟垃圾就滾去紙類回收場，別以為其他創作者都跟你一樣，蠢到把自己的作品視為垃圾。」

點到為止，面對雙膝跪地、忙著回收自己手稿的原作，少女也不想再多說。

罵歸罵，說到底可惡的還是那兩家該死的出版社。

「真不愧是勸說工，替我們省下一張『棄養聲明書』。」璃玥伸手拍了下少女的肩膀。

「哼，要不是縱火犯法，我還真想燒了那兩家出版社，簡直可惡至極！」她怒氣未消，旁人看上去會誤以為是她的作品被盜走。

「你的願望我聽見囉。」

聽聞耳熟的聲音，她們兩人同時回頭，發現難得正式著裝的J先生一手捧著蛋糕盒，另一手夾著公事包走了過來。

「Boss午安，你從智慧財產局回來啦？」

「沒錯，還帶來點心回來給你們吃，是提拉米蘇蛋糕喔～」他要璃玥拿好蛋糕盒，隨後好奇地探頭、瞄向不遠處正在收拾殘局的高中生：「今天是什麼日子？有要燒紙錢？為什麼那孩子好像……在哭？」

「說來話長，反正已經沒事了，嗯對，已經沒事了。」

少女故意看向別處，可惜卻被璃玥出賣：「小歡剛剛把人弄哭。」

她對璃玥使了個眼色，璃玥則似笑非笑，擺明想看好戲。

觀察了兩名少女的神情，像是能推敲事情的來龍去脈，J先生沒打算插手，也不打算責備誰了。

能夠安心地目送那名高中生離去，全因為他看見了一名創作者重新燃起鬥志的眼神。

「小憨，下次說服別人時記得溫柔一點。」他笑笑叮嚀。

「要你管啊睡衣男。」她賭氣，覺得對他任性是種特權。

「那麼就回歸正題吧，你剛剛的願望我聽見了。」

「什麼願望？」

「小憨想毀滅壞壞的出版社對吧？」

「呃……是沒錯啊，可是我真放火下去，搞不好會在綠島跟刀哥當室友。」她開玩笑，是說可以別再叫小「憨」了嗎？

「沒人要你放火，真要說起來……比較像埋炸藥吧？」

她一頭霧水。

「嘛……不過在那之前得先告訴你一件事……」

「什麼事？」

只見J先生眯起雙眼，調皮的雙瞳像是在策劃什麼。

正確來說，比較像等不及宣洩一肚子壞水的智慧犯。

「就是恭喜你被開除囉！」

黑道身世

鬧區下的夜，黑暗中步出一名面露凶狠、左臉掛著刀疤的壯碩男子，他一手提著小提琴隨興走到牛排館外的客人等候區坐下，不為吃牛排，單純想抽根煙舒坦鬱悶的心。

相較最初在街頭懲兇鬥狠之時，如今意志消沉使他臉上的殺氣減少許多，但一旁觀望許久的女店員仍不敢出聲請他離開，就怕這名凶神惡煞的男子一不高興便抽起腳邊的小提琴揍人。

他點燃煙頭，嘆了一口長氣，沮喪的臉隨即沒入煙霧。

今天的面試又失敗了，真狗娘養的慘。

是怎樣？不過長得兇一些，就沒資格教人拉小提琴嗎？搞得好像我會把小朋友吞掉似的……

那些自稱底子渾厚、音樂系放出來的卡小，講白了沒一個技巧勝過老子，不過是外貌和藹可親、聲音娘炮罷了，偏偏他們要的就是那種死人妖，幹。

上星期的保全工作至今也沒收到回件，八成也無望了。

瞧那些孬種面試官的表情就知道，他們絕不想雇用長得「比壞人更像壞人」的人擔任保全，自己還是早點死心吧。

「唉，去你媽的垃圾人生。」他仰頭感嘆，望著黑濛濛的天空，深知自己窮途末路。

全怪那臭婊子，嘴巴那麼賤害自己情緒失控，早知道會被開除就多打幾拳、多補兩腳再走。

老大也沒想挽留的意思，工作室只需聘請新編輯頂替自己即可，照樣可以營運下去。

璃玥那死丫頭就是隔岸觀火的類型，自己的去留在她看來肯定是「關我屁事」。

至於沒錢那畜牲，「有飼料便是娘」，誰去餵牠都一樣，反正讓牠填飽肚子就行，講白了牠只愛飼料和飼料的朋友——飼料盆。

說到底自已也盡力了，苟延殘喘夠久了。

當年要是沒老大收留，現在的自己不是在坐牢就是在土裡，街邊混混的死法百百種，隨便一場幫派鬥毆都能掛掉幾個。

只能怪自己耐不住脾氣，怪自己讓老大失望。

怪自己空有天賦，卻沒有成為頂尖創作者的命。

夜晚的冷風帶走了男子鼻尖上的煙霧，寒意漸漸貫透他的黑色皮衣，隨著時間流逝，比起冷，他更感到懊悔。

他凝視煙頭上的火光，猜想在這微冷的夜裡，匿名工作室的大家可能正圍在一起吃熱呼呼的火鍋，一邊開心聆聽老闆述說 The other world 的種種故事。

「好後悔啊……」道出真心話時，男子無力地鬆口，令嘴上的煙落至地面。

他瞧了地上的煙一眼，諷刺地覺得那根煙好比自己坎坷的命運。

一頭死命抓著嘴唇，辛苦地為夢想掙扎，屁股的火卻不領情，分分秒秒持續燃燒。

如今嘴鬆了，愚蠢的煙再也無法忤逆地心引力，理所當然地落入深淵，用不著他人踐踏，終將被無從反抗的烈火燃燒殆盡。

生來是根煙，盡頭即是灰燼。

哪怕受人欽賴，被叼上了天，那都只是一時的。

這，就是自己的宿命。

——叭！叭！

突來的汽車鳴笛打斷了男子的思緒，即時將他從悔恨的漩渦釣了上來。

他抬頭一看，一輛銀白奧迪停在人行道旁，那輛車刻意停在自己正前方，只見副駕駛座的人隨即搖下車窗、伸出右手比了個中指。

「呦，老哥。」車內的平頭男摘下墨鏡，一旁駕駛座的花襯衫男子同樣朝他探頭、拇指向下比了個「噓」的手勢。

「嘖，你倆王八蛋皮癢就是了？」他則伸出小指鄙視回應。這些不雅手勢可是他們兄弟共同的語言。

真巧，居然在這時候遇到親兄弟。

「坐在那幹麻？路邊等野雞上鉤啊？」副駕駛座的二弟嘲謔。駕駛座的三弟負責在一旁乾笑。

「對啊，等你女友那隻雞啊，閒閒沒事快去死吧，兩個廢物。」他不在乎地回嘴。

「林娘機掰啦，看你一臉鬱悶要死的樣子，是肝癌末期喔？走啦！跟咱們唱歌快活去，上車！」二弟出聲招呼，三弟則多按了兩聲喇叭，兄弟倆打算帶哥哥狂歡解悶。

男子瞥了地上的煙蒂一眼，覺得一切來的可真是時候，好像上天擺明要他回去走自己的本命，別再逆天、別再反抗命運，盡想實踐那些不切實際的夢想。

也罷，坐在這也是乾吹風，去喝點小酒、唱唱歌洩恨也不賴。

他起身、一腳踩熄煙蒂，給尚殘一絲火光的愚蠢香菸一技安息，隨後拎起小提琴乘上銀色奧迪，三兄弟眨眼便揚長而去。

* * *

「泉爪門」，以老大「山貓」為首統領鬼島北部的大幫派，旗下共計數十個堂口，靠著經營地下錢莊和暴力討債奠下雄厚資本，近年來更追求國際化，頻繁與菲律賓走私毒品、貿易軍火。

隨著山貓年紀增長，身為領導的他便有意將掌門人的位置託付給四名兒子，他將長子陳靜峰列為接班人首選，因為他完美繼承了自己重義氣的性格和充滿野性的血液。

起初陳靜峰的表現令所有道上長輩滿意，他敢打好鬥又肯為自家兄弟背黑鍋，從街頭飆車、聚眾鬥毆到砸店鬧事全由他主導，高中尚未畢業就留下滿滿亮眼的前科，堪稱家族中同輩份的表率，另外三名親弟也相當崇拜這名殘暴又講情義的大哥。

不料就在陳靜峰二十三歲，家中長輩齊聚，山貓打算在慎重的儀式和眾人見證下將「泉爪門」頭領的位置交付給他時……

「爸，我不想幹這檔事。」他居然當著所有道上長輩面前斷然拒絕。

像是被長子重重甩了一巴掌，山貓自知面子都被他丟盡了，當場暴怒將陳靜峰轟出家門並當眾宣示自己沒這兒子，接班人改日再選，「泉爪門」的龍位短期內仍由自己坐鎮。

「所以說啊老哥，當初你被出版社那幫人揍得鼻青臉腫，咱也很想出面替你討公道，但老爸不准，他說要是我們出面等同他承認你這兒子，不想惹爸生氣，我跟三弟只能袖手旁觀，希望你諒解。」昏暗的酒店包廂內，二弟為刀哥添酒也會自己添了些，他舉杯示敬：「雖然爸還在鬧彆扭，但家族的血脈斷不了，乾。」

「乾。」刀哥微笑，一飲而盡。

刀哥當然不怪底下的兄弟，反而慶幸弟弟們沒插手，他老早就想和黑社會撇清關係，雖然聽起來像藉口，自己過去的種種惡行其實都是作秀，他只是不想讓父親失望。

比起刻意懲兇鬥狠，他更喜歡優雅地演奏樂曲，比起拿起鋁棍四處破壞，他更享受拿起鍋鏟烹飪美味佳餚，比起在眾生吆喝下砸破他人腦袋，他更崇尚獨自一人咀嚼文學的韻味。

早在他第一次提筆寫作的那刻，他便深刻明白自己生來即是個創作人，而非統領黑道幫派的繼承人。

「意思是，身為次子的你現在是『泉爪門』的老大囉？」刀哥好奇問道。

「嘖！我也想做老大啊，可惜現在那寶座仍在老爸的屁股下，他好像很掙扎該把位子交給誰。」二弟點了根雪茄，透過菸霧看著刀哥。

「我猜他是怕你們哪天跟我一樣，當眾推掉那寶座害他丟臉吧？」

「靠，你傻子還真敢說啊，那寶座你不要咱三兄弟搶著要呢！有權有勢又有數之不盡的錢財、玩不盡的女人，全天下就你這愣子不要那王位。」二弟不禁開罵。

「就是說啊大哥，你讓老爸丟臉的那天我們全傻了眼，一來讓其他前輩看笑話，二來害我真有衝動上前跟老爸說『他不扛招牌，我來扛！』，事情傳出去整個鬼島混混都在嘲笑陳靜峰、說你沒腦，當你親弟羞死人啊！」三弟忍不住調侃。

面對弟弟們的揶揄刀哥僅是笑笑，在他看來，沒腦的是眼前誤入歧途的兩兄弟，而非自己。

陳家四子皆才華洋溢，次子擅管理和談判，擁有營運知識，負責管轄北區連鎖大酒店和調解幫派糾紛。

三子性格殘暴卻不失智慧，擅運用話術詐欺，自年幼就運用良好的交際手腕和口才拉攏不少小弟，專搞地下錢莊、暴力討債和詐騙集團相關事宜。

四子成績最為優秀，精通外文、熟知多國語言，近年海外走私貿易全仰賴他擔任口譯，為「泉爪門」賺進大把鈔票，以金錢收買其他黑幫，間接鞏固家族在黑社會中的地位。

三人的才華絕不亞於刀哥，卻都將上天賜予的天賦用在歹路。

「算啦算啦！事到如今說這些五四三幹什麼？來！大哥你儘管點菜！今天我買帳，想吃什麼儘管點！」

二弟豪邁地攤開菜單，將菜單順手沿著玻璃桌滑給刀哥。

「二哥你真愛說笑，這酒店你管的還需要我們兄弟買帳？才喝兩杯就暈了不成？」三弟勾了勾他的肩膀。

「誰暈了？搞清楚啊老弟，下酒菜那種小帳老子才不屑買，我說的買帳指得是這個！」

只見平頭二弟高舉雙手，拍出響亮的掌聲「啪啪！」，昏暗的包廂門隨即被推開，很快映入眼簾的是整排性感火辣、近乎沒穿衣服的傳播妹，隔沒多遠就能聞到陣陣粉香，她們各個嫵媚多姿，豐胸、細腰和翹臀，有的肌膚白皙，有的擁有健康的銅色線條，看得沙發上的刀哥都呆了。

他不禁伸出手指開始數，自己究竟有多久沒跑過聲色場所、多久沒叫過女人，自被轟出家門以來都在和文字為伍，過往女體的甜味他早忘得一乾二淨了。

「二哥你真上道……」好色的三弟嘴角忍不住上揚，他兩手本能解開花襯衫的所有扣子，露出長年幹架精煉出的健壯腹肌。

「那還用得著說？當二哥的就是要照顧弟弟並孝敬大哥嘛！」二弟朝刀哥挑挑眉尖，不過處於當機狀態的刀哥並沒注意到就是了。

音樂一下，傳播妹跟著節奏扭腰擺臀，包廂上方的彩色球燈旋出七彩燈光，不再昏暗的包廂充斥著煙味、酒香、女性香水的甜味混雜著濃烈的賀爾蒙，視覺、聽覺和嗅覺三重誘惑，突來的一切使刀哥無法定心，漸漸激起他沉睡已久的野性。

但，可沒使他喪失理智。

隨著三弟早已離開沙發，步入美女群中熱舞，二弟的表情倏然轉為鎮定，他兩手自然地將兩名辣妹勾進懷裡，嘴巴繼續吞雲吐霧：「嘛……講認真的老哥，你不會回來搶王位吧？」

再次回過神時，刀哥腿上已坐了名女人，她雙臂勾著他的脖子不斷索吻，但他沒有失去冷靜：「陳靜奕，這才是你的真心話吧？」

刀哥當然知道，老爸霸位那麼多年才不是在猶豫該把位子交給誰，是在等自己浪子回頭，以陳家長子的身份回去接幫主的位子，如此一來才能使當年顏面掃地的江湖「山貓」挽回顏面。

何況身為兄長的他很清楚底下三名老弟的致命惡性，二弟雖聰明但擅猜忌，老想著謀權，換而言之就是「不忠」；三弟過於殘暴又好色，經不起美色誘惑，未來很可能因此誤了大事；四弟雖然成績優秀卻不知變通，除了語言外幾乎一竅不通，估計終身只能幹口譯，當個幕僚都嫌勉強。

兒子們的劣性，身為父親、在江湖稱霸已久，視人多年的「山貓」豈看不出來？

「談權談錢都傷感情嘛……我也不願意啊老哥，只想關心你被那工作室開除後的日子要怎麼過？你找得到工作嗎？需不需要幫忙？」二弟舒服地眯起雙眼，任身旁兩名辣妹不斷磨蹭他的軀體。

「輪不到你操心。」刀哥輕輕推開腿上的女人，同樣身為男人他當然喜歡美女。

但酒家女就別提了，一個飽讀詩書、執著於理想的創作者可不會輕易被美色誘惑。

潛伏於刀哥體內飢渴的靈魂要的不是女人，而是名譽和認可。

「哥，說真的，搞文創到底有啥賺頭？隨便幾把噴子、幾手藥都能抵你好幾個月的薪水，我是真心為你好，既然你都說不搶龍位了，我撥三家酒店給你管如何？簡單教你些竅門，包你躺著賺。」

「呵呵，然後呢？希望我以長子的身份稱你為老大嗎？」刀哥冷笑。

「那倒不必，在我心中你永遠都是大哥，只要你不干涉那位子，看是要錢要車還是要女人，我陳靜奕都能幫你弄到手。」

面對弟弟提出的報酬，刀哥僅是無奈地搖頭。

同時，他早透過門下的縫隙察覺到，包廂外頭疑似有人徘徊，而且是很多人。

「豪宅如何？透天厝也行，位在市區的，我不會用深山的房地產呼嚨你。」二弟豪不猶豫加碼。

刀哥還是搖頭，覺得自己的二弟真是傻極了。

什麼「在我心中你永遠都是大哥」，要是自己現在說謊、揚言要回去搶王位，估計包廂外的保鑣很快會衝進來把自己轟成蜂窩吧。

「不然你直說好了，老哥，你到底要什麼？」

「老弟，你到底明不明白我當初為何推掉那位子？」

二弟沒有搭腔，雙眼略帶敵意。

「我真要喜歡那些東西，當年就會順勢接下王位，根本不會落得現在如此狼狽，我只能說你白擔心了，與其處心積慮攏絡我，不如花心思好好照顧三弟和四弟，相信我，兄弟中沒人想跟你搶幫主的位置。」

「是嗎？我很難相信能有好日子過，卻不過好日子的人。」他仍不願意相信刀哥。

「那只能說明我跟你們不一樣。」

「哪裡不一樣？我們陳家四兄弟生來就是使壞的料。」

「那不過是老爸給我們的框架，你們選擇被框架框住，而我不願意。」刀哥反駁。

這句話是當年某個身穿連身睡衣的神經病告訴他的，要他千萬別糟蹋自己的才華，別為可恨的出版社效力。

只有那個神經病瞭解他，知道他兇惡的外表下富有內涵。

全天下也只有那個神經病願意收留他，甚至把他當作家人看待並將他導向正途。在刀哥眼裡，他，才是真正的老大，唯一的老大。

可惜，聽完刀哥的說詞，陳靜奕仍無法理解，在他看來搞文創等同玩扮家家酒，什麼創作和編輯都是紙上談兵，奏曲和烹飪都是婆婆媽媽才幹的事，誰會相信堂堂陳家長子居然為了那些虛無縹緲的東西拋棄統領天下的大權？

「哥，對不起，我實在沒辦法相信你。」

「所以要把我殺掉，因為死人絕不會出來搶王位，對吧？」刀哥指了指門外，表明自己早知道外頭有一大票人等著幹掉自己、替自己收屍。

「可以的話我也不想，說到底你也是我親哥，只要你肯接受我的好意，收下三家酒店，我就相信你。」

「如果我拒絕呢？」這回換刀哥瞇起雙眼，他滿懷敵意，像頭蓄勢待發的野獸。

「我當然知道大哥你不怕死，幹掉你老爸也可能會料到是我下的手……」二弟挺直腰桿，一手擰熄雪茄：「所以我不會對你動手，但那間工作室我就不敢說了。」

——碰！

一聲轟天巨響剎時貫穿整間包廂，隨之而來的是爆裂的玻璃聲和女人驚駭的尖叫，當外頭的保鑣衝進包廂時，只見長方玻璃桌徒剩空空支架，玻璃碎片撒了滿地，衣衫不整的傳播妹紛紛躲在包廂角落發抖。

而「泉爪門」的三子竟光著上半身，目瞪口呆看著大哥輕易掐住二哥的脖子，把他整個人掐到兩腳懸空，好比暴怒的獅子輕鬆咬住狐狸的頸部，隨時都能讓狐狸的腦袋和身體分家。

沒一個保鑣敢輕舉妄動，他們深怕胡亂開槍會傷到雇用自己的老大。

「陳靜奕！你活得不耐煩了是吧？」刀哥怒吼，嚇得一旁想出面阻止的三弟反射退了兩步。

「咳咳！咳咳……！哥……住手啊……咳！」二弟臉被勒得無法呼吸，兩手死命反抗也敵不過刀哥雄壯的雙臂，反而使他越掐越緊。

「你有種再說一次！你說要對那間工作室幹什麼！」

「我……咳咳！大哥對不起，我開玩笑的……我開玩笑的！」二弟的臉色漸漸由蒼白轉為紫黑，顯然撐不了多久。

「最好只是玩笑，我警告你！要是敢對那間工作室幹什麼蠢事，我陳靜峰賠上這條命也會拖你下地獄！」

「知道了……我知道了……大哥對不起，求你放過我，咳！」二弟就快要兩眼上翻，他死命用最後一口氣下命令：「你……你們快放下武器！咳咳！快放……」

保鑣們迅速丟下武器，在場所有人都被暴走的刀哥嚇得魂飛魄散，此刻他釋出的氣場和架勢跟憤怒時的「山貓」一模一樣，虎父無犬子，這般足以統領江湖的野性絕非另外三兄弟可比擬。

「不願當老大」跟「沒能當老大」兩者的意義可是天差地遠，刀哥簡單用蠻橫的力量闡述了其中的不同。

「你很幸運，那間工作室的老闆救了你，不然我早把你的脖子扭斷了。」刀哥鬆手令二弟直摔到地上，雖然沒死卻已經口吐白沫。

他當然沒忘記自己現在的法律擔保人是那名睡衣男，真要是殺掉二弟可會拖累自己心中真正的老大。

「陳靜朔，把衣服穿好，然後帶你二哥去醫院。」刀哥點了根煙，不等三弟回應，他率性拎起小提琴，跨過倒地不起的二弟走向包廂出口：「我對你們要爭的那塊腐肉沒興趣，我也不再是『山貓』的孩子，而我的老大也只有一人，可惜你們沒資格認識。」

刀哥語畢，同一時間他口袋內的手機倏忽響起，是未知號碼來電。

他順手接起：「喂？你誰？」

「是我啦，潘婷歡。」

合作

表面上是被開除，其實是需要正當名義與刀哥會面。

很明顯，睡衣男希望藉由這次的「埋炸彈計畫」，迫使她和刀哥合作，協力毀滅「啟航」，運氣好兩人的關係說不定能改善。

想得可真周到。

少女當然知道，卻仍順著老闆的劇本走，不外乎她確實想跟刀哥和解，她也同樣痛恨那些利用創作者謀利的下流出版社。

為此，她帶上筆電，選在租屋處附近的咖啡廳與刀哥碰面。

少女刻意挑了角落最不起眼的座位，才剛慶幸刀哥如約前來，卻見他拉開木椅坐下，嘴巴即刻不饒人：

「害我被開除的臭丫頭居然約我喝咖啡，真搞不懂你在想什麼，是釣不到別的男人嗎？」

面對這般嘲諷的開場，換作是先前的少女早就反嗆回嘴，估計兩人很快會在咖啡廳上演全武行，但為了大局她勢必得忍耐，因為眼前這名惡棍將是影響這次計劃成敗的關鍵人物。

「聽著，我不想跟你吵架，約你來是希望你助我一臂之力。」她冷靜吞下這股怒氣，由衷希望一切結束後，匿名工作室能恢復原本的樣貌。

她不希望這個「家庭」散掉，她覺得一個都不能少。

「如果我不肯呢？」他則翹著二郎腿，故作掏耳朵。

「呃……」

與職場同事相處也是一門學問，少女這回終於放下高傲的自尊心：「那我會拜託你，直到你願意為止。」

這位小姐竟對人低聲下氣，這讓刀哥不禁懷疑到底是有多嚴重的事？

「老天啊，國父要從土裡爬出來了？潘大小姐居然會『拜託』別人，是要拜託我去擋核彈嗎？還是你兩顆腎都壞了，要我捐一顆給你？」

「不是啦！你少擅自想像！」

「不然？」

她從背包掏出一大疊紙，厚厚一疊全是多名創作者的手稿，這些作品皆因原作遭盜文而被遺棄，每部著作已妥善和原作提供的「棄養聲明書」裝訂在一起。

「我不瞭解智產局和那些亂七八糟的法律程序，這些作品的著作權需要你去伸張，所有作品的『棄養聲明書』都附上去了，有需要原作協助的地方就用上頭的資訊和他們聯繫。」

刀哥感到困惑，這類差事隨便找個懂法律的都能代替他執行，單純為了這件事約他出來實在有些牽強。鐵定不只這樣。

「嗯……好吧！反正那些既定流程我也熟悉，花不了我多少時間，看你苦苦哀求的模樣我心情都好了起來，老子就大發慈悲，勉為其難幫你這次吧！」無視少女臉上的青筋，他隨後追問：「所以說……真的就這樣？」

「想得美，當然還有！」

「嘖！果然……」他翻白眼。

少女打開筆電，將事先調定好的「啟航」官方頁面轉過螢幕給刀哥看，隨後又掏出一個神秘隨身碟壓在桌上。

刀哥飛快瞄了螢幕兩眼，用不著五秒便猜出計劃，直露出難以置信的表情：「你要去應徵『啟航』的財務人員？」

「沒錯，不瞞你說我也被J先生『開除』了。」她刻意強調「開除」兩字。

「讓我猜猜，老大要你潛入出版社搜證？」

「──噓！」少女點頭，一手比出安靜手勢。

「那這個又是什麼？」他指著桌上的神秘隨身碟。

「我也不清楚，J先生說那是炸彈。」

「蛤？炸彈？」他皺眉。

時間緊迫，不等刀哥多問，少女果斷將音量降到最低，幾乎是用氣聲道出整個計畫：「總而言之，我會潛入『啟航』搜證，要是找到關鍵證據就能幫那疊作品喊冤，J先生還要我把那隨身碟的檔案植入『啟航』美術編輯部的電腦，所以需要你繪製出版社的平面地圖，好讓我執行這一切。」

「瘋了不成？這計劃的不確定因素太多了，首先你要搶到財務人員那份職缺，再來就算你真的潛入成功，萬一事情穿幫怎麼辦？你不但會吃上官司還會被『啟航』底下的混混打進醫院，這計劃的風險實在太高、太危險了！」

「我當然知道危險啊！難度也不小，可是……可是只有這樣才能救那些作品啊！」

說到此處少女的不禁咬牙，她想起先前那名前去匿名工作室的高中生，近千萬字的作品整疊被盜走，他滿心懊悔、痛哭流涕的場景看得她心都糾在一塊。

更不用提，J先生說「啟航」的存在嚴重破壞The other world的秩序，他們害諸多創作者不得不放棄作品，彼端世界產生大量黑白居民，每逢徵文旺季更換來盜文旺季，黑白居民形成難民潮四處流浪、對其他彩色居民遷怒洩恨，還有數之不盡的彩色複製人到處破壞。

絕不能放任「啟航」繼續囂張下去，「啟航」必須死！

「之前的事對不起，很抱歉害你被開除，你可以不原諒我，但請你救救這些作品，那些受害的創作者需要你、The other world的大家也需要你，拜託……」少女雙手合十，深怕另一世界的馬克會被邪惡的複製人欺負，同為創作者的她希望筆下的角色得以快樂悠哉活在和平盛世，而非紛擾不安的混沌世界。

這點對刀哥來說也是相同的。

何況他跟「啟航」可有筆帳還沒算。

三年前的大雨

以筆名「John Doe」出版的《獵盜》其實換過書名，原先的設定叫《鬼影》，敘述一群瘋狂車手追獵靈魂的故事，是一部兼具好題材、文筆超凡的奇幻都市小說。

早在《鬼影》誕生前，刀哥不知反覆嘗試過多少題材，卻被出版社一一打槍，說作品的筆法雖好，可惜題材不夠新穎。

好不容易靈光乍現，刀哥理所當然將所有心力傾注於《鬼影》，打算將其完成後投稿至別家出版社，如果能順利出版，他想替自己取個低調的筆名並辭去「啟航」寫手的工作，藉此捨棄污穢的過去，讓一切捲土重來。

不料就在「啟航」上班的某個日子裡，他不過出門買個便當，回來卻見電腦游標疑似被人動過，當下他不以為意，猜想可能是同事不慎撞到電腦，所以也沒向誰過問。

殊不知一切夢魘正悄悄展開……

身處混水的刀哥竟忘記，自己的左右鄰居可都是盜文高手，一個不留神、僅不到十分鐘的離位便給了一旁的鬣狗機會，身旁的同事早將他的文字檔複製並上交出版社，五天後，當他收到解聘書、發現事情不對時已經太遲了。

想當然，「啟航」偷了刀哥的著作打算毀屍滅跡，要他滾蛋、別留下來找麻煩，對「啟航」來說《鬼影》這本著作帶來的市場效益遠比一名廉價寫手高。

點子得來不易，寫手再聘就有，「盜文傑森」對「啟航」來說已沒有任何利用價值。

最終，刀哥被掃出大門，同時出版社怕他多嘴，不忘烙一幫人把他拖到暗巷狠狠海扁一頓，提醒他把事情張揚出去的後果就是骨折、骨折再骨折。

回過神時，他只記得再次張眼天空已下起傾盆大雨，地上則殘留持續被雨水沖淡的血漬和一只布袋。

而自己正橫躺於地。

突來的漆黑，鐵棍群下、拳腳四起，這是他腦中最後的畫面。

被揍到眼冒金星、狂嘔膽汁，要不是體格比常人強健，自己很可能就這麼在暗巷被活活打死。

他茫然地用腫脹眼角的餘光瞥向天空，任憑無情的雨水鞭打側臉，精疲力竭的他已無從反抗，活像刀俎上剛被人料理完的爛肉。

顏面上的雨水混雜著鮮血流下，可以的話他真想徹底昏死過去，乾脆別再醒來。

此刻昏厥絕比醒著舒服，可惜嗆鼻的鮮血和源於多處的疼痛使他迫留於現實。

不管是肉體上的劇痛還是心靈上的疲倦，「痛不欲生」指得大概就是這種感覺。

過了許久，他仍在地上緩緩蠕動、抽蓄，像隻卑微的蟲子在泥濘中掙扎，花了足足一小時他才扶牆起身，一跛一跛步出暗巷。

雖然雙腳勉強站起來了，他的心仍深陷谷底。

因為他知道一切都結束了。

忤逆天命、棄江湖大權逃家，之後加入狐群狗黨，踐踏他人夢想謀取名利，最終流落街頭、無依無靠，沒人收留更失去未來。

他感到絕望，鼻青臉腫、渾身是血，如同身穿濕漉破布的殭屍，行屍走肉，瘀青的右腳拖著骨折的左腿本能朝最後一絲曙光前進——「匿名工作室」。

雨中，刀哥雙膝跪地，痲痹瘀腫的面容早已失去任何情感。

門前，一名身穿連身睡衣的男子雙手抱胸，眼中並無憐憫。

擺脫宿命的最後一扇大門。

罪人與另一世界的守護者。

「真是淒慘啊，盜文傑森，被揍得跟熊貓一樣，差點認不出你呢。」男子冷言。

面對男子的嘲謔，他無法反駁。

夜路走多了自然遇到鬼，如今被出版社黑吃黑可謂自食惡果，連他都無法覺得自己可憐，更沒資格被人同情。

但，罪人總會在死前對上帝懺悔，渴望得到救贖。

倘若有活下去悔改的機會，誰願意死去？

他兩手撐地，痛楚使他無法保持平衡、不斷顫抖，深怕撐不住身、趴地不起，他乾脆額頭貼地，弓身在雨中哀求：「求求你……收留我吧……」

「我為什麼要收留你？當初是誰斷然拒絕，叫我別再騷擾他？不但罵我神經病、要我皮繃緊一點還揚言敢再囉唆就要把我打成智障，看看現在是誰被打成智障了？」

「求求你……」

「不見棺材不掉淚，非得被揍得這般狼狽才願意承認自己錯了？過往被你打到住院的人差不多就是這種感受，現在感覺如何？」

「很……很痛……」他用破碎的嘴角拼字。

「套一句你們黑道常說的，出來混總是要還的，對吧？」

「你說的……一點也沒錯……」

「算你還有自知之明，帶著僅存的羞恥心離開吧，往後希望別在報紙社會版見到你的名字。」男子沒有回頭，轉身準備離去。

碰！

下秒，一聲頭顱與水泥地的撞擊挽留了男子的背影。

「求求你！原諒我吧！我知道錯了！」他臉朝地面放聲大哭。

「不收留我沒關係！但請你救救我的作品！」他喊到聲嘶力竭，不願自己唯一的傑作就這樣被奪走。

「我拒絕。」

「喔？讓我猜猜，你的作品被『啟航』偷走了？」

「對……我的點子被他們盜走了……和出版社的速度相比，我絕無法在他們出版前完成著作，我不希望長久以來的努力白費，所以求求你幫幫我吧！用你的好點子幫我的作品重生，求求你！」

「看來老天有眼，為『盜文傑森』寫了個不錯的劇本呢！長年竊取他人金錢的小小盜賊，如今神偷臨門，輕而易舉搜刮光盜賊所有財富，還不忘放火燒他房子，讓他無家可歸。」男子看都不看他一眼，毫不留情地諷刺。

「求求你，救救我的作品……求求你……求求你……」他也只能繼續苦求。

男子於不遠處冷漠地俯視，看他不斷在雨中磕頭、躬身貼地不下數十次，久而久之，溫柔的男子不禁心軟，閉目陷入沉思。

盜文慣犯的題材被人盜走，竟還拉得下臉求助於人？有強姦犯遭人強姦還上警局報案的嗎？不讓這混帳好好品嚐痛失作品的感受，先前遭他毒手的創作者豈不死不瞑目？

偏偏這條可憐蟲筆下的作品是無辜的，要是自己現在不伸出援手，估計 The other world 又會蹦出一票黑白居民，終將死去。

「好吧，我就收留你的作品，但我不會收留你。」為了彼端世界的無辜生命，男子退一步妥協。

「……謝謝你……」他擠出虛弱的笑，隨後慢慢爬到男子腳邊並卸下整個背包。

最後一次撐起身軀時，他的雙眼已失去求生意志。

確定男子收下背包，他便轉身，一跛一跛地遠離，直朝另一個終點前進。

一個最糟糕的終點，最淒涼的結局。

「陳靜峰先生，你連錢包、證件都不拿是要去哪？」男子察覺到他神情不對，打開背包發現不只稿件，錢包、鑰匙和手機全在裡頭。

「跟你沒關係。」他背對著男子，身體感到冰冷，體內的獸血卻逐漸沸騰。

「你該不會……要自殺吧？」畢竟死人用不到那些東西。

「呵呵，自殺跟復仇可不一樣。」

「你最好說清楚自己接下來的去向，根據你的回答我隨時可能反悔。」男子瞇起雙眼，作勢要丟掉他留下的背包。

「放心，我不會回『泉爪門』，殺人放火那種事我壓根沒興趣。」

他從來不想傷害別人，他只是不想讓父親失望。

畢竟只有幹那些非出於己願的壞事，父親才會用認同的雙眼正視自己。

「起初踏入創作界，大家都知道陳靜峰是山貓的兒子，沒人敢收，好不容易『啟航』為我敞開大門，一心想被認同的我就這麼傻傻地進去了。」

這是他最後悔的第一步。

「我當然知道盜文這種事情很下流、很賤，但我就是受不了名利的誘惑，就是想向家裡證明，自己不必混黑社會也能過得很好……」

悔恨的淚水夾雜著雨水沿著他的側臉一併流下。

他何嘗不羨慕那些生家平凡的創作者，也許是個無名小卒，卻有那麼一點點支持者願意稱讚他們、認同他們。

即便自己多才多藝，卻從未有人讚揚他。

「一路投稿下來，也不知道被退稿多少次，出版社老說我題材不夠創新，對於缺乏想像力的寫手來說，盜文是獲取題材的最佳捷徑，可是我仍想靠自己寫出好題材，如今好不容易想到的點子飛了，創作界也沒我的位置了，我也不再奢望會被人收留，一切都是我應得的……」他仰頭望著灰濛濛的天，心中已沒有任何遺憾：「我不會為了苟活再做傷天害理的事，但在我死前……」

話到此處，他的雙瞳頓時釋出野獸般凶狠的銳光。

「我不會讓『啟航』再製造出下一個『盜文傑森』，我要毀了他們。」他打算用最後一口氣復仇，放火把出版社燒個精光，順道拖其他盜文寫手下地獄。

對他來說，創作等同生命。

既然已把作品託付於人，也就沒有任何牽掛了。

倘若 The other world 真的存在，乞求自己卑賤的靈魂在被煉獄之火燃盡後的下一次張眼，可以告別雨水，見到彩虹。

「這就是你為自己寫下的結局？」

「嗯。」他已下定決心。

聽完雨中鬼人的答覆，男子忍不住嘆了口長氣，唉。

不可否認，眼前這名惡棍是可造之材，先前曾聽說他拒任幫主便能得知，他是個富有自我理想、渴望認同且性格極其激烈的人。

但絕不是個壞人。

不過是個生錯家庭、運氣不好、際遇不佳，第一步就走錯的傻瓜。

傻歸傻，說到底也是顆未琢磨的鑽石，被人利用的鑽石原石。

有天份又比別人努力，卯足全力卻仍徒勞無功，只因缺少了運氣。

就這樣放他離開，未來世界顛峰的舞台上很可能會少一名創作者，光用想的就覺得可惜。

「我只能說怪不得你的作品老是被退稿。」話到這裡，男子回心轉意。

「你這什麼意思……」

「也許不是題材無聊，而是結局太爛。」男子邊說邊步出工作室的屋簷下，他走入雨中，直接繞到悔改的惡徒面前擋住惡徒通往毀滅的盡頭，和惡徒一同淋雨：「換作是我，我絕對不會給主角這種一了百了的結局。」

「可惜，這裡已是我的終點。」惡徒死意堅定。

「你錯了，匿名工作室是你的起點。」不料男子竟這麼開口。

當下他虎軀一震、瞪大雙眼，完全不敢相信自己聽到的。

「陳靜峰，你值得更好的結局，而你的故事才正要開始。」

男子為他敞開最後一扇大門，雙眼還正視著他。

並非出於憐憫，而是認同他潛藏的才華和對於作品的執念。

直到現在，記憶中的那場大雨仍深深烙印在他心中。

當初想藉由犧牲自己拖「啟航」一起見閻羅王，所幸被那名睡衣男阻止。

「『盜文傑森』的悲慘序章剛結束，主角陳靜峰的本篇故事正要開始，才剛起頭，你好意思就這樣放主角命喪火窟？」睡衣男只憑一句話就讓他打消念頭。

如今好端端活到現在，終於逮到機會能向「啟航」報仇。

不是以「盜文傑森」身份，而是以一名創作者——以文手陳靜峰的身份報仇。

他將錄音筆和繪製好的平面地圖整理好，打算一接獲少女的入取通知便轉交給她。

不管這次行動結束後自己是否能重返匿名工作室，他都會拚上全力使計劃順利達成。

「一起奮戰吧。」刀哥對著書桌前那本額外印製的《獵盜》獨語，那是睡衣男特別為他多印的，他刻意將其放在顯眼的地方只為了無時無刻提醒自己……

我不是山貓的長子，更不是什麼「盜文傑森」。

我是無名士的左右手，是匿名工作室的萬用編輯，一日是，終生都是。

我是陳靜峰，刀哥。

像是聽見了創世神的呼喊，彼端世界的天空下，皇城第七公路的高架橋上，一名褐髮藍眼的俊俏車手正倚靠著藍色科尼賽克抽煙。

雨過天晴，還恰巧生出一道美麗的彩虹，站在橋上剛好能將整道彩虹盡收眼底。

此處是無名士和自己改邪歸正的創世神在《獵盜》寫下的最終場景，他很喜歡在這點根菸散心。

「沒有人可以束縛你我的命運。」艾伯特．傑用創世神賦予他的口吻應聲。

同時拋下宿命的煙蒂，一腳踩熄。

Chapter 4
【第四幕　彼世的戰役】

灰色酒吧

「灰色酒吧」，一個沒有屋頂、抬頭得以仰望整片星空，存在於 The other world 多年的神秘露天酒吧。顧名思義，這裡從木製的地板到牆上的掛燈，生活於此的酒保、服務生、舞女和樂團包括他們吃飯的傢伙，放眼望去的人事物近乎全是灰色。

但，可不是沒有朝氣的灰。

牆上精緻的造型燈釋出昏暗朦朧的典雅燈光，配上樂團演奏的爵士樂，加上瀰漫於空氣中那淡淡的調酒香，灰色酒保一邊為來自 The other world 各地的居民調酒，一邊聽他們暢談自己的故事，談笑風生，每張木製圓桌不時傳來清脆的舉杯碰撞，「灰色酒吧」並非死氣沉沉，反而是 The other world 步調最為悠哉、氣氛最為歡樂的地方。

在這裡，不論是彩色、灰色還是黑白色居民，即便相互仇視卻沒人出手打架，頂多不相往來、目光盡可能不交集，仇視的彼此刻意坐遠。

因為他們多半懷著目的前來此處，而那些目的又比起拳腳相向來得更為重要。

對於彩色居民來說，「灰色酒吧」是和朋友消磨時間的娛樂場所，不少彩色居民常帶上一桌朋友來這麼生，享受低調的狂歡。偶爾厭倦了彩色區的吵鬧，單獨來這靜一靜、坐上吧台對酒保發發牢騷也不錯。

對於灰色的冒險者、流浪者和旅人來說，「灰色酒吧」更是絕佳的休憩地點，他們可以在這住上幾晚，充足體力以便踏上未來的旅程。

而對於瀕臨死亡的黑白居民來說，他們只想把握僅剩的光陰，將自己的故事告訴他人，不分色澤、誰都行，只求在自己消失後，這世界能有那麼一人記得自己曾經存在過。

總而言之，「灰色酒吧」是享受悠閒時光、享受美酒，是用以休息準備未來，是交換故事、談天說地的好地方，所以沒人會浪費時間、浪費力氣在這打架。

至於為什麼沒有屋頂嘛……

「如果為酒吧加上屋頂，作品便會『完成』，灰色酒吧將直接變成彩色酒吧，那樣一來，黑白居民便再也無法踏入這裡述說自己的故事。」今天，男子身穿不起眼的灰色巫師長袍，他一手提起啤酒杯，裡頭裝的不是酒而是滿滿的可可冰沙。

「所以，打造『灰色酒吧』的創世神也是大哥你囉？」趴在一旁的馬克張大著眼，像名專注聆聽父親說故事的乖巧男孩。

「不，不是我。」

「那是誰呀？」

「坦白說我也不知道，但肯定是個熟知 The other world 規則的人。」他放下啤酒杯，嘴角不禁露出一抹溫柔的笑。

少了屋頂的遮蔽，男子抬頭仰望美麗的夜空，看著那自彩色世界延伸過來的夢幻銀河，覺得「灰色酒吧」的設置地點真是棒極了。

位於彩色與黑白兩界之間，這個中繼站好比夜空中耀眼的星辰，為所有路過此處的 The other world 居民點起一盞明燈。

雖然不知道「灰色酒吧」的作品主人是誰，但他很感謝那名創作者「刻意不將作品完成」的那份體貼。因為那份體貼，不少黑白居民願意放下仇恨來到此處，比起復仇，他們更想將自己的故事託付他人、給予自我靈魂最後的慰藉。

因為那份體貼，少數彩色居民願意聆聽黑白居民的故事，甚至願意為他們的故事、為他們的遭遇流淚，進而改變「黑白居民是罪人所以被神遺棄」的可笑想法。

因為那份體貼，許多灰色居民能夠以中間者的身份，用更公平的角度看待 The other world 所有居民。不再被顏色所束縛，在男子看來，「灰色酒吧」是 The other world 最溫暖、最為和平的地方。

換而言之，「灰色酒吧」是最適合招兵買馬、蒐集情報、集結三大勢力一同對抗複製人的完美備戰基地。

「意思是除了大哥以外，還有別的創世神來到 The other world ？」馬克感到十分驚訝。

「——噓！」男子鎮定地比出安靜手勢，提醒馬克小聲點，只因不想引起他人注意：「很有可能，不然他怎知道這邊的規則，還刻意不把作品完成？」

「大哥真的不知道那個人是誰嗎？大哥你是無名士耶！堂堂無名士居然也會有不知道的事？」

「孩子，The other world 很大，要在這麼大的世界遇到某個特定人的機率微乎其微，我在這世界闖蕩二十多年都沒能踏足每寸土地，更不用提認識每一個人、每一名角色，你就別強人所難了。」他忍不住翻白眼。

唉，講得好像我必須什麼都會似的，壓力還真大。男子抹了把臉。

活到三十歲的大叔仍拿中二的孩子沒輒，自己是否該檢討呢？

「可是你是偉大的創世神耶！創世神應該要無所不能才對呀！你還是拯救大爺我的創世神、大爺我唯一景仰的創世神耶！這樣的大神怎會有不知道的事？」馬克激動地雙手撐桌，他單純的臉直朝男子湊近，顯然不能接受自己唯一的偶像無法替自己解惑。

「噓、噓、噓！不要那麼大聲，說好不引別人注意的，乖乖坐下，我們今天來的目的是和大家討論作戰計劃，不是來討論灰色酒吧的歷史……」

「不管！我要去問那邊的大叔！他一臉酒吧老闆的跩樣，他肯定知道！」馬克起身望向吧台處的灰色酒保，沒料才剛跟他對上眼就被男子狠狠壓回座位，四肢還瞬間被綑綁、外加口罩捆住整臉。

最終和木椅融為一體的馬克只能原地「嗯嗯啊啊」掙扎蠕動，場景眨眼變成他與無名士第一次相遇時的窘況。

「在大家到齊前，你就先安分坐著吧。」男子拍了拍他的小腦袋安撫。

不料他話才剛完，酒吧外頭便傳來群群跑車、重機引擎的氣派呼嘯，隨著引擎聲逼近，眾人耳邊更傳來喇叭的重低音，高分貝的電子樂曲瞬間就蓋過「灰色酒吧」的所有聲音。

沒過多久，在接連聽到甩上車門、卸下安全帽的聲音後，入口的木製門扉很快被推開，大幫人馬陸陸續續進來令木門喀啦喀啦不斷擺晃，大陣仗腳步伴隨老舊地板的鐵釘鬆脫聲，看得酒吧其他人不禁冷顫。

「那些人是誰啊？是打哪來的暴走族？看起來真恐怖……」

「噓！小聲點，他們搞不好會聽見，說不定會掏槍殺人……」

「喂，你看！那個走在最前頭褐髮藍眼的傢伙，他不是《獵盜》的『皇城車神』嗎？怎麼會出現在這？」

「『皇城車神』？你說那個所向披靡的車手？」

一群不再狩獵靈魂，改行狩獵複製人的頂尖車手，為了報答無名士將他們的生命從複製人手中解放，來自《獵盜》的所有車隊領袖在此齊聚一堂。

而當中的領袖就是艾伯特．傑，哪怕是另一世界的惡劣出版社，還是這世界的邪惡複製人，如今再也沒有人能左右他的命運。

「傑，我不是說要低調點？今天不過是來討論作戰計劃，你帶二十多人來的意思是？」男子無奈地單手摀臉。

「老大你不能怪我，《獵盜》有多少車隊，就有多少車隊長，我不過是照名單把人全帶來。」傑一手從皮衣掏出香菸，一手點燃煙頭：「讓他們親自聽你詳細說明計畫也好，省得我還得費心轉述。」

「也好，所幸桌子夠大，諸位趕緊先坐下吧，長途駕車到這來真是辛苦你們了。」男子起身，雙手合十點了個頭。

「無名士你太客氣了，你是我們的救命恩人，要不是你協助咱們的創世神完成作品、率領我們打敗複製人，咱們早不知死哪去了，大夥說是吧？」其中一名綠色龐克頭隊長出聲道，身旁其他隊長跟著點頭附和。

「並非客氣，我由衷感謝你們，近年來多虧你們車隊幫忙，複製人的數量大幅減少，不然光憑我、傑和緒方三人，根本無法應付滿山遍野的複製人，而這次計畫將直搗敵人大本營，更需要你們的協助，麻煩大家了。」

眼看暴走族們終於安分坐下，酒吧其他人才漸漸將視線轉移、結束竊竊私語，樂團和主唱相互看了眼後便繼續演奏樂曲。

男子安頓好車手們便走向吧台，他深知那群渾身散發兇狠氣場的夥伴壞了店內氣氛，打算跟灰色酒保說明一下情況、賠個不是。

「不好意思兄弟，忘了事先跟你打聲招呼，剛剛壞了氣氛真是抱歉。」男子趁酒保走至角落時搭腔。

「這次的登場還真是不低調呢無名士，又打算轟轟烈烈的大幹一場？」灰色酒保笑笑，他兩手可沒閒著，不忘一邊擦拭玻璃杯。

「算是，想毀掉複製人的主要據點，省得夜長夢多。」

「看來又會是個精彩的故事，真令人期待。」

「期待？我什麼時候說要講給你聽了？」他得意地挑挑眉尖。

「嗯？我什麼時候說要原諒你了？剛剛是誰壞了我店裡的氣氛？」想不到立刻就被酒保反將一軍。

「呵呵，算你厲害……」他只好點頭認賠。

對男子來說，眼前這名「灰色酒吧」的店長既是朋友也是兄弟，更是比賽說故事的好對手。倘若 The other world 的居民能穿越到現世，他確信，能頂替自己披上 FG03 四碼的肯定只有灰色酒保一人，哪怕加上彼端世界也不會有別人。

換而言之，灰色酒保算是 The other world 的 FG03，活像自己在這世界的分身。

「怕你嫌我欺負你，你和你的惡棍夥伴今天想喝什麼？我請客。」灰色酒保拇指比向身後的酒櫃，上方擺滿來自 The other world 各地的酒類，彩色、灰色、黑白色，各式酒種應有盡有，那些全都是客人留下的寶物。

「嘛……既然都要打仗了，就來點刺激的奇幻調酒當開場吧！」

「《魔幻騎兵》的龍族烈酒如何？據說是用火龍血釀造而成，廣受奇幻世界的角色喜愛。」酒保順手拿起一只紅色酒瓶晃了晃，記得當初留下酒瓶的勇士是這樣推薦。

「喔？喝下去會噴火嗎？」

「不知道，所以才想看你喝。」灰色酒保嘴角上揚。

「那好吧，一會兒火就往你這邊噴，順道把酒吧燒個精光。」男子笑笑、彈了彈酒瓶。

「呵呵，那我就拭目以待囉。」

兩人鬥完嘴，男子才剛打算回座，酒吧外頭竟又傳來陣陣馬蹄聲，窗外還沒見到半個人影，酒吧老朽的木地卻已開始微微震動，可見遠方快速奔騰的馬匹數量之多。

店裡的客人又開始慌張地左顧右盼，最後眾人不約而同望向男子，猜想肯定又是他搞的鬼。

「托你的福無名士，今天可真是熱鬧。」當中只有灰色酒保神情自若地繼續調酒，他當然沒漏掉揶揄男子的機會。

「不會吧……」男子腦袋頓時一陣暈眩，印象中叮嚀過他們不必帶上其他人啊！

這次登場遠比《獵盜》的車手們更加氣派，五六匹穿戴鎧甲的戰馬直接破門而入，簡單就把酒吧兩片門扉撞得稀巴爛，馬背上皆乘著魁武的銀白聖騎士，他們接連拔出寶劍對準酒吧內的其他人，嚇得所有客人紛紛躲到桌下、雙手高舉，原本屁股乖乖黏在座位的車手們更是起身拔槍，將槍口對準騎士們的腦袋，兩方本該合作的人馬即將擦槍走火，場面陷入一片混亂。

——碰喀！

有的客人想破窗而逃，未料四面八方的窗戶隨後又邉進數名黑衣盜賊，他們把玻璃撞得粉碎，迅速滾地起身、掏出匕首進入備戰狀態，自以為在演動作片的愚蠢出場看得一旁的無名士差點跪地吐血。

「德薩爾王國聖騎長——法拉凱爾駕到！」

「德薩爾王國刺客長——伊瑟洛駕到！」

兩邊的聖騎士和盜賊部下明顯在較勁誰喊得比較大聲，很快的，一臉高高在上的聖騎士長便騎著配戴金色鎧甲的戰馬，以走台步的方式，大刺刺走進灰色酒吧，好像整個木地板都是他的伸展台，耀眼的金色盔甲差點閃瞎眾人眼睛。

同一時間，沒有屋頂的酒吧恰好成了刺客長的舞台，他在星空的照耀下以騰空翻滾之姿完美落地，共計在空中轉了六圈，翻轉途中還不忘射出飛鏢和利刃為自己的登場點綴。

而其中一把利刃更是差點射到灰色酒保，所幸酒保背後像是長了眼睛，他冷靜向左跨步便閃過致命的突襲，不費吹灰之力，雙手還勤奮地搖著調酒，好像什麼事也沒發生，另一只抹了神經毒的飛鏢則被傑反射用槍打掉，碰！一聲被子彈彈飛老遠，直轉向削掉酒吧廁所入口前的灰色布簾。

「看到沒？這，才叫登場！」伊瑟洛自滿地拉下黑色兜帽，完全無視一旁受驚的客人。

「哼！在空中翻那麼多圈頭不會暈啊？所謂的登場應該要盛大而端莊，你剛剛可笑的舉止稱不上登場，比較像雜技團的野猴秀。」法拉凱爾卸下金色頭盔，他嗤之以鼻：「何況盜賊就該潛伏於暗影，你這種花拳繡腿、大搖大擺的行事作風根本玷污你們刺客的名譽。」

「我只能說，你根本不懂刺客的浪漫。」伊瑟洛毫不在意，對他來說只要夠「帥」就是刺客，其他不重要。

「嘖！還以為是誰勒！原來是腦殘盜賊團首領和中二騎士團團長啊！」傑乾笑兩聲，揮了揮手要其他車隊長收起槍枝。

「伊瑟洛！你這大白癡在幹什麼？無名士大人不是特別交代我們要低調嗎？」雷莉這回才正常地從入口跑進來，可惜為時已晚。

「喔嗯！啊嗚嗯嗯！」不知何時已趴在地上，被男子五花大綁、口罩綁臉的馬克正拚命蠕動，希望有人能注意到他的存在。

灰色酒保先是看了下馬克，再看看兇狠的車手們，隨後又打量了用鼻孔看人的聖騎長和哈哈大笑、一邊甩匕首耍酷的刺客長。

「麵包蟲和武裝討債集團，加上花瓶騎兵和馬戲團，無名士你這次遠征的陣容還真是壯觀啊。」灰色酒保調侃道。

「……多謝誇獎。」男子自覺快暈過去了。

不愧是來自《唯恐天下不亂》的兩幫人馬，真的是唯恐天下不亂……

「木門、窗戶和布簾不計，你欠我兩則故事。」灰色酒保飛快清點完人數，他順手從吧台底下搬出兩箱調酒杯，準備招待眼前這一大坨不速之客。

「唉，記在帳上。」男子嘆氣。

備戰

乾燥的地面接連留下深深胎痕和馬蹄印，七十多輛跑車和六十幾台重機於荒野上高速奔馳，緊追在後的是乘坐戰馬、來自德薩爾王國的三萬軍力，包括聖騎士、步兵、弓兵和砲兵，這次的遠征規模可謂前所未有。

《獵盜》的車手、《情雲》的飛龍堂打手和《唯恐天下不亂》的志士，三大勢力在無名士的號召下將攜手共戰，目標是齊心殲滅複製人的主要發源地——「萬神殿」。

開路的車手一到指定地點便立即煞車，後方的大軍也跟著停下馬匹，車輛和駿馬剛好全停在背風坡，也就是「萬神殿」背後的荒丘下方，中間還隔著恰巧能遮蔽視線的石林，不必擔心會被敵軍發現。

大軍止步，法拉凱爾乘著金甲戰馬一路穿過人海，成功來到大部隊的最前端，他敲了敲帶頭的藍色科尼賽克車窗：「喂！老兄，你確定是停在這？」

傑搖下車窗，語氣肯定到不能再肯定：「放心吧，越過石林後就能看到荒丘，而『萬神殿』就位於荒丘頂端。」

至於計劃很簡單，男子想利用兩世界的因果關係，進而引爆小歡潛入出版社埋的「炸彈」。也就是說，只要摧毀複製人大軍的主要根據地，那些位於現世的盜文著作必然會受到波及。複製人被消滅，複製作品的原稿必定毀滅，唯一無法掌握的只有時間跟死因。

「老大說我們身處的世界和創世神的世界會互相牽引，為了怕因果關係產生時間上的誤差，他叫我們先在這待命，等候他的指令。」傑向車窗外的聖騎士長解釋道。

「意思是兩世界的作戰計畫最好同時進行？」戰馬上的法拉凱爾注視著手中閃亮的寶劍，他等不及要大開殺戒。

「沒錯，我們在這殺複製人，彼端世界的創世神會為我們毀掉呃……那叫什麼？出版社？反正他們會毀掉某座基地，那座基地住著很多專門創造複製人的邪惡創世神，大概是這樣。」傑也不是很清楚。

「所以是創世神跟創世神間的戰鬥？那場面一定很激烈……」法拉凱爾不禁讚嘆。

在法拉凱爾的想像中，創世神間的戰役是無數長翅膀的神氏不斷施放驚天動地的法術、拔起霸氣的神器互相廝殺的壯觀場景。

殊不知只是個請個呆瓜妹摸進出版社置入檔案而已，場面其實超級普通。

「是說從背風側進攻真的沒問題嗎？敵人在荒丘頂部掌握制高點，就算我們有千軍萬馬也會損失慘重吧？」雖然昨晚已在「灰色酒吧」聽過計畫，法拉凱爾仍有些擔心。

「你多慮了，在我們發動突擊前，『萬神殿』內部早陷入一片混亂，打頭陣的不是我們，是你中二的盜賊朋友和他的中二夥伴，等那些複製人驚慌失措、忙著逃竄時，無名士便會下達指令，要我們接著從神殿後方發動攻擊。」估計時間還很多，傑悠哉地下車點了根煙：「更不用說一陣大亂後，那些複製人會把火力集中在神殿正前方，而無名士早安排了厲害的傢伙去以一擋百，喔不，可能是以一擋千。」

「以一擋千？誰這麼厲害？」法拉凱爾好奇。

此刻，荒丘彼端的天空下，一名武士正於沙漠中獨步，強風伴隨著漫天黃沙仍無法動搖他鏗鏘的步伐，估計不用多久武士便能抵達計劃中的指定地點。

換作是一般居民早被黃沙刮得七葷八素，所幸有紅黑鎧甲緊緊罩住堅毅的身軀，彷佛另一世界女兒的庇護，武士得以安穩向前邁進。

武士深知穿過沙塵暴後就是「萬神殿」正門，自己孤身一人將面對數以千計的複製人大軍，但他絲毫不感畏懼。

因為他有絕對自信，那些靈魂空虛、空有貪婪與殘暴性格的複製人，不可能勝過滿注親情的靈魂，更無法戰勝他誓死守護愛人的信念。

「守護這個世界就是守護無主公，守護無主公便是守護彼世的女兒。」武士面甲下的雙瞳已燃起鬥志，他一手緊握刀柄、一手緊握刀鞘，調整好重心並步出沙塵，如同他預期，不遠處的荒丘頂部座落著一座神殿。

騷動尚未開始，大門前無一士兵。

武士停下腳步，鬥志未熄，屏氣凝神等待來自天空的指令。

＊　　＊　　＊

無邊無際的天空中，雲層上方，一艘透明戰艦正緩緩下沉、逐漸沒入雲海。

這艘戰艦是由璃玥熬夜趕工、犧牲打電玩的時間，用繪圖軟體創造出來的航空兵器，作為報酬，男子得支付她遊戲季卡一張，言下之意，這艘匿蹤戰艦成本只要一千一百五十元台幣，根本物超所值。

而戰艦上方已載滿群群身穿黑色匿蹤服的盜賊，他們各個忙於準備武器，為暗器塗抹毒藥、在小球置入火藥和煙霧等，每名盜賊都是專業的刺客、頂尖的暗殺高手，等到透明戰艦一航行到「萬神殿」上方，他們便會集體空降、先行潛入神殿執行暗殺計劃。

他們暗殺的複製人越多，越能減輕備戰於神殿外頭夥伴們的負擔，而隨之引起的騷動更能爭取時間，為夥伴們的進攻做掩護。

雲霧中，身穿巫師灰袍的男子從甲板頭走到甲板尾，好不容易在甲板最末端的角落發現馬克：「想說你怎麼不見了，原來你在這啊，怎麼了孩子？怎麼蹲在這發抖？」

「我……我我我……我有點怕高……我討厭那種踩著透明地板的感覺……」

馬克一邊吐字一邊將身體縮得更緊，他完全不敢往下看，全因為透明戰艦會讓他直接看到下方雲海，好像隨時可能摔下去，那種感覺令他頭皮發麻、四肢發軟。

「呵呵，想不到飛龍堂幫主居然患有懼高症呢。」男子乾笑兩聲，隨後蹲下、盤腿坐到馬克面前，打算在開戰前為這名青年打打氣。

「無名士大哥……這次的行動我可以不要參加嗎？我……我真的不敢往下跳啦！」馬克抱頭遮臉，一副末日降臨的樣子。

「孩子，當初吵著要來的可是你，男子漢應該要為自己的決定負責，不能答應別人了又反悔，知道嗎？」男子拍拍他的頭安撫道：「拿出你引誘『機甲咆哮獸』的勇氣就行，順帶一提，女孩子可不喜歡沒骨氣的男生喔。」

「可是……」

馬克將頭埋進膝蓋，他用眼角餘光瞥向那些蓄勢待發的盜賊們，還有他們的老大伊瑟洛和雷莉，不論是武器還是服裝，他打從心底覺得其他角色酷斃了，反看自己，屁股旁只有一根鐵棍，那是創世神給予他唯一的武器，也就是街邊混混的武器，相較之下簡直遜爆了。

「我不認為自己幫得上忙……」馬克沮喪地坦白。

「喔？怎麼說？」男子沒想到這名看似自戀的中二青年竟會如此沒自信。

「我不像無名士你會用魔法，也沒有傑的跑車和雙槍，更沒有緒方大叔的身手，那些盜賊們至少有酷酷的服裝和暗器……」他越說越氣餒，甚至開始抱怨多餘的事：「我甚至連女朋友都沒有，我喜歡的女生到最後還跟別的男人跑了……為什麼我的創世神要這樣對我，我可是故事男主角耶！」

「不能這麼說吧，每個故事都有它自己的……」

沒等男子話完，馬克繼續搶著說，手不忘指著甲板前端正在鬥嘴的伊瑟洛和雷莉：「你看！別的故事男主角都有女人，就我什麼都沒有……然後無名士又不願意幫我勸創世神改寫《情雲》的結局……」

最後這句才是你想抱怨的重點吧？有需要這麼耿耿於懷嗎？

唉，真受不了這孩子。

男子有些沒輒地搖頭。

「我就只有這跟棍子，就只有這根棍子，就只有這根棍子……」馬克發完牢騷便進入鬼打牆模式，他兩眼呆滯反覆用鐵棍敲打甲板，活像心靈遭到重創的失智老人。

「好了好了，停了，乖。」男子直接搶走馬克手中的鐵棍，所謂能者多勞，身為無名士的他自認得同時肩負守護 The other world 和開導角色心靈兩項重責：「馬克，也許你不是沒自信，你只是看不到自己的優點。」

「我有什麼優點？」

「當然有囉，在我看來你其實有個很棒的特質，只是你自己沒注意到。」

「什麼特質？」

「願意為了心上人付諸一切的特質。」

「呃……我有嗎？」他愣愣地眨眼。

「呵呵，是誰等了艾琳等了整整八年？八年來不離不棄，每分每秒守在她身邊？」男子笑笑反問。

「等有什麼用……到頭來艾琳還是跟別人在一起啊……」他撇嘴。

「重點並非結果而是過程，光是這點就足以證明你有超乎常人的毅力，那可是很珍貴的特質，那份特質會讓你在緊要關頭變得比任何人都要強大。」男子將鐵棍還給馬克，不忘給予他肯定的眼神，同時一手指向他的心臟：「武器可以是有形、可以是無形，而你的殺手鐗就在這裡。」

馬克接過鐵棍，低頭看著自己的左胸口，他明白男子是要他相信自己，放膽去做。

男子看著稍稍打起精神的馬克，依稀在他身上見到少女充滿正義感的身影，覺得馬克那種成天為了其他角色吵著要幫忙、吵著要參與計畫的善良心地跟少女十分相似。

即便在旁人看來馬克很中二、像是急於表現，但男子知道，身為《情雲》主角的他不過是間接反映了創世神的性格，單純、直率，而且正義凜然。

「好好表現，別忘了一會兒當你在下面奮戰時，你位於另一世界的創世神正獨自直搗敵軍大本營喔。」

「獨自？真……真的嗎？」馬克一臉難以置信。

「你的創世神很勇敢，她很擔心你在這世界會被複製人欺負，便帶著炸藥孤身前往敵軍要塞了，身為她筆下角色的你可別讓她失望。」

事情其實沒這麼嚴重，但男子當然是故意這麼說，這樣才能提振馬克的氣勢。

「喔喔喔喔喔喔！好偉大啊！居然不惜犧牲自己……大爺我不會讓祂失望的！」天真的馬克完全中計，甚至誤解男子的意思，他像是被打了強心針，猛然起身揮舞鐵棍，什麼透明地板、高空雲層都不放在眼裡了，他自覺此刻就算不帶降落傘跳下船也沒問題。

顯然他把自己的創世神想像成全身綁滿炸藥的烈士，衝進去出版社自爆與惡勢力同歸於盡。

「嘛……似乎造成了點誤會，不過算了，這還差不多。」男子一併起身，隨著透明戰艦沉出雲海，雲霧消散，這回終於抵達「萬神殿」上方。

位於透明甲板下方的「萬神殿」清晰可見，無數根高聳的大理石圓柱樹立於荒丘頂部，鑲滿裝飾的氣派神柱撐起大大小小的尖塔和圓頂，整座雄偉的建築分別由兩座小神殿和一座中央大殿構成，當中唯獨神殿中心花園沒有遮蔽物，只有那裡才能讓盜賊團空降下去。

其中最為顯眼的，莫過於左側神殿的愛神雕像、右側神殿的戰神雕像和中央大殿的天神雕像。

所幸「啟航」目前僅出版《戰爭吶喊》的前半部分，當中劇情只出現過三位神氏，要是再放任此地擴建下去，往後真會變成「萬神」殿，萬名複製神氏將會統治 The other world。

「好了諸位，時間差不多了，準備下去『靜靜地』大鬧一番吧。」無名士提醒準備完畢的盜賊們並順手拉起灰色兜帽。

「好耶！看大爺我咻咻咻的秒殺那些臭神！」馬克把鐵棍當雙節棍亂甩亂轉，看得一旁的雷莉直搖頭。

「喂屁孩！咱盜賊可是要安安靜靜地潛入暗殺，你可別壞了大家的好事。」伊瑟洛皺眉告誡。

「哇靠！你還真敢說啊？是誰昨晚在灰色酒吧翻了那麼多圈，還一邊亂射暗器差點幹掉老闆？你對『暗殺』的定義真叫人不敢恭維勒！」馬克吐舌頭、一手拉下眼袋扮鬼臉。

「你說什麼？你這中二的臭小鬼！」

眼看伊瑟洛就要出手揍人，雷莉隨即介入他們兩人中間勸架：「你們兩個白痴夠了！通通給我閉嘴！總而言之你們都很中二、都很智障，現在用不著比誰比較智障，非要爭個你死我活就等事情結束後來辦個『智障大會』一較高下，就這麼決定了！」

「臭八婆！你怎麼可以幫別故事裡的傢伙？你要跟我同一國才對啊！」伊瑟洛不解。

「閉嘴啦白痴！」然後一如往常換來雷莉的上勾拳，正中下巴。

「噢！」

見到此狀的馬克很快乖乖閉上嘴，瞧伊瑟洛被揍得眼冒金星，這不禁使他內心頓時萌生出一個疑問——也許沒有女友反而是件好事？

潛入

甲板上，盜賊團群起躍下，眾人騰空翻滾了兩三圈後便成大字高速下墜，怕受戰艦底部的渦輪影響，他們抓準時間，刻意過了三秒才集體展開匿蹤降落傘以迴避亂流。

艷陽下的盜賊們頓時陷入無形，他們身穿的戰鬥服和降落傘皆用特殊反光材質打造，能將光線全全反射進而使他們變成隱形人。

他們熟練地駕馭降落傘，一個個精準地滑至「萬神殿」中心花園內部，就在落地的前幾秒，眼尖的伊瑟洛已注意到花園長廊的盡頭正有四名神殿巡邏士兵朝這走來。

「幹掉他們。」位於空中的伊瑟洛對一旁的雷莉使了個眼色。

「用不著你說。」雷莉的雙眼釋出殺氣。

拿捏好高度後，青梅竹馬便有默契地同時割斷降落傘繩索，兩名隱形刺客即刻落地卻沒發出一絲聲響，他們以迅雷不掩耳的速度朝四名巡邏兵俯衝而去，一手反扣匕首、另一手先行擲出飛刃，兩發飛刃直貫穿前排士兵的腦門，剩下後排兩名士兵才剛回神，下一秒喉結卻已被匕首抵住。

唰。唰。

乾淨俐落的兩聲，後排士兵連慘叫都來不及喉嚨就被匕首劃開，隨後雙雙倒下，為花園美麗的白牆染上鮮血，眼看四名巡邏兵瞬間就被消滅，馬克和其他盜賊同夥這時才正準備落地。

「有沒有看到哥矯健的身手？瞧，這就是暗殺，是不是帥斃了？」伊瑟洛幼稚地假裝撥瀏海，即便他根本沒有瀏海。

「阿都給你們殺就好啦。」馬克卸下降落傘包，他打死不誇獎伊瑟洛。

「別鬥嘴了，動作快吧，得趁其他複製人還沒發現時多殺點人，一會兒他們看到血跡和屍體便會提高警覺，到時想暗殺就沒那麼容易了。」雷莉提醒道，順手回收卡在巡邏兵頭上的飛刃。

「那就照原定計劃走，盜賊團主攻左側神殿，馬克你去協助他們對付愛神，至於天神就交給我來對付。」

男子同樣卸下降落傘包，打算穿過中心花園直搗中央大殿。

「所以……看到人就殺掉嗎？」馬克擰嘴，他瞥了眼地上的屍體，內心剎時湧現說不上來的矛盾。

「廢話，難道要等他們先把我們幹掉？」雷莉忍不住翻白眼，生於亂世的她可受不了天真的小鬼。

但見到此狀的無名士反而高興，他很慶幸小歡筆下的角色始終保有一顆善良的心，即使那會成為戰場上的絆腳石，他仍不希望馬克改變。

「馬克，這些複製人算不上真正的 The other world 居民，他們不過是反映創世神黑暗性格的空殼，只是沒有靈魂的魁儡，也就是空有彩色之軀卻少了靈魂的機器，你大可不必將他們視為生命。」無名士拍拍馬克的肩膀安撫，他隨後指著士兵屍體的雙眼：「你看，他們沒有瞳孔，因為缺少創世神賦予的真正靈魂。」

男子耐心地解釋道，他希望馬克能徹底認清「誰才是該消失的存在」。

是那些貪婪暴虐、反映盜文寫手唯名利是圖個性的複製人？

還是本該被完成卻因創世神遭逢挫折，最終被放棄的原作角色？

「我想……大哥你說的沒錯，嗯。」馬克點頭，男子的解釋令他釋懷許多，看來等等能拋下罪惡感、豪不猶豫地抽起鐵棍打爛那些複製人的腦袋。

「很好，那就快跟上去吧，盜賊團絕對需要你的幫助。」男子指向長廊盡頭，盜賊團早在伊瑟洛的率領下離去。

「知道了。」馬克才跨出兩步卻又停下，猜想可能是多此一問，但他仍忍不住關心：「大哥你一個人沒問題嗎？」

「開玩笑，你忘記我是誰了？大哥我可是傳說中的『無名士』，所向無敵的英雄用不著你小弟擔心。」男子故意用自戀的口吻應聲。

「哈哈，說得也是。」馬克安心地笑。

終於，無名士一行人於神殿中心花園分開行動。

男子望著馬克的背影微笑，目送他背著鐵棍的身影飛奔離去，很快便消失在花園長廊盡頭。

說到底比起被人擔心，男子更擔心此刻已分散四處的夥伴們，偏偏這次的殲滅計畫他無法獨自完成，需要靠大家同心協力。

是說等等該怎麼對付「天神」呢？聽小歡轉述是原作參考宙斯創造出來的神氏，估計會使用亂七八糟的閃電魔法……

不管了，趕緊收拾祂就能早早去幫其他人。

身穿灰巫師長袍的無名士拉緊兜帽，無須隱形、刻意躲避，隨著瞳孔從兩顆黑圈變成兩只綠色正方形，他熟練地施放瞬間移動，每次位移的定隔絕不超過一秒、形體如同消失般直往天神的住所瞬移前進。

＊　＊　＊

此刻，位於現世的「埋炸彈」計畫正同步進行。

出乎少女預期，上星期的面試她順利地成功了，取得「啟航」財務部門的職缺，先前找工作四處碰壁的衰運似乎悄悄離去，少女在心裡鬆了一大口氣。

想不到過去所選的財務科系竟能派上用場，難道自己過去做的一切選擇其實是對的？上蒼刻意安排自己繞了一大圈才進入創作圈，就是為了今天這場戰役？

不，自己想太多了，一切純屬巧合，老天爺才不會那麼講究。

潛入歸潛入，該做的還是得做，少女任職的前幾天乖乖像其他員工一樣，認份地檢查帳簿、編列預算、開財務檢討會時假裝認真聽，董事長準備上台廢話時不忘給予掌聲和微笑，等他開始廢話就滑手機看部落格，直到他放下麥克風時再給予最後一次掌聲，再擠出一個虛偽到不能再虛偽的笑容。

給長官的笑容越甜越好，訣竅就是「把自己想像成婚外情的第三者」，為了大筆財產盡可能用甜膩的笑容勾引男人，好讓他跟元配鬧離婚，差不多是那種概念。

這門訣竅少女早在過去就習得了，為了應付大公司的職場競爭，「假惺惺」這項技能她可是點到破表，稱她宗師也不為過。

笑容越美，語氣越柔越謙卑，同事和長官就絕不會發現……其實你是名專程來搗亂的間諜。

「小歡，休息時間要到了，等等要一起吃午餐嗎？」辦公室對座的男同事A起身問道，都怪「啟航」財務部門女性稀少，這傢伙打從自己入職以來便一直纏著，跟蒼蠅沒兩樣。

是說跟你很熟嗎？居然叫老娘「小歡」？你以為你誰啊？

「我還不餓呢，你先去吃吧，謝謝邀請喔～」少女這麼說，敷衍同事不忘附上甜甜的笑容，唉。

為了執行怪胎睡衣男的計畫，她勢必得忍氣吞聲。

嘖！才不是為了你，老娘是為了The other world，為了那些受害的創作者，事成後你最好給我加薪，不然就把你的巧克力棒全捐給孤兒院，到時候你就吃沒錢的飼料當零嘴吧！

少女一邊在心中幹罵，一邊檢查「啟航」的帳目，逐項看下來，她發現和那些大公司一樣，「啟航」的帳目十分凌亂，故意做得亂七八糟、項目加過來減過去、搬來挪去不外乎是想「避稅」。

講白一點就是「逃稅」，誰願意花大錢請一堆財務人員老老實實地做帳？給財務員薪資就是要他們拿出專業知識做假帳，省得公司辛苦掙來的錢被鬼島政府以「課稅」的名義搜刮進官員口袋。

少女頓時想起國小老師常說：「為人要誠實，品行擺第一，說謊是不對的。」

為此，她不打算辜負國小老師的期待，決定要誠實地把「啟航」的報表全部改正，盡可能將關鍵項目的數字提升，好讓偉大的政府課稅，甚至故意把部分原先的假帳弄得更假，假到國稅局一看就是「我很假，快來查我帳！」，挑釁意味十分濃厚。

她打算放長線釣大魚，倘若能引起國稅局注意，讓「啟航」被政府部門盯上，那事情將會變得……非常好玩，呵呵。

這部分未包含在計畫中，但她可不會輕易放過任何能毀滅「啟航」的機會。

眼看中午十二點一到，同事們皆陸續離去，辦公室很快便只剩少女一人。

確定四下無人後，她偷偷拿出刀哥事先繪製好的「啟航」平面地圖，小心翼翼於桌下攤開，開始研究這間大到莫名其妙的出版社的美術部門究竟在哪。

初步估計是在二樓，也許可以趁美術部門的人都離位時動手？

不，不行，刀哥在美術部門的房間裡有標示兩顆紅點，代表那裡有兩支監視器……

看來只能請人把隨身碟拿進去，宣稱是要轉交給美術部門的檔案？

至於要請誰嘛……請那名同事A先生？

可是萬一事情真的爆發，美術部門絕對會往回追溯，那名A先生會因此受牽連，甚至無故遭殃，他不過是個管帳人員又不是盜文寫手，這樣實在說不過去……

如果A先生事後又拱出自己，到頭來自己的安危也不保……

少女隨即陷入苦思，卻又突然想到J先生事前那段令人不解的話。

「自身安危為優先考量，最重要的是『不留下任何證據』。」

「我要怎麼在不留下證據的情況下，把隨身碟裡的檔案置入美術編輯部的電腦？這根本不可能啊，難不成要我隱身潛入？我又不會隱身術！就算請人代替我……」

「不不不，當你潛入出版社的那一刻事情已經完成一半了，你就算把隨身碟任意丟在地上，自然也會有人撿走。」J先生打斷。

「蛤？你確定？」

「兩世界的因果關係必定互相牽引，但我希望牽引的方向照我的劇本走。」

少女嘴巴微開，覺得老闆又開始講火星語了。

「總而言之，你盡可能讓隨身碟落入美術部人員手中，而且要趕在星期天的國際書展前，越快越好，到時身為『啟航』員工的你可能無法動身，記得請刀哥去國際書展拍攝『啟航』的展場，沒有意外的話可以拍到這些東西。」

J先生話完便拿出一張A4紙移給少女，紙上印有許多繪圖檔的縮圖，一些邊筐設計、抽象畫、塗鴉和插畫，很適合拿來做裝飾展場的華麗海報。

每一個圖檔都設計得十分細膩，有的顏色鮮豔、絢麗奪目，有的色彩典雅、氣質引人，就算是外行人也能輕易看出這些設計出色非凡。

更重要的是，少女未曾見過與這些作品類似的圖案。

「所以這些就是隨身碟裡的檔案？就是你所說的『炸彈』？」

「嗯哼。」J先生點頭。

「誰的東西？不會是你吧？」

「呵呵，誰的不重要，切記『埋炸彈』的同時別忘了蒐證。」他叮嚀，臉上隱約寫著「事後你就會知道了」。

「好吧。」她撇嘴，百般好奇的她實在不喜歡被人吊胃口。

加上J先生刻意支開話題時，那種似笑非笑的神韻使她更心癢了。

回神時，少女已步出電梯來到二樓。

經過一番仔細研究後，趁著午餐時間，員工多半在地下餐廳，二樓僅剩少數人來回走動，她趕緊左右張望，抓到沒人的空檔便走到一個監視器拍不到的角落。

然後掏出隨身碟置於地上，一腳輕踩，隨後奮力用腳底將它滑出去，直接使隨身碟滑到對面走廊盡頭，也就是美術部門的入口，如此一來看在走廊監視器的鏡頭裡，不過是有個隨身碟從另一處被踢了過來，根本拍不到任何人。

就算調閱其他監視器也沒用，依照刀哥於平面地圖的紅點標示，從電梯口到這個角落一支監視器都沒有。

也就是沒留下任何證據，很好。

現在只希望一切如睡衣男所言，會有個呆瓜突然出現並把隨身碟撿走。

而自己這麼做、多添這一筆的用意只是將那個呆瓜鎖定為「美術部門的呆瓜」，藉此將兩世界因果牽引的力量引導至睡衣男期望的結果。

事情進展真會那麼順利？真有那麼神奇？

不管了，反正自己也徹底照計畫執行了，剩下就交給老天安排吧。

少女摸了摸口袋的錄音筆，打算去地下員工餐廳簡單吃點東西，順道去搜集證據，期待那些惡劣的盜文寫手吃飯時會說漏什麼。

正當她要轉身離去時，她眼角餘光恰好瞥見一名男性員工走向長廊盡頭，這一幕不禁使她轉動脖子、心跳猛然加速。

「不會吧……」少女反射脫口，雞皮疙瘩瞬間從她腳底直竄腦門，背脊也跟著發冷打直。

她就這樣看著那人停下腳步，彎腰並順手撿起地上的隨身碟，最終走進了美術編輯部的辦公室。

她完全嚇傻了，她愣愣地處在角落，口袋中緊握錄音筆的拳頭不斷顫抖。

這一幕告訴少女一會兒下樓肯定能蒐到不少證據。

沒有為什麼，就是身為創作者的直覺，又或是來自 The other world 的神秘力量加持。

她再也不感害怕，取而代之的是滿滿自信，由衷覺得計畫能成功。

明明是孤身潛入，心裡卻湧現「自己不是孤軍奮戰」的鼓舞。

也許打從自己加入「匿名工作室」的那刻起，命運的輪盤就開始轉動了。

敵人

似乎落後很多，一路上只剩東倒西歪的複製人屍體，不論馬克再怎麼拼命往前跑，就是看不到盜賊團的身影，加上「萬神殿」內部十分複雜，有的旋轉梯往上、有的旋轉梯往下，到處都是不知道通往哪的空橋和岔路，這邊剛剛明明沒有屍體，怎麼繞回來就躺了兩具冰冷的魔法師？

不對，重點是……怎麼又繞回來了？

「吼呦！那些傢伙沒事穿什麼隱身衣啊？沒事跑那麼快幹麻？這樣是要我怎麼找？這座狗屁神殿又大的

跟迷宮一樣，那些神明就不怕迷路找不到廁所嗎？」馬克忍不住抱怨，偏偏此時不能呼喊夥伴們的名字，只怕會引來敵人。

才跑了沒幾步，眼看又回到不久前的三岔口，沒記錯左邊和右邊都走過了，現在也只剩下中間可以選了。沒有猶豫，眼前這條中央走道上也沒遮蔽物，馬克只管大刺刺向前直奔，一路衝上前方的神殿階梯，他注意到此段路程都沒留屍體，代表夥伴尚未來過，怕有埋伏他不忘提高警戒，瞳孔左右飄移、眼神四處觀望。

很快的，他接著踏上承接下方階梯的旋轉梯，不料剛踩上去就聽見人群的交談聲，直覺告訴馬克不太可能是盜賊團在交談，考量安全，孤身一人實在不該繼續向前，用膝蓋想也知道旋轉梯上方必有不少敵人。

可是好奇心仍使馬克的腳步緩緩上移，他戰戰兢兢壓低重心，貼著旋轉梯的扶手持續往上層移動，最終來到了「萬神殿」頂部——「愛神的空中花園」。

他偷偷將頭探出樓梯口，發現竟有一大群複製人聚集於此，似乎正在進行某種集會，人群裡有戰士、魔法師、鬼怪、警察和一堆來自其他作品的角色，他們雖為彩色卻沒有瞳孔，正如無名士所言，「萬神殿」不過是複製人其中一個大據點，不代表此處只有《戰爭吶喊》的神氏。

「創世神大人請賜予我們靈魂！請賜予我們完整的生命！」一名戰士卸下雙刀，俯首磕頭。

「偉大的創世神啊！卑微的我們渴求您的眷顧，請您大發慈悲，賦予吾等高貴的靈魂吧！」一名牧師雙膝跪地，雙手合十望著不遠處的高台。

「創世神大人，只要您願意賞賜我們珍貴的靈魂，我們願意為您赴湯蹈火，跟隨您到地獄盡頭！」一隻壯碩的魔族熊怪屈身乞求，牠同樣望著高台。

群群複製人各個撐手跪地，他們接連朝高台膜拜，彷彿一大群著魔的宗教狂熱者聚眾舉行邪惡儀式。

而高台上正站著一名黑髮黑眼的年輕男子，除了面貌不同，其餘裝扮跟平常的無名士大同小異，他身穿黑色風衣，看上去並沒給人身為領導者或創世神的威嚇感。

正當馬克心中這麼想時……

「跟隨我到地獄盡頭？你是在……詛咒我嗎？」台上男子隨即提出殘酷的質問，換得台下一片肅靜，沒人敢吭聲。

「不……不是的！小的只是想表明忠誠……！」

「表明忠誠？真是可笑……」

風衣男子沒打算聽熊怪辯解，他直伸出手臂並將掌心對準牠，熊怪腳下頓時鑽出束道黑影將牠狠狠纏住，沒幾秒就把牠勒得像快被鐵鍊絞爆的皮球。

「光是忠誠根本不夠，我還要力量，無窮無盡的力量！我不需要弱小的士兵！」

風衣男語畢，黑影便毫不留情把熊怪勒得粉碎，熊怪瞬間糊成一團爛肉，勒到爆開時的鮮血甚至濺到周遭複製人，嚇得他們紛紛閃避，深怕下一個死的會是自己。

那男的會魔法！而且還有瞳孔，代表他不是複製人，可能是魔法師……或是來自另一世界的創世神！

躲在旋轉梯口的馬克在心中驚呼，看著不遠處地上那團爛肉，他雙腿不禁癱軟，差點往後跌下旋轉梯。

「聽好了廢物們！你們效忠我是理所當然，是我在另一世界樹立王國、命令我的部下創造你們，是我間接讓你們誕生於此，你們當然要服從我！」

風衣男的語氣和他的眼神一樣冰冷，他昂首闊步走下台階，黑色風衣伴隨扭曲的黑影隨風飄蕩，好比受詛咒的黑暗術士釋出陣陣殺氣，顯然是名暴虐的統治者。

台下的複製人本能退開讓出一條路，眾人低頭、單腳下跪，沒人敢直視風衣男子，就怕一有冒犯惹他不高興，自己眨眼便會從這世界上消失，步上那頭可悲魔族熊怪的後程。

「想得到完整的生命、想成為健全的彩色居民、想得到更強大的力量好毀滅那些本尊，進而取代他們成為真正的存在，就協助我殺了『無名士』吧！而報酬就是你們渴望的靈魂！」

男子敞開雙手，圍繞他四周的黑影隨之震出，無數道黑霧在複製人群間穿梭、閃避，最終襲向圍住花園四方的花圃，只見黑霧掠過百花的剎那便使花朵染上不明的黑色紋路，不到五秒，四周的花海全數凋零枯萎，百花齊放的美景隨即陷入一片死寂。

「由我『咒虐者』來解放你們的生命！跟隨我吧！」風衣男高舉右手，輕易用壓倒性的力量贏得所有複製人的歡呼與敬重。

這根本不是慫恿，而是威脅。

看在馬克眼裡，風衣男就是個暴君。

「由我來解放你們的生命？」，擺明是「誰敢忤逆老子，老子就奪走他的性命！」，居然還有臉抄襲無名士大哥的名言？

是說那男的為什麼要殺無名士？得趕快去告訴大哥才行……

馬克迅速起身，打算趁敵人尚未發現自己時三十六計走為上策，不料右腳竟在此時踩了個空！

「嗚……！」自己居然在這種關鍵時刻犯傻，毀了！

咚！咚！咚！咚咚咚……！

馬克驚慌失措地摔下旋轉梯，好不容易滾到地面，想也沒想，他反射起身坐上神殿階梯的扶手，以溜滑梯之姿高速下滑，高速滑到一樓後，他只管沿著原路回到先前的中央走道。

「靠靠靠靠靠靠靠！」

馬克嚇到尿都快噴出來，他拚命狂奔，確信自己絕不是那名風衣男的對手，對方八成是能隨心所欲使用魔法的創世神，他不想化成枯枝被風衣男喀喀喀折斷，不想和那頭熊怪一樣化為一團不明所以的爛肉。

可惜，他路才跑到一半，風衣男便瞬間閃到他面前、擋住他的去路，變魔術似的，全怪剛才踩空摔下樓發出巨響。

是瞬間移動，可見這名男子真的是創世神。

面對慌張的竊聽者，風衣男已眯起雙眼狠瞪，表情令人不寒而慄：「小鬼，你母親難道沒告訴過你，偷聽大人講話是不對的？」

對此馬克不自覺顫抖，雙手則反射抽出背後的鐵棍對準男子，進入備戰狀態：「還……還真是抱歉啊！我我我……我的創世神沒為我設計母親！」

「喔？言下之意你是名可悲的孤兒囉？」男子挑釁道。

「孤你個大頭鬼啦！誰是孤兒啊？對我來說我的創世神就是父親、就是母親！我很感謝她創造我、賦予我名字、賜給我靈魂，更謝謝她沒有放棄我！這樣就夠了！雖……雖然她沒給我女朋友！但我還是很感謝她！」他鼓起勇氣反駁。

「我不記得荒丘附近有和其他作品的區域交疊，可見你是刻意前來『萬神殿』，所以是無名士派你來的？」

「關你屁事？」這等同默認。

「無名士募集夥伴的門檻還真低，連你這種乳臭味乾的小鬼都被找來當戰力，看來要統治 The other world 比我想像得要簡單多了……」

「統治？誰要給你統治了？別說統治，你這邪惡的創世神根本沒資格踏入這裡，快滾回彼世吃屎吧！」

馬克話完便憤怒朝男子高高躍起，他雙手持棍狠狠朝風衣男頭頂劈去，卻在命中的前一刻被突來的黑影纏住腳踝向後抽，揮空的鐵棍同時被另一道黑影捲住，他隨即與武器懸空分離。

兩道黑影分別往兩側甩動，直把鐵棍甩得老遠，馬克則是重重被甩回後方神殿階梯，碰！一聲令階梯凹出個大窟窿。

「嗚……」馬克痛得無法起身，才剛勉強抬起頭，只見腳踝又再次被黑影纏住。

他很快又被抽上天去亂甩，東轉西轉，黑影來回甩盪使他在神殿的柱子間撞來撞去，馬克最終像垃圾一樣被甩在地上，直趴在男子面前痛苦呻吟。

「區區一名彩色居民膽敢反抗創世神？真是不自量力……」男子一腳踩向馬克頭頂，腳底不斷在他頭上揉搓，語氣輕蔑：「什麼創作者創造出什麼作品，The other world 居民的強弱多半取決於現世創作者的素質，看你弱不禁風的樣子，可見創造你的創作者也不怎麼樣，鐵定也是垃圾。」

「少……少囉唆……」

「嗯？」

「你這王八蛋……才沒資格對我的創世神說三道四！」

馬克可沒失去戰鬥意志，他雙手猛然撐起傷痕累累的身軀，整個人倒立使出前翻踢，即便男子早一步發現、反射向後躍開，他的鼻尖仍被馬克突來的腳後跟擦傷。

「哈哈哈！真有意思！看來我有點小看你了，被一陣亂甩還能維持意識，可見你的角色意志很堅韌，不錯不錯！」男子揉了揉鼻子，頓時注意到馬克身上的傷口逐漸癒合。

「我的創世神給了我最強的武器！」馬克朝左胸一捶，強烈的生存意志正快速治療他的傷勢：「既然她費心把我創造出來！我就絕對不會輕易死去！」

馬克話完，走道旁的鐵棍隨即飛回他手中，正確來說，是被某道隱形的飛影扔回他手裡，兩道亂入的透明飛影來回在神柱間跳躍、俯衝，利用柱子來回蹬躍加速，撇開隱身不談，光是移動速度就令風衣男無法抓住他們。

「要是能殺掉創世神，我要封自己為『滅神刺客』！喔老天啊帥斃了！」其中一道飛影一邊加速不忘自戀。

「等等聯合技要是失敗，我就封你為『低能刺客』。」另一道飛影毫不客氣地潑冷水。

「呵呵，想不到無名士底下的雜魚接二連三出現……」男子冷笑，但不得不承認此刻在神殿巨柱間來回跳躍的飛影令他眼睛跟不上。

「這就讓你笑不出來，咱們上！」

兩道飛影奮力蹬牆，高速朝男子俯衝而下，速度之快黑影雖來不及阻擋飛影閃耀的匕首，後方男子仍敏捷地閃過迎面而來的突襲，卻沒料到匕首不過是誘餌。

鏘！鏘！

兩把匕首隨即卡進神柱，兩道飛影繼續來回跳躍，他們一邊掏出各式暗器朝男子發動攻擊，倘若沒刺中目標便更改投擲軌跡、改將暗器卡進柱子，而那些暗器尾端早被扣上鎖鏈，一條條鎖鏈隨著頻繁的攻擊飛快竄出，整條中央走道最終變成鎖鏈編織而成的蜘蛛網，將風衣男封鎖於眾多神柱之間。

「機動暗殺第一式——『死亡蜘蛛』！」伊瑟洛於天花板處現身，他雙手反扣雙刃，和雷莉一同朝鐵網上的獵物俯衝而下。

「什麼！」男子訝異地瞪大雙眼，這招確實超乎他的想像。

——唰！——唰！

黑色風衣的碎片落地，束道黑影煙消雲散，受困鐵網中的男子算準時機化為黑煙、憑空消失，黑煙隨後繞到走道盡頭迅速聚集，再次變成風衣男子的形體。

「哈哈哈！真是可惜啊！差一點就要了我的小——」

男子話講到一半，命字尚未脫口，他完全沒注意到馬克這時已從後方神柱躍出。

他才剛轉頭，鐵棍卻已近在眼前。

「——滾出 The other world！」馬克放聲咆哮，憤怒的鐵棍重重落下。

——碰！

這回鐵棍可是重重地、不偏不倚打在男子臉上，一擊就將他打飛出走廊，整個人直接噴向中庭草皮，重擊力道之大使風衣男滾了好幾圈才停下來。

費了幾秒恢復意識，風衣男朝旁吐了口鮮血，起身時，他的左臉已經瘀青一大塊：「不愧是彩色居民，加上角色意志，完成度相當高啊，呸……！」

「稱我們為彩色居民？你的口吻給人創世神的感覺呢！」伊瑟洛甩弄著雙刃，敵人未死，他依舊保持戰鬥架勢。

「想不到除了無名士大人以外，還有別的創世神來到這裡，看來並非每個創世神都懷著正確思想。」雷莉則同樣不敢鬆懈。

「沒錯！這傢伙一臉就是壞胚子！鐵定不是麼好神！咱還是早早把他幹掉吧！」伊瑟洛準備發動下一波攻擊。

「同意。」雷莉罕見地贊同。

「總而言之！The other world 只需要無名士一個神就夠了！你這瘟神就死一邊去吧！」馬克將棍頭對準男子的鼻樑做出結論。

「哼，只能怪我準備不足，太心急了，身為彼世居民的我在這世界並非完整的存在……」見情勢不對，男子隨之後退了幾步，即便不情願，他也只能化成一團黑煙並暫時撤退：「你們這些劣作就把握現在得意吧，下次我會徹底毀滅你們，若不願被我『咒虐者』統治，我就徹底毀掉你們的世界，毀掉 The other world 並毀掉現世……」

「休想逃跑！」

伊瑟洛飛快擲出武器，雙刃高速旋向黑煙卻削了個空，感覺一絲絲黑色粉塵僅剩風衣男的餘音……

「呵呵呵……別急……我還會再回來的……叫無名士……叫他乖乖等著吧……」

粉塵飄散，但危機尚未解除，風衣男的消逝隨即換得另一名敵人前來。

來自空中花園、身穿鵝黃長袍的女神緩緩從天而降，她展開潔白的雙翼，身旁飄著數名赤裸的小天使，不論是女神還是天使臉上都掛著和藹的笑容，好比溫柔的母親和純真的孩童展翅齊飛。

但，可親的神韻下卻少了瞳孔。

沒有喘息的片刻，見到新來的敵人馬克不禁皺起眉頭：「為什麼那些天使都沒穿衣服？神明不都很有錢？怎麼連衣服都買不起？」

「那些是愛神邱比特，邱比特基本上不會穿衣服……」對於夥伴的無知雷莉忍不住翻白眼。

「為什麼中間那女的穿著鵝黃色窗簾？」未料和她來自同一作品的伊瑟洛同樣感到不解。

「……我懶得理你們了。」雷莉果斷放棄解釋，她不想再扼殺腦細胞費心講解。

「邱比特？哈哈，這不是容易多了？那些小屁孩只會拉拉弓箭而已，肯定比剛剛那個黑影男好對付！」

不料馬克才剛說完，浮空的邱比特們全數拔出散彈槍和衝鋒槍，中間的愛神更是掏出大到離譜的火箭砲，「喀喀、喀喀」的上膛聲不斷重複，看得地面上的三人臉色瞬間蒼白、傻掉的嘴角微微抽動。

「在你們被轟成灰前～容我先自我介紹，我是愛神『武裝維納斯』，而這些可愛的孩子們是小愛神『毀滅邱比特』，請多多指教～」女神親切地招呼，臉上的笑容和她手中的火箭砲呈現極大反差，身邊的邱比特笑起來不像小愛神，比較像殺人犯。

「呃……我記得老家的愛神不是長這樣，至少他們手上不是拿那些東西……」惶恐的伊瑟洛哽咽道。

以中古歐洲為背景的《唯恐天下不亂》當然有愛神雕像，顯然《戰爭吶喊》的原作把西方諸神「稍微」改造了，變成全新的科幻題材。

「你們破壞了我的花園，害我的花全都枯萎了，作為回報，就請你們接受我們滿滿的愛吧！」女神靦腆地扛起火箭砲，邱比特們則紛紛將槍口對準底下三人。

「停！這是誤會！不是我們害你的花枯萎！是剛才那個風衣混蛋搞的鬼！是那些扭來扭去的黑影！這一切都是誤會啊啊啊！」馬克飆淚喊冤。

唯一的神

粉塵、煙硝和火藥味以愛神神殿為圓心迅速擴散，機甲槍砲的連發聲、長串彈殼一顆顆落地，建築物的爆裂夾帶哀號迴盪整座萬神殿，神殿裡的神官和衛兵隨之陷入混亂。

「全員注意！萬神殿遭不明刺客團入侵！對方疑似為無名士等手下！天神已下令全力殲滅敵人，不留活口！而無名士本人可能正位於神殿某處，趕緊將他的頭顱奉獻給咒虐者大人！為吾等渴求的靈魂殺戮吧！」

「——喔喔喔！」

神殿號角響起，複製人們這時才就戰鬥位置，他們各個像無頭蒼蠅盲目地亂竄、毫無章法地搜索敵人，殊不知盜賊團早在無名士事前的規劃下離去，目前只剩三名成員正與愛神交戰。

隨著神殿崩塌的速度越來越快，不少複製人倉皇逃出神殿，只怕在尚未發現無名士前就被剝落的石塊砸死或被愛神強大的火力轟得煙消雲散，少有不要命的複製人仍為了豐厚的賞賜，繼續傻傻的於神殿內東奔西跑。

第一階段的潛入計劃非常成功，看樣子用不著多久，萬神殿內部的兵力將七零八落地聚集於正門。

猜想時機也差不多了，男子位於現世的軀體反射在紙張寫下「第二階段開始！」

來自天空的指示一下，荒丘後方的大軍紛紛抬頭，即便隔著一片石林他們仍能見到荒丘頂部竄出的灰煙，代表萬神殿內部已發生騷動。

車手們火速拉上車門、催油門，黑幫份子操起傢伙、乘上重機，聖騎士們翻上馬背、戴上面甲，德薩爾王國的士兵接連拔出盾牌與武器。

「大夥上吧！一鼓作氣碾爆那些複製人，用輪胎替他們上妝！用子彈問候他們！」

傑朝著對講機大喊，各隊車長陸續狂呼應聲，隨後七十多輛沸騰的引擎跟著最前端的藍色科尼賽克呼嘯而去，飛龍堂的混混則像群瘋子尾隨在後，共計一百多輛的車隊就這樣直接開上荒丘，掀起陣陣黃沙。

身穿金色戰甲的法拉凱爾走至剩餘的大部隊前大喊道：「德薩爾王國的勇士們聽好了！今天這場戰役不光是為了報答拯救我們的『無名士』，更是為了守護我們身處的世界！」他拔出閃耀的寶劍指向蔚藍的天空高呼：「拿起你們的武器奮勇殺敵吧！為了 The other world！」

「——為了 The other world！」

數萬把寶劍一同舉向天空，戰爭的烽火熊熊燃起，士兵們帶著高昂的氣勢甩動馬鞭，在聖騎士長的率領下勇猛地奔進黃沙，緊追在前方大車隊後頭。

同一時間，荒丘彼端，無數道藍綠色光輝筆直地劃開地面，好比一道道垂直的鋒利線條將大陸切割，光輝橫掃過的每一處皆被斬斷。

「快逃！那些刀波又來了！」許多視相的複製人乾脆丟下武器直接逃跑。

「根……根本沒人能對付那傢伙！他究竟是何方神聖？」

「那傢伙是無名士的左右手！是『獨腳守護者』！聽說他一人能夠敵擋一整個國家的軍隊啊！」

「呀呀啊！」更多複製人則忙著亂叫，應該說實力過於懸殊，他們徒剩哀號的份。

所有刀波以武士為原點，以扇形的軌跡高速延伸至萬神殿，條條刀波巧秒地連成一線，好比陣陣藍綠色的華麗刀浪，最終襲向萬神殿正門炸開。

——轟隆！

來自不遠處的刀浪輕鬆斬毀神殿外牆，城牆上方的複製人不是連同石塊被斬碎就是從高處摔落、跌得稀巴爛，至於那些驚慌失措於正門黃沙中遊走、兵荒馬亂的複製人已於陣陣刀浪中屍首異處。

如今滾滾沙塵中僅剩大量複製人的殘肢斷臂，和一名踩著鏗鏘步伐、從接獲指令以來未曾止步的守護者。

披著紅黑戰甲的武士步出沙塵，每三步一斬、一跨就是百屍，別說接近，根本沒人敢與之為敵。

一騎擋千，面對潰敗的敵軍武士不曾言語，並非沒有惻隱之心，只因他已全神灌注於眼前的敵人——一個毫髮無傷從刀浪中步出、披著銀灰色鎧甲的戰士。

「看來創世神大人所言不假，無名士的左右手果真不容小覷。」

銀灰戰士的雙眼同樣失去瞳孔，他右手持錘、左手持斧，身後背著巨劍，緊繫於胸前和腰間的束帶上綁滿各式武器，雙刃、匕首、多種泛著特殊金屬光澤的刀劍，看上去絕對是名身經百戰的高手，跟先前那些隨便砍隨便死的複製人明顯是不同檔次。

他跨過屍橫遍野一路來到武士面前，最終停在一個箭步的距離。

「吾乃眾神戰役中的霸者，名為『機甲戰神』瑪爾斯，在終結凡人卑賤的生命前，想得知『獨腳守護者』的真名。」銀灰戰士高傲地開口。

「在下無可奉告。」武士覺得除了效忠之人外，沒必要對他人報上真名。

「真是令人惋惜啊，愚蠢的武士你得明白，少有凡人能讓諸神記得名字，以凡人來說你的身手相當不錯，我才肯費心多此一問。」

武士沉默。

「倘若你不願告訴我，在你死後，一旦我拭去神器上的鮮血，你在世間等同沒留下任何東西，至少讓我知道是誰有資格讓我弄髒神器。」

武士面甲下的眉頭緊皺，他直視眼前極為鄙視自己的戰士，本來懶得多說，但被對方看貶到如此地步，他實在難以嚥下這股怒氣。

士可殺，不可辱。

「在報上真名前，恕在下先行強調兩事。」武士終於開口。

「說吧。」

「其一，在在下的認知裡，The other world 並不存在諸神，只有一神，就是落入凡間的創世神『無名士』大人，也就是在下唯一效忠的無主公。」

銀灰戰士的臉頓時一沉。

這是何等冒犯？

這武士竟敢在自己面前放肆、口吐狂言？

「其二，靈魂即是信念，在下不認為手握『出雲』的自己會敗給毫無信念之人。」

「哈哈哈哈！真是狂妄！一介凡人膽敢稱我為『人』？還自認能夠擊敗我？」銀灰戰士仰天狂笑。

「最後，在下名為緒方出雲，在此誓言絕不會讓您的愛刀沾上一滴鮮血，枉費您費神多慮，勸您只管使盡全力專注戰鬥，以免事後為自己的敗陣找藉口。」緒方話完便將「出雲」的刀鋒對準戰士。

「區區草芥竟敢對神叫囂！受死吧凡人！」銀灰戰士震怒，猛然向前躍出。

——鏘！

錘、斧和武士刀三者瞬間交集，劇烈擦撞的剎那不但激出火花，更釋出強大風壓、震起漫天黃沙。

神與神？

槍砲聲頻傳、地面略微震動，些許石屑沿著雅緻的宮殿白牆剝落。

好不容易於半意識狀態下達完指令，男子回神至 The other world，身穿灰色巫師長袍的他連續使用瞬間移動，輕鬆抵達天神神殿，途中未與多餘的敵人發生對峙。

比起神殿，此處更像圓形大教堂，挑高的天花板鑲滿許多花紋和神氏圖騰，明亮的光線得以從刻意簍空的拱形洞射進來，映照於地宛如遍地月亮點亮整座中央神殿。

腳下紅地毯兩側擺滿諸神的雕像，眾神雕像群一路延伸至前方偌大的米白色大理石牆面，而牆面更是精心刻成一幅巨大的史詩壁畫。

沿著紅地毯，男子隨意觀望兩排神氏雕像，扛著火箭砲的維納斯？身穿機甲的瑪爾斯？騎著機械熊的黛安娜？他邊杵下巴一路從紅地毯末端走向地毯盡頭，最終來到史詩壁畫前。

「諸神瞋怒，祂們各個配戴高科技兵器，率領和機械合為一體的神官和神兵毀滅人間，過往正常的神像遭武裝兵器轟得支離破碎。」這是男子於壁畫中見到的景象，原來《戰爭吶喊》是將羅馬諸神與科幻元素結合，演變成全新的題材。

「如何？需要為你講解其中的意義嗎，凡人？」

渾厚沉穩的聲音打斷了男子的觀摩，他轉頭一看，只見一名上半身赤裸露出健壯身軀、下半身圍著米白色戰袍的粗獷大叔正立於紅地毯彼端。

「呵呵，容小人洗耳恭聽。」男子笑笑聳肩，刻意配合敵人的口吻應聲。

魁梧的大叔一臉悠哉，他雙手背於腰際後側，不疾不徐地朝男子走去：「在未來，人類的科技摧毀無數大地，人們自認科技無所不能，得以開天闢地，甚至妄想無限展延壽命、超脫生死，凡人再也不需要信仰，過往的諸神失去了所有信徒，最終從人類的記憶中消失。」

隨著大叔與男子的距離越來越近，男子的短髮和紅地毯開始「噼噼啪啪」，這使男子不禁感到些微刺痛。是靜電反應。

看來天神降臨。

「所以諸神為了懲罰遺忘信仰，為凡間帶來戰亂的人類，乾脆不用神力，改用人類所製造的武裝兵器來消滅他們？」男子並不感到緊張，反而泰然自若地與天神聊天。

「沒錯，用自製的兵器摧毀自己的家園，再被自製的兵器所毀滅，到頭來撲殺人類的並非諸神，而是人類自己。」天神話完時已來到男子身旁，祂傲慢地俯視男子，像看著地上的螻蟻：「很諷刺，對吧？」

「諷刺倒是還好，很有創意倒是真的。」男子抬高下巴、面露笑容，故意不苟同天神的觀點。

雄壯的大叔站在壁畫左端，與武裝諸神同側。

稍矮一截的男子站在壁畫右端，與飽受苦難的凡人同邊。

紅地毯的盡頭，左側與右側，究竟是神與人？還是神與神？

又或著……其實是人與神？

「喔？這樣都還稱不上諷刺，敢請教『無名士』如何才稱得上諷刺？」天神的語氣充滿敵意。

看來不必自我介紹了。男子心想。

「在我看來，沒有靈魂卻自詡為神，最終被真正創世神毀滅的複製人比較諷刺。」他直視祂沒有瞳孔的雙眼。

「還真是猖狂啊，無名士。」祂則皺緊眉頭，忍耐似乎已瀕臨極限。

呼應天神的情緒，此刻神殿外頭大雨驟降、閃電交加，雷鳴夾帶著雨水刮進中央神殿，閃光刺眼伴隨雷電轟隆作響，震耳欲聾的雷聲加劇震動，加快石屑剝落。

而對此男子仍毫不避諱，應該說他就是故意要激怒敵人：「猖狂？不不不，大人您言重了，比起四處破壞、任意妄為的卑賤複製人，小人的言行根本不足掛齒。」

眨眼，一道閃電貫穿屋頂的拱形洞，雷擊直往男子方向劈去！

——轟隆！

男子敏捷地側翻躲過閃電，他不忘多翻兩圈熄滅灰巫師長袍末端的小火，紅色地毯則被轟到起火，地面被炸得焦黑、爆起不少塵屑，強力的轟雷甚至炸毀了壁畫右端的浮雕。

「無名士！你可悲的性命如同壁畫右端的凡人！終將被閃電轟成灰燼！」位於壁畫左端的天神憤怒咆哮。

呲——唰轟！

就在天神吼完，另一道閃電隨即從壁畫右端橫掃至壁畫左端，火花高速飛濺、大理石牆龜裂，閃電最終於武裝諸神的部位炸開，整個大理石牆剎時被轟得粉碎，害天神不禁向後退了幾步。

男子絲毫不退讓，飛快用閃電魔法、即刻用另一種寓意回敬敵人。

「不好意思雷聲吵雜，您剛剛的話我沒聽清楚，倒是壁畫已整個毀了，連同眾神的部分都消失囉。」殘破壁畫右端的男子正半蹲著，他的雙瞳已從黑珠變成魔法陣，右掌心正竄出一束束閃電，彷彿另一名天神降世。

「你……你好大的膽子！」

天神失控地狂吼，祂展開雙臂，呼喚無數閃電穿透神殿外牆打在祂左胸口上，而祂的心臟正透過胸腔發出藍色強光，好比某種核心吸收了強大能量，直轉為宿主的力量。

「創世神大人說過！你不過是彼端世界的居民，在此並非完整的存在！單憑你一人絕無法與我們彩色居民抗衡！看我一舉收拾你！」

創世神？意思是有別人來到 The other world？

正當男子備感訝異時，天神左胸的電核劇震，祂隨之吐出大把藍綠色粉塵，遠看像是粉狀的極光，閃耀的粉塵很快便瀰漫整座中央神殿，就算男子想迴避也來不及，更不用說那些一閃一閃的粉塵更因靜電反應全吸附在他身上。

眼看電漿和傳導物質成功填滿每一分空氣，天神整身蛻變成藍光色，化為一顆巨大藍光電球，祂猛然釋放所有電能：「電漿塵爆！」

空氣中渺小的粒粒粉塵混雜氣態電漿，一口氣被天神放出的閃電引爆，如同無限串炸彈編織而成的鞭炮引發連鎖大爆炸，炸得中央神殿灰飛煙滅，屋頂、神柱、大理石牆面和群神的雕像無一倖免，爆炸進而引發電磁衝擊，向外擴散的磁浮還令所有碎塊和落下的雨水漂浮了數秒之久。

片刻後，碎塊落下時接連砸出數個小坑洞，同時大雨驟減，僅剩微弱的雨水輕打地面。

「哈哈哈！創世神大人您看到了嗎？我成功殺掉無名士了！我終於能得到珍貴的靈魂，終於能享有完整的生命了！哈哈哈！」發狂的天神毛髮豎立，落在祂肩上的雨水霹啪響，身軀的藍光尚未褪去，不管自己也受了傷，盡情地在充滿火煙味、瓦解的神殿中大笑。

可惜事情沒祂想得那般順利，不遠處坍方的石塊下倏忽冒出一塊透明正方體，直將壓在上方的碎塊彈飛，而男子竟毫髮無傷地站在正方體內，此時他的雙瞳已從魔法陣轉為綠色正方形。

「瞧你笑得跟神經病一樣，是把自己電成白痴了？」

「怎……怎麼可能？」

不給天神反應時間，男子雙手奮力往前一推，使正方體前端高速延伸、化作長方體衝刺，最終朝天神的腹部重重撞去，也因長方體將男子與天神屏蔽，他不必擔心會被祂身上殘留的電流電到。

本想將天神狠狠壓在中央神殿僅存的神柱上，徹底逼問祂關於另一創世神的事，卻因空間撞擊力道過強不慎把祂撞飛出去，害祂吐了好大一口鮮血還滾了好幾圈，最終趴地不起。

男子彈了下指尖，解除透明長方體時，他的雙瞳也變回正常人的黑色眼珠，他躍至倒地的天神面前：「你口中的創世神說得沒錯，在這世界我雖不是完整的存在，也確實敵不過完整的彩色居民，但現在的我跟你可是平起平坐，因為我們同樣不完整。」

沒有靈魂的角色豈能稱作完整？不過是上了漆的黑白居民，對付這種複製人，使用有時效限制的空間魔法綽綽有餘。

「死前給你一次贖罪的機會，告訴我關於你口中創世神的事。」男子嚴肅質問。

「咳咳！雖然不完整卻能隨心使用各種魔法……創世神果然還是有點難對付……」天神狼狽地雙手撐地，躬身低頭顫抖著。

「乖乖把實情告訴我，可以的話我想讓你毫無痛苦地死去，畢竟被惡意創造出來也不是你們的錯。」

只見跪地的天神隨之露出一抹詭譎的笑，祂渾身散發不尋常的魔力：「死去？呵呵……無名士……你真以為自己有能殺死我？」道出此話時，祂的聲音已跟另一名陌生男子的聲音重疊。

細雨中，男子敏銳地感應到來自彼端世界的神秘力量正透過媒介傳達至此，那股力量正企圖支配什麼。

轉眼，天神抬頭，祂軀體下的黑影逐漸扭曲並沿著祂的四肢開始纏繞，黑暗紋路於祂全身蔓延，祂破碎的嘴角更滲出些許黑煙，此刻天神像是被什麼東西附身，又或著是遭到他人控制？

天神睜開雙眼，本該空無一物的眼突然多了兩只黑色瞳孔：「吾……終於完整了！」祂驟然向前，兩腳一蹬踏出黑雷，直化為一道黑色閃電朝男子衝去。

黑雷的速度之快，男子的雙瞳來不及變化，他來不及施法便直接被黑雷撞中，先前吸附在他身上的電漿粉塵直被黑雷引爆，這回換男子被炸飛，而且是在毫無防備的情況下。

「哇哈哈哈！感謝創世神大人賦予我靈魂！讓我有健全的力量可以殺死無名士！」化為黑雷的天神衝向高空，在烏雲中來回閃爍，失去理智的瘋狂笑聲響徹雲霄。

「嗚……該死……」男子倒臥於石塊堆，想起身卻被電流痲痹、動彈不得。

看來有個混帳於現世對《戰爭吶喊》的複製稿件動了手腳，將天神暫時改造並賦予祂靈魂，如今天神已算得上完整的彩色居民，身為非完整存在的自己想戰勝祂非常不容易。

趁著男子痲痹無法動身，黑雷在烏雲間徘徊、不斷吸收雲層間的電能，漫天雷雲逐漸縮小，眼看高空所有電能全被天神吸收，這次祂已失去人類型態，變成一頭無數黑雷織成的霧狀獸，瘋狂地在高空咆哮：「永別了無名士！見識『雷核帝王』宙斯的完整力量吧！」

最後一道黑雷從天而降，不偏不倚直接命中男子，黑暗雷霆不但貫穿了他臨時用空間魔法製造出的防護壁，還一舉轟碎了天神神殿僅存的地面，周圍殘破的景物先是漂浮，兩秒後隨即被電磁脈衝瓦解。

整座荒丘天搖地動，「萬神殿」外的複製人和德薩爾王國士兵紛紛傾倒、車手們不得不急踩煞車、不少聖騎士甚至跌落馬匹。

激烈交戰的武士和戰士則雙雙退開，兩人不約而同望向毀滅的中央神殿。

「是雷霆嗎？宙斯大人果真毫不留情呢。」黃沙中，銀灰戰士眺望彼方。

「無主公……」武士低語，由衷擔心。

就連愛神神殿的維納斯和邱比特們也不得不暫時停火，祂們手裡的槍械似乎受到天神的電磁脈衝影響，恰巧全部同時故障。

「那些神經病怎麼停火了？」躲在神柱後方的馬克忍不住問。

「天曉得，八成是剛剛的地震弄壞了什麼？」一旁的伊瑟洛抓緊機會喘息。

「也許這是我們反擊的機會。」機靈的雷莉注意到夥伴的毛髮因靜電而豎立，猜想可能是某種電能衝擊迫使敵人的武器癱瘓。

一頭的消亡換得另一頭反擊的契機，如今天神神殿已不復存在。

近乎耗盡神力的天神於放晴的天空中緩緩下降，祂一路降至崩毀的中央神殿底層，好確認無名士是否真的死去。

祂雙腳平穩落至地面，在無數石堆、瓦礫和碎塊中探望了許久，終於在深淵的角落發現無名士，看他滿身塵土、焦屑，虛弱地成大字形躺在崩解的史詩壁畫上，似乎已沒了氣息。

「哼，不愧是創世神，本以為會屍骨無存，想不到挨上那一技還能保留全屍。」天神獨語，慶幸自己的使命終於完成：「這裡就作為你的墳場，永遠安息吧，『生命解放者』。」

無名士果真是難纏的對手，這回可終於死了。

未料正當天神踮起腳尖，打算飛回地表離去時……

「安息？我才剛醒呢……」

「嗯？」

天神反射轉頭，竟見無名士慢慢起身、悠悠拍去身上的塵土，他不像被雷擊中，比較像是剛睡醒，還不忘揉揉眼睛、打了好長一個哈欠。

「不……不可能！這怎麼可能！挨了那一技黑雷怎麼可能活著？現在的我可是完整的彩色居民，就算是對等的完整彩色居民挨上那一擊早就蒸發了！更不用說身為彼世居民、在此並非完整存在的你！這根本不可能！」天神惱羞大吼，祂壓根無法接受眼前難以置信的一切。

「蒸發？這個……該怎麼說呢……剛剛那一擊確實非同小可，以惱人的鬧鐘來說，勉強合格。」男子不易為意地聳肩。

這男的在胡說什麼？居然將剛剛灌注全天空魔力的雷擊比喻為鬧鐘？

天神一時無法接話，同時，祂心中剎時湧現滿滿的恐懼。

眼前這名男子……簡直是怪物！

「多謝你叫醒我，我久未目睹凡間的風采，是該好好重溫一下……」

「不……不對！你究竟是什麼人？」

天神大聲質問，只因為注意到男子的語氣完全變了，他臉上不再有一絲溫吞和憐憫，短髮也不知道為什麼已從原先的黑色轉為金褐，雙瞳的色澤也是，稍早的灰巫師長袍如今也變成雪白的巫師戰袍，領口和袖口還繡上了特殊的金邊花紋……莫非是不同人？

「真是無禮，要人報上真名前，應該先報上自己的真名吧？」男子皺眉。

「少裝傻了！吾乃諸神之王，『雷核帝王』宙斯！人稱天神宙斯！經過剛剛的交鋒你怎麼可能不知道？」

「諸神之王？哈哈哈哈哈哈哈哈哈哈！」

男子笑得比先前失去理智的宙斯還要大聲，他笑到眼角泛淚，笑到不能自己，看得一旁的天神啞口無言。

「區區凡人竟在真神面前自封諸神之王？哈哈哈！看來是我太久沒來到下層，下層居民的思維真令人匪解。」

「真神？下層？什、什麼下層？你到底在胡說什麼？你究竟是什麼人？」

天神用殘留的神力變出黑色雷劍，祂顫抖的雙手握住黑雷末端並將劍鋒對準眼前的陌生男子，那名不再是「無名士」的男子。

「凡人，注意你的態度。」男子狠瞪天神手裡的劍鋒，臉上寫著「換作我是你會馬上把它扔了」。

天神打了個冷顫，祂哽咽到無法言語，說來也奇怪，眼前的白袍男子明明什麼也沒做，不過是單單直視著自己，自己卻無法憑意志行動。

害怕、恐懼，更像是與生俱來的敬畏，好比The other world的居民本能不斷在心中告訴天神「千萬不要忤逆這名男子」。

「賤民，難得老夫今天心情不錯，奉勸你趕緊放下武器，我便可當作什麼事也沒發生。」這是男子第二次告誡。

「少嚇唬人！現在我的完成度是百分之百！創世神大人已賦予我高貴的靈魂！我根本無須畏懼你！」

雖然嘴巴這麼說，天神的身體仍非常老實地、依循本能持續顫抖著，也不知道為什麼，直覺告訴祂，自己絕對敵不過眼前這名白袍男子。

答案很明顯，當初史詩壁畫的兩端，左側與右側……

其實是「人」與「神」。

那名與凡人同側的男子才是貨真價實的神。

他，不對，是祂，才是The other world真正的神。

「低賤的下層居民，放下你的武器。」這是男子第三次告誡，也是最後一次。

「少……少囉唆！去死吧無名士！」

戰鬥的最終，祂，立於破碎的壁畫和諸神粉碎的雕像上，沉穩地望著那名徬徨失措的凡人、自命為神的愚蠢之徒衝向自己。

沒有憐憫、沒有慈悲，不再溫柔的男子靜靜地將掌心朝向天空，雙瞳跟著轉為金色聖劍。

「懺悔吧凡人，懾服於引領眾生的聖劍之下，安心地回歸塵土吧。」

男子語畢，來自 The other world 無盡天空的「無限聖劍」穿透七彩極光層，聖劍群群落下，耀眼的金色光芒迅速貫穿阻擋它們行刑的一切阻礙，終往罪人的軀體刺去。

從神殿外圍遠觀，好比金色流星群從高空殞落，最後落至中央神殿底部，這次衝擊造成的晃動比前一次更劇烈，甚至將戰神神殿震毀，荒丘兩側更是接連發生山崩，還不知道有無造成友方成員傷亡。

白袍男子當然不在乎，應該說祂不曉得，對於一個突然甦醒的人格來說，處死眼前放肆的罪人比什麼都來得重要。

塵煙散去，萬把聖劍消逝。

自封為神的複製人正如自己所言「屍骨無存」，附著於他身上的詛咒黑影也隨之蒸散。

白袍男子頭也不回，才打算離去卻又像想起了什麼，終究停下腳步。

「雖然說了也是白說，但遵循禮節，我勢必得報上真名。」

畢竟那名凡人死前確實報上了真名，倘若就這樣一走了之，無禮的便會是自己。

「吾乃統領 The other world 上層魔法王國之神——艾里涅特，自願化身『無名士』落入凡間，只為匡正秩序、平天下大亂、擁抱世間黑白之憎恨並引領眾生步入彩色境地，為下層居民解放生命，人稱『生命解放者』無名士。」白袍男子一口氣報出「祂」與「他」重疊的身份，鑲於祂白袍背後的王國徽章隨風飄逸。

以象徵魔法的金色六芒星為基底，兩只綠色長方形於其後交叉，象徵空間與界的制衡，而六芒星的中央更鑲了一個圓形時鐘，裡頭的刻度皆以希臘數字表示，時針與分針各別是長聖劍與短聖劍，意旨掌管時間與聖劍之神。

祂和他，才是真正的傳說。

《The Other World》和 The other world 完整的傳說。

小小盜賊和固執騎士

第二次巨震終於止息。

再次張眼時，灰頭土臉的馬克已趴在坍塌神柱與巨石碎塊交疊的縫隙中，多虧這狹窄的縫隙使他毫髮無傷，神奇地在天搖地動的災難中倖存。

他只記得萬丈光芒映入眼簾，隨後轟天巨響鋪天蓋地，回神後自己便趴在這兒。

「咳咳！拜託……別再來第三次了……咳！」馬克於崩毀的愛神神殿內四處探望，他撥開塵煙，踩過從二樓花園坍方下來的枯枝和斷草：「喂！腦殘盜賊！兇八婆！你們人在哪裡？」

隨處可見邱比特們殘破的軀體，想也知道飛那麼高天塌下來一定由他們先頂，但馬克絲毫不敢鬆懈，因為沿途搜索下來並未看到愛神的屍體。

很慶幸「真正的神」站在他們這邊，第一次巨震使偽神的武裝科技故障，第二次巨震更一舉粉碎了所有邱比特，真想不到有比這更幸運的事。

現在只希望夥伴們平安無事。

「馬克！快過來幫我！」

好不容易聽見伊瑟洛的呼喚，馬克飛快奔往神殿角落，只見斷成兩截的維納斯雕像砸落在暗處，而雕像的下半截剛好壓住雷莉的雙腿。

「這鬼東西！我……我一個人抬不起來！」伊瑟洛漲紅著臉，他使盡全力想舉起雕像，卻沒能使雕像移動分毫。兩腿被壓住的雷莉虛弱地輕皺眉頭，似乎連哀嚎的力氣都沒了。

「我來幫忙！」馬克躍至伊瑟洛身旁，兩人同心協力，眼看好不容易微微抬起雕像，不到一秒卻又掉了下來，害下方來不及爬出的雷莉忍不住「噢！」一聲。

「雷莉你沒事吧？對不起！你還好嗎？」伊瑟洛慌張蹲下，百般焦急全寫在他臉上。

「我……我沒事……嗚……」

「對不起……對不起……都怪我！都怪我笨手笨腳！」伊瑟洛懊悔到泛紅了眼，要不是巨震時自己糊塗被鎖鏈絆住，雷莉就不必撲過來救自己，就不會被雕像壓住了。

「你這笨蛋真是的……又不是你被壓住哭什麼啊……」雷莉勉強擠出笑容，要伊瑟洛別再自責：「你笨也不是一兩天的事了，老娘忍你這麼多次，自然不差這一次，你就別哭了傻瓜……」

無視雷莉的安撫，伊瑟洛只管轉過身子繼續使力，企圖用背部頂開雕像，一旁的馬克也跟著照做，轉過身和他一起扛，可惜仍徒勞無功。

「不行……這雕像太重了，光憑我們兩人搬不動……」馬克拭去汗水，心想要是無名士在場該有多好？這鬼東西靠魔法三兩下就能移走。

「你們在這等著，我這就去找無名士過來，雷莉，你撐著點！等我回來！」

不料就在伊瑟洛轉身時，對頭陰影隨即步出一名徒剩單片翅膀的女神，原本服貼於她曼妙身材的鵝黃色長袍已破破爛爛還被塵土染灰，她臉上的溫柔早已逝去，此時的愛神再也無法用虛偽的笑顏隱藏內心滿溢的殺意。

「看看你們這些卑賤凡人做的好事！先是我的花園再來是宮殿，最後連我可愛的孩子們和美麗的翅膀都慘遭你們毒手！不可饒恕……不可饒恕！」

「瘋女人，不是我想潑你冷水，你剛說的每一件事都跟我們無關……」馬克忍不住吐嘈。

「住口！你們這些殘暴無禮的罪人，你們沒資格接受我滿滿的愛！」

他們三人同時沉默。

愛？你指的是剛剛那些子彈和火箭砲嗎？

免了吧。

「為了創世神大人，為了榮獲高貴的靈魂，為了替死去的孩子們和花草復仇……」維納斯奮力折斷僅剩的一隻翅膀，白翼與肩胛的斷裂處頓時竄出一絲絲電流，她目光如炬，少了火箭砲，她乾脆將機械斷翅當作武器朝他們三人衝去：「更重要的是！你們竟敢打傷美麗的我！領死吧罪人！」

——鏘！

長滿機械利刃的斷翅和鐵棍猛然撞擊，維納斯和馬克隨即陷入僵局，兩人互相使力抵住彼此的武器，隨著維納斯奮力推進，她臉上光滑的肌膚逐漸龜裂、脫落，最終露出駭人的機械外殼。

「瞧你的濃妝都掉了！勸你別再用力了醜八怪！」馬克瞪著維納斯的機器臉頰。

「少囉唆臭小鬼！都是你們這些罪人害我失去貌美的臉孔！」維納斯咆哮。

以機器身軀為基底的愛神，力量自然勝過正常人類，她單手持武足以壓制馬克，另一手便游刃有餘地朝雕像下方的雷莉施展法術。

「下地獄去吧！」愛神的掌心剎時冒出大量宛如刀刃的羽毛，無數羽刃隨即高速飛向動彈不得的雷莉。

「想得美！」伊瑟洛當然沒閒著，他果斷犧牲進攻機會，毫不猶豫挺身擋在雷莉面前，手持雙匕首「鏘！鏘！鏘！」瞬間把所有羽刃彈開。

再這樣下去不是辦法，光憑馬克一人絕無法應付，但難保伊瑟洛參與進攻時愛神不會趁機攻擊自己……雷莉非常明白此刻的自己不過是個累贅，於是她如此命令道：「伊瑟洛！快帶著馬克離開這裡！別管我了！」

「休想！我怎麼可能丟下你！我絕不會丟下你！」趁馬克和愛神持續僵持，伊瑟洛仍不肯放棄，他咬牙繼續嘗試搬動雕像。

「別白費力氣了！我叫你走就快走！馬克撐不了多久！快帶著他離開！再這樣下去我們三人都會死！」

「我、不、要！」

伊瑟洛才剛吼完，多發羽刃再次襲向雷莉，這回他忙著挪動雕像來不及掏出匕首，只好反射用肉身擋下所有羽刃，十來發利刃全都扎進他的背部，鮮血隨後沿著他的背脊、雙腿流至地面。

「伊瑟洛！」馬克驚呼，未料一分神就被愛神踹中肚子，人連同鐵棍一併滾飛出去。

「嗚……可惡！我怎麼可能丟下你……我絕不會丟下你！」伊瑟洛的嘴角滲出鮮血。

「大白痴！這種時候就別耍笨了！你不是想成為帥氣的刺客？真正的刺客必須冷血無情，必須懂得判斷情勢，必要時必須犧牲──」

「──那我寧願一輩子當個小小盜賊！」他大吼反駁。

她愣住了。

她愣愣地看著，眼前這名老給自己找麻煩的傻瓜，只為了證明自己很帥就跑去單挑「機甲咆哮獸」的傻瓜，口口聲聲說要成為刺客之王的傻瓜。

她愣愣地看著，他的鮮血在自己眼前滴落。

「你說的沒錯……冷酷無情的刺客確實很帥……」伊瑟洛轉身掏出雙匕首，打算正面迎擊高速俯衝而來的維納斯：「但我寧可終身當個又笨又蠢、一點都不帥的無名盜賊！也不要丟下喜歡的女生逃走！」

──鏘！

這回抵住斷翅攻擊的不是鐵棍，更不是匕首。

而是一把閃耀的寶劍。

「這，才叫登場。」

身穿金色鎧甲的男子突然降臨，他鼻孔噴氣，滿臉得意，還故意引述伊瑟洛先前在「灰色酒吧」的出場台詞。

位於男子身後的伊瑟洛完全不敢相信，此刻拯救自己的竟是多年的死對頭——是法拉凱爾！

「正義必將得到申張！」勇武的法拉凱爾雙手持劍，沒有僵持，他輕鬆將維納斯手中鋒利的斷翅擊飛，害她不得不向後跳躍、暫時拉開距離。

「嘖！來者何人？」不遠處的維納斯質問。

「何方妖孽？」法拉凱爾將寶劍指著半臉露出機械的維納斯，一心覺得她醜斃了。

「膽敢說我是妖孽？你這無禮之徒！在眾神當中我愛神維納斯可是數一數二的美女！」

「什麼？你……你是女人？」少一根筋的法拉凱爾訝異道。

要不是還在戰鬥得保持嚴肅，看著氣到發愣的維納斯，馬克真想仰天大笑，一旁被雕像壓住的雷莉則無奈瞇起雙眼，伊瑟洛臉上則垂下三條線。

「既然是女流之輩，那就快離開戰場吧！」法拉凱爾望著疑惑的愛神，他優雅地收起寶劍：「堂堂德薩爾王國聖騎長絕不對女性動粗，那樣太不紳士，有違聖騎士風範。」

「都什麼時候了就別再固執了！」一旁三人瞪著白眼咆哮。去你的腦殘聖騎士。

「不行，身為聖騎士長，我得成為騎士們的表率，要是讓他們看見我對女性施暴，難保他們不會對聖騎士必須端莊、優雅而不失風度一事產生質疑。」

「少臭美了！之前是誰把我刺到腹部滲血？」雷莉可沒忘記先前在《唯恐天下不亂》的戰役。

「盜賊是惡魔的使徒，不算女性。」他義正嚴詞。

「你想太多了白痴！這裡只有你一名聖騎士沒有別人！快去把那瘋女人砍死！」馬克自覺快氣到吐血。

「不，雖說這邊沒人，但聖光正看著我……」法拉凱爾仰頭朝天。

「該死！我還以為來了個可靠的救兵，結果是專程跑來亂的智障！」伊瑟洛被死對頭的頑固氣到鮮血加速從傷口湧出。

「無禮的盜賊！這就是你對救命恩人講話的態度嗎？」法拉凱爾生氣轉身，就這樣和傷口飆血的伊瑟洛吵了起來。

真糟糕，法拉凱爾雖然強壯勇猛，但生性固執，先前在《唯恐天下不亂》就和無名士一同見證過了，得想辦法說服他上前戰鬥才行。

聖騎士最痛恨什麼？

玷污聖光之人、違背正義之人、對國王不敬之人和無惡不作的盜賊，還有……！

所幸雷莉靈機一動，她成功趕在維納斯想趁他們內鬨襲擊時大喊：「她是女性沒錯！但她可是巫女！會用惡毒巫術詛咒尊貴王室的巫女喔！」

像是被針頭札到耳垂，法拉凱爾虎軀一震，他反射拔出寶劍：「什麼！居然是罪該萬死的巫女！」隨後想也沒想就衝上去猛揮亂砍，壓倒性的蠻力簡單就把維納斯逼得節節敗退、完全沒有施法時間，直退到崩塌神殿的牆角。

居然奏效了，而且效果滿分！

這聖騎長的腦袋真是單純到不行……

「別聽她胡說八道！我才不是巫女！我是神啊！我是愛神維納斯啊！嗚！」維納斯手中的斷翅在法拉凱爾「鏘鏘鏘」的暴擊下越磨越鈍，感覺隨時可能斷裂。

「別想用妖言迷惑我！你這邪惡的巫女！接受聖光的制裁吧！」

法拉凱爾奮力一揮，他再次將斷翅擊飛，這回甚至讓彈飛出去的斷翅卡在遠方神柱上，同時他腰身一轉，接著使出漂亮的轉身橫劈，毫不留情將被逼至角落的維納斯攔腰斬斷。

維納斯的身軀如同自己的雕像斷成兩截，腰部的斷裂處還噴出機油和些許電流，兩半機械軀體最終落地。

「邪不勝正，正義必勝。」寶劍入鞘，法拉凱爾霸氣轉身，此刻大概是伊瑟洛認識他以來覺得死對頭最帥的一次。

但難題尚未結束，光憑他們三人能否搬動雕像仍是個問題。

「快！快來幫忙搬神像吧壯漢！這裡有的是你表現的機會！」馬克非常看好頭腦簡單四肢卻異常發達的法拉凱爾。

「庶民，注意你的口氣，你得稱呼我騎士長大人或是法拉凱爾大人。」說歸說，法拉凱爾已走至伊瑟洛身旁，他當然會幫忙。

「快吧，趕緊把雷莉救出來，我們就能去幫無名士和武士大叔。」伊瑟洛俯身半蹲，他雙手捧著雕像下半部，呼喚一旁兩人跟著照做：「預備！一——二——三！」

喀喀喀……

三人使盡全力，雕像終於些微抬起，浮空時間達數秒之久，使虛弱的雷莉有足夠時間爬出。

待雕像重重碰聲落地，受困的雷莉已成功脫困，來自不同作品、原本相互仇視的角色如今在無名士的引領下，以「團結」為利器打了一場漂亮的仗。

信念

繼天神與愛神雙雙倒下後，無名士一行人與複製人間的戰役終於進入尾聲。

來自荒丘後方的大部隊兵分二路，沿著神殿外圍掃蕩複製人殘黨，跑車、重機和馬匹使他們得以在天搖地動的災難中巧妙地閃避土石。至於那些匆忙逃出「萬神殿」的複製人可沒那麼幸運，不是被落石砸死就是被山土活埋。

剩下於災難中苟存的複製人也沒好到哪去，要麻死在聖騎士們的寶劍下，要麻接連被跑車撞飛、被來回輾成肉餅，最慘的莫過被大票黑幫混混亂棍打死，相較起來被車手們的子彈貫穿腦門還算輕鬆，畢竟少了點痛苦。

「這邊是六車隊總領，東側敵軍已掃蕩完畢。」綠色龐克頭車手朝對講機回報。

「呃……這東西怎麼用？喂喂？報告，西側敵軍已全軍覆沒，有聽見嗎？」一名聖騎士小隊長皺著眉頭，他愣愣看著手中不曾出現在自身時代的電子產品。

「有，都收到了，你們先別急著趕往正門會合，給我再仔細檢查一遍，兩遍也行，三遍都不嫌多！總之別留下任何漏網之魚，必須徹徹底底殲滅他們，免得他們逃到別處再打造下一個據點，明白嗎？」傑命令道，他頓時想起無名士開戰前的叮嚀。

一隻都漏不得，很可能就因為漏掉一名複製人，The other world 和彼世的因果牽引便導向另一個結局。漏掉一名複製人，等同現世有盜文稿件沒被完全銷毀，盜文稿件未被全部銷毀，代表彼端世界的「埋炸彈計劃」效果不彰，並未對「啟航出版社」造成重挫。

那可不行，絕對不行。

這次的雙界戰役就是要把「啟航出版社」弄垮，必須一技就把那艘賊船擊沉。

「我一人趕去正門支援就行，其他人給我繼續搜！哪怕掀開地殼、把整座荒丘炸掉，都不能放過任何一名複製人！那些鬼東西跟癌細胞沒兩樣，沒殺乾淨便會捲土重來！」傑再次強調，同時一腳踩下油門。

「知道了老大！」龐克頭車手答覆。

「遵命！」聖騎士小隊長應聲，隨後卻又提出疑問：「那個……癌細胞是什麼？」

「吼，那不重要，反正把他們趕盡殺絕就對了！」傑翻白眼。

「是！」

藍色科尼賽克高速奔馳，終點是「萬神殿」正門。

對於曾被複製人欺凌，自身創世神更差點因複製人一事喪失鬥志、捨棄作品的傑來說，這場戰役絕不容許一絲差錯，更不容許戰敗。

他永遠記得，無助的自己望著四肢漸漸由灰色轉為黑白、皮膚逐漸龜裂，自己身處的世界隨著時間流逝凋零、一分一秒變得更為冰冷，三不五時還被沒瞳孔的彩色居民入侵、破壞，大家都命在旦夕了，那些入侵者仍不肯放過自己和夥伴們，非得加速他們滅亡。

更諷刺的是，那些入侵者還跟自己、跟夥伴們長得一模一樣。

就因為兩世界存在著因果牽引，有多少邪惡的創世神生產複製人，就有多少創世神放棄作品，有多少創世神放棄作品，就有多少灰色居民被命運的枷鎖纏住，最終化為黑白，邁向死亡。

真慶幸當初的自己能遇見貴人。

「艾伯特·傑，從今以後再也沒有人能束縛你的命運，你和你的創世神，還有《獵盜》的其他角色都自由了。」

皇城第七公路的高架橋上，男子一手輕拍他的肩，他們兩人站在橋上剛好能將整道彩盡收眼底。

「謝謝你無名士……我真不曉得該怎麼報答你。」他看著身前這名將《鬼影》改寫成《獵盜》的救命恩人，一時不知道該怎麼接話，除了感激還是感激。

「呵呵，別這麼客氣，不過是舉手之勞，你就別放在心上了，何況編故事是我的強項，不瞞你說，我可是彼端世界最會編故事的人呢。」男子故作志得意滿地挑眉。

「言下之意，你是創世神當中最會編故事的神，算是……故事之神？」

「哈哈哈哈！故事之神？這封號太抬舉我了，我過去的同事都馬叫我『瞎掰大王』，換而言之，我是眾多創世神中最會胡扯的神。」

「哈哈哈哈哈！」他不禁跟著捧腹大笑，想不到這名創世神絲毫沒有高高在上的架子，反而意外地好相處。

笑歸笑，他無意瞥見一旁藍色科尼賽克的車牌「jason5671」，心中剎時湧現些許不安和莫名的愧疚。

「無名士，你確定要收留我的創世神？」

「放心吧，我已經收留他……」

「不，我不是這個意思。」他嚴肅打斷。

「嗯？不然？」男子眨了眨眼。

雖然知道自己之所以能夠存在是托創世神的福，但有些事情仍不能相提並論。

「我聽那名先前協助我們一同狩獵《鬼影》複製人的武士說，創造我的神是名惡徒，聽說他曾經也是專門製造複製人的創世神，你不擔心他……」

「不擔心。」這回換男子打斷。

「可是……」

「老兄，人家好歹也是創造你的神，我遊走The other world那麼多年可沒幾個彩色居民會懷疑自己的創世神，你多少還是心存感激吧。」男子敲了敲他的腦袋，隨後補充：「你要知道，你的創世神為了讓你重生，不惜捨棄自尊，在我面前下跪磕頭磕到頭差點沒凹進去，雖說他過去是個混蛋，但我相信現在的他已經改過向善，你就別再糾結了。」

「……」他仍有些遲疑。

「況且，單論際遇，你和你的創世神其實很像，你應該更能諒解他才對。」

「怎麼說？」

「一個受天命束縛，一個受因果枷鎖束縛，你們倆皆是被命運束縛之人，而你的創世神不惜拋棄尊嚴掙脫枷鎖，就是為了要替你解開枷鎖。」

「……嗯。」

「在我看來，眾多創世神中，你的創世神遠比其他神更愛自己筆下的角色，我正是基於這點才收留他並且相信他，所以你就別胡思亂想了，別想著什麼『老天啊！我是被惡神創造出來的邪惡居民！』或是『我應該替我那混帳創世神贖罪』之類的……」男子刻意用欠揍的語氣揶揄。

他沒有反駁更沒有生氣，反倒臉頰微紅瞥向別處，因為自己的思維全被男子說中，真難為情。

「我說傑啊，你真想成為我的左右手報達救命之恩，大可不必想理由，沒必要把事情想得那麼複雜，現在的你已是自由之身，只需憑自己的意志行動即可。」

男子那番話完全點醒了自己。

是啊，重生後不再追獵靈魂，改行追獵複製人根本不是為了贖罪什麼，贖罪聽起來過分清高，車手才懶得故作清高。

說白了，不過是想和自己的創世神一同奮戰，一同挑戰命運罷了。

除此之外，更重要的是……

＊　　＊　　＊

放眼來到最後的戰場，「萬神殿」正門沙漠，如今神殿大門城牆已在陣陣刀浪摧殘、接連兩次巨震下蕩然無存，鬆動的神殿地基更是隨時可能崩塌。

屍橫遍野的黃沙中，刀、刃、劍、斧、匕首，長矛和長槍，種種特殊金屬打造的武器散落一地。

——鏘！

最後一把長戟被散發藍綠光澤的武士刀擊飛，長戟騰空轉了兩圈最終插入黃土。

銀灰戰士錯愕地向後退步，只因先前的他完全低估了眼前的對手，那名身穿紅黑戰甲的武士。

「這樣你總該服輸了吧？」緒方將「出雲」的刀鋒對準戰神，他成功兌現自己戰前許下的承諾，絕不讓戰神的愛刀沾上一滴鮮血。意思是，直到現在戰神都沒能傷到他一根寒毛。

「少得意忘形了凡人！我可還沒倒下！」

瑪爾斯攤開雙臂，束道電流自他胸前的核心竄至手掌，同一時間，那些散落於沙地的各式武器紛紛顫動，不到一秒便受磁力吸引拔出黃土，直飛回他身邊圍繞。

「愚蠢的武士！等著被大卸八塊，後悔與戰神為敵吧！」以磁球為核心，磁力輕鬆吸引那些由特殊金屬打造的兵器，瑪爾斯兩手一推，將被各式兵器環繞的磁球猛然推向武士，好比土星和插滿武器的土星環一併朝緒方飛去。

面對迎面而來的巨大「兵器飛盤」，緒方乾脆省下破壞的功夫，他敏捷地躍開，輕鬆閃過敵人的攻擊。無視磁球，他飛快朝瑪爾斯奔去，兩手將「出雲」的刀鋒貼地，一邊快跑一邊劃地掀起黃沙，眼看距離妥當便奮力朝天上勾，一道宛如垂直極光的刀波隨即劈向戰神。

瑪爾斯驚駭，他僥倖閃過刀波的瞬間竟露出一抹詭譎的笑：「哈哈哈！你太大意了！」隨後運用掌心的磁核將被武士閃掉的飛盤狠狠拉回來，好比溜溜球，趁著緒方背對磁球發動第二次攻擊。

緒方迅速轉頭，就在被磁球吸附的斧頭與自己鼻尖僅剩不到一公分之距，他反射蹲下，巧妙從磁球下方、武器和武器間的縫隙中鑽出，驚人的迴避動作看得一旁的戰神不禁佩服。

「很好很好！以蟲子來說你的身手相當不錯！可惜還沒完呢！」

瑪爾斯語畢，他雙手合十令兩掌心的磁核碰撞，武士剛閃過的磁球便隨之引爆，吸附於磁球外的武器猛烈炸出，無數把兵器「唰唰唰」好比高速噴刺，這回不論緒方再怎麼厲害也絕無法閃避。

因此，武士沒打算閃躲。

單腳蹲地的緒方果斷將「出雲」深深插進黃土，將全身的氣灌入武士刀中，他成功趕在數把兵器高速刺穿自己的瞬間釋出所有劍氣。

只見大地崩裂，黃沙齊濺，大片刺眼的藍綠色光輝自地湧現，陣陣刀波由地群起，輕而一舉斬碎了磁球和戰神所有武器，離緒方不遠的瑪爾斯同樣被刀波斬得遍體鱗傷，披於他身上的銀灰鎧甲更是支離破碎。

數秒後，鋪天黃沙蓋地，破碎的銀灰鎧甲一塊塊落於異處，渾身刀傷的瑪爾斯也跟著從天落下，「碰！」，堂堂戰神如今狼狽不堪、滿身塵土。

「說過了，在下絕不會敗給沒有信念之人。」緒方起身收刀，喀喀，「出雲」入鞘，勝負已定。

緒方大步走向戰神，想不到他還有一絲氣息，尚有餘力緩緩撐起殘破的身軀，勉強挺直腰桿坐在沙地上。

「原來這就是傳聞中的『獨腳守護者』……所擁有的強大力量……」虛弱的瑪爾斯坐在地上，他萬萬沒料到自己接連三波的攻勢全被武士瓦解。

「不敢當，在下只需要能夠守護無主公和女兒的力量便足矣。」

「這就是你所謂的……『信念』嗎？」他看著武士突兀的右腳。

「正是，同時也是你的敗因。」緒方拔刀，將「出雲」抵住瑪爾斯的頸背，打算俐落斬下他的首級：「還請你別再反抗，在下會讓你毫無痛苦地死去。」

緒方接著高舉「出雲」，卻見坐在地上的瑪爾斯突然冷笑：「呵呵……」

「笑什麼？」

「荒謬至極，什麼狗屁信念？我輸給你不過是因為少了靈魂，不然區區武士豈能擊敗萬夫莫敵的戰神？」瑪爾斯無法苟同，他臉上的殺意即刻加深：「更何況……我根本還沒輸！」

正當緒方察覺情況不對、想快速落刀時已經太遲，瑪爾斯胸前的磁核竄出數條金屬鏈，那些金屬鏈像是賦有生命的金屬蛇，它們一條條高速向外延伸，以磁力捕捉散落四處的金屬碎塊、武器碎片和其他複製人留下的廢金屬，眨眼就把附近可用的物資囊括回戰神體內，金屬鏈隨後開始將物資拼裝、重組，轉瞬就讓瑪爾斯變成一只巨大機器人。

多根排氣管於巨大機器人的肩胛上咆哮、噴出陣陣濃煙，數條金屬鏈互相纏繞，依附其四肢進而演變成多條新生機械臂鎧，加上戰神的雙手，眼前的巨大機器人共計十二條手臂，還分別拿著不同武器。

「哈哈哈！看到沒凡人？吾乃『機甲戰神』瑪爾斯！萬物皆是吾之兵器！」

瑪爾斯不知去向，徒有聲音，整個人明顯已被金屬包覆至「機甲戰神」體內，體外那十二條手臂不光持有近戰武器，火箭砲和散彈槍也在名單中，外加腰際兩側多了兩根火管，疑似是火焰放射器。

遠近攻通吃，作為敵人相當棘手。

「不惜捨棄人形之姿，不以真誠的雙手持劍也想貫策這種不入流的力量，這就是你的『武道』嗎！」緒方憤怒質問，同時後跳拉開距離。

「只要能殺掉無名士！只要能榮獲創世神大人的靈魂賞賜！為了至高的力量，摒棄『武道』不足為惜！」

見到武士的強大，間接激起戰神崇尚力量的飢渴和他嗜血的本性。

「摒棄『武道』的戰士根本不配擁有靈魂！」緒方不恥。

耀眼的「出雲」和諸多兵器掀起一陣狂發暴雨，眾多武器在僅僅一個箭步的距離來回擦撞，「鏘鏘鏘」爆出火花、激起塵煙，從旁看來雙方出招的速度之快，武器的軌跡凌亂不清。

緒方高超的劍技使他單憑一把武士刀便能和機甲戰神分庭抗禮，但混亂的兵器軌跡中，他依稀見到數發子彈高速映入眼簾，害他不得不轉攻為守，開始用「出雲」的刀身進行多方位防禦。

「怎麼了！快攻擊啊！快反擊啊！你這軟弱的武士！一直防守可是會死的！」瑪爾斯利用遠程槍砲壓制緒方的近戰攻擊，機甲戰神遠近攻齊下，緒方壓根找不到施展刀波的時機。

「恕在下直言！身為一名戰士拿起槍砲，等同宣示自己劍術不如人，你！戰神瑪爾斯！已經戰敗了！同時還背棄了『武道』，現在的你不過是個沉迷虛無力量的狂徒！」

「給我住口！」即便戰神深知武士說得沒錯，但他高傲的自尊心絕不承認自己戰敗。

其中一條機械臂鎧突然射出火箭砲，「轟！」一聲於兩者間炸開，緒方急忙揮出刀波衝擊地面，利用反作用力逃出濃煙，不料機甲戰神隨後緊咬著他一併衝出煙霧，多把武器隨即高速刺向緒方身軀，眼看就要貫穿他的紅黑戰甲時……

咻——轟隆！

一道熊熊烈火剎時從旁燒來，直將緒方和機甲戰神區隔，熾熱的火牆橫向展開，本朝武士伸去的機械臂鎧全被燒成灰燼，想不到竟有突來的第三者加入戰局，逼得緒方和瑪爾斯雙雙躍開。

亂入的第三者，是名留有紫色短髮、身穿劍道訓練板甲的少年，他躍至緒方眼前，多年未見，紫髮少年手裡拿的再也不是粗糙的木劍，而是一把燃著炙熱火焰、釋出高強魔力的「紅炎」武士刀。

「呦！咱們三年沒見啦，緒方大叔！」少年背對著武士，轉頭微笑。

「翔太？你怎麼跑來了？還有那把武士刀是……？」緒方難得露出驚訝的神情，想不到女兒筆下的角色居然會跑來。

「喔～你說這把『紅炎』啊？當然是創世神送給我的大禮囉！」翔太得意地甩弄散發火光的武士刀，增加火牆的厚度，不忘繼續解釋：「無名士大人告訴我，創造我的神希望我能代替她，在這世界好好守護她的父親。」

聽到這般回答，緒方戰甲下的嘴角不禁上揚，身心的疲倦也隨之煙消雲散。自己誓死要守護的對象，即便遠在彼世，對方竟也想著守護自己。不愧是父女，想法挺一致的，這就是所謂的「親情」吧。

「還有，我的創世神有話想對你說。」

「嗯？」

「她說，『一起戰鬥吧，臭老爸。』」翔太將「紅炎」伸向緒方。

「呵呵，這是在下畢生的榮幸。」緒方將「出雲」伸向翔太，兩把武士刀隨即貼在一起。

此時，位於火牆另一端的機甲戰神愣愣看著被燒斷的機械臂鎧，他還沒搞清楚狀況，身後竟又傳來排氣管的呼嘯，才一個轉頭，只見一輛藍色跑車火速飛至他頭頂遮住陽光，再添一名戰友！

藍色科尼賽克的駕駛座門開啟，一名褐髮藍眼的俊俏車手俐落飛滾而出，他抓準時機，騰空將汽油桶淋在機甲戰神頭上，落地前不忘掏出雙槍，朝戰神的腦袋送了數十發子彈，簡單就點燃了數秒前淋上的汽油，機甲戰神立馬燒了起來，巨大機器人直接變成一團大火球，燒得裡頭的戰神不斷哀嚎。

「由我，來替那些受複製人欺凌的居民斬斷彼世因果的枷鎖！」艾伯特·傑完美落地，不再被命運束縛的他正依循自己的意志，貫徹信念。

贖罪也好，報恩也罷。

守護 The other world，對他來說才是最重要的。

「啊啊啊！該死！低賤的凡人竟敢動歪腦筋！盡用些雕蟲小技！真是該死啊啊啊！」

無視機甲戰神狂怒的悲鳴，傑轉頭朝火牆彼端大喊：「緒方！讓這團廢鐵瞧瞧無名士左右手的『信念』！」隨後飛快跑離夥伴們的攻擊路徑。

虛假戰神的怒號下，火牆褪去。

紅黑武士和紫髮少年雙刀交疊，「出雲」、「紅炎」刀鋒向下，互相交叉。

火紅武士刀的烈火飛快纏向藍綠武士刀，藍綠武士刀釋出的劍氣更強化了熊燃的烈焰，如今兩把名刀雙雙燃起勝利之火。

武士看著一旁的少年，隱約見到了女兒的身影。

父子，不對，是父女同心。

兩名頂尖的武士兩手奮力朝天空一勾，一隻左翼為藍綠烈焰、右翼為深紅烈焰的鳳凰即刻顯現！巨大鳳凰展開雙翼，將沿途經過的一切化為灰燼！直往被熱火燒得無法閃避的機甲戰神飛去！

戰鬥的最終，鳳凰襲向戰神瑪爾斯並狠狠貫穿他的軀體，以異色雙翅斬斷他的腰、燒燬他空洞軀殼的每一處，最後將其帶向天空。

宛如絢麗的煙火，鳳凰連同偽神縹緲的殘渣一併綻放，象徵戰役的勝利，看得地上在無名士號召下集結的友軍們紛紛舉起武器高聲歡呼！

「喔耶！大獲全勝！多虧大爺我的咻咻咻，The other world 終於天下太平啦！」背著鐵棍的馬克朝天比出勝利手勢。

「哼！庶民，你該感謝的不是自己，你該感謝聖光，是聖光的庇護讓我們得以打勝仗。」馬背上的法拉凱爾擺了馬克一眼。

「天啊！好帥的鳳凰啊！雷莉，也許我們以後可以在匕首上塗些火藥……」

「然後把自己的手臂炸斷是嗎？」趴在伊瑟洛肩上的雷莉無奈道，她正給他背著。

天空下方的聖騎士、車手和黑幫混混們忍不住放聲狂歡，正當大家以為一切終於結束時，未料荒丘竟又開始劇烈晃動。

這次晃動比前兩次更為劇烈，可謂震天撼地，震得大把人埋頭蹲下，一堆人摔落馬背、跌下重機。

「嗚！怎麼搞的？該不會又是地震？一天震三次也太超過？」傑急忙穩住重心，俯身半蹲。

「可惡，竟晃動得如此厲害，希望無主公沒事。」緒方左右盼望，未見到本該應計畫前來會合的無名士。

而有所發現的翔太已將手指指向天空，換得附近夥伴接連抬頭：「慢著！你們快看！」

難以置信的，荒丘上半部已缺了一大塊，整座「萬神殿」竟緩緩升向天空，誰都沒想到「萬神殿」下方居然是頭以機械打造的上古飛行魔獸。

如今，眾人只能眼睜睜看著龐然巨獸將瀕臨全毀的「萬神殿」載往天空，逐漸消失於雲層之間……

「不！不行放牠走！天曉得神殿裡頭還有沒有殘存的複製人！就這樣讓牠飛走難保不會前功盡棄！」傑激動地大吼，偏偏他束手無策。

「沒辦法！那頭魔獸飛太高也飛太遠了，我們打不到牠……」翔太道出此話時表情充滿絕望，他同樣不知所措。

只有緒方靜靜地仰望，他安心地望著那蔚藍無比的天。

他隨後沉穩地脫口，語氣不疾不徐：「你們快看。」

眾人仰頭，只見一道藍色透明長方體自遠方地平線延伸達天，直往天空的盡頭、往載著「萬神殿」的飛行魔獸無限延伸而去。

方位沒錯的話，估計那一大條長方體是從「咆哮山谷」延伸而來，而長方體上頭正有一名灰色小人拚命狂奔，隨著高速延伸的長方體直直奔入雲端。

跑著麼快不是趕著投胎，而是因為不跑快一點就得投胎。

自大地仰望而去，大夥發現緊追在灰色小人後方的，是一隻黑色小蟲，小蟲身上疑似長滿許多黑色小牙籤，大概是砲管之類的？

沒有意外的話，那隻遠看就比灰色小人大上許多的，正是惡名昭彰、The other world 所有居民避之唯恐不及的存在──「機甲咆哮獸」。

也就是說……那名灰色小人就是……

「──無名士？」天空下方的眾人驚呼，大家的下巴不約而同全砸到地上。

而天空的盡頭，身穿灰巫師長袍的男子賣力跑著。

還真對不起當初的馬克，原來引誘機甲咆哮獸是如此要命的事。

「蟲蟲來！蟲蟲來！停停停！別這麼快！可以快但不可以追上我！」男子屁股不禁一縮，他那轉為綠色正方體的雙瞳不時回頭打量身後暴躁的黑蟲，必須確定牠有老老實實地跟上來。

「吼吼吼吼吼吼吼吼吼吼！」今天的機甲咆哮獸跟以往一樣有朝氣，暴怒指數依然破表，牠身上無數根黑管興高采烈地噴煙，嘴裡尖銳的齒輪開心地轉動著，隨時都能把眼前的阻礙碾到連渣都不剩。

雖然這麼做有點對不起好友FG02。

不過算了，對於天才動畫師來說，修復一隻暴躁的小黑蟲應該不難。

男子摒除雜念，他的短髮與瞳孔的色澤頓時由黑轉為金褐，身上的灰袍也跟著蛻變成鑲染金邊的白巫師戰袍。

他呼喚另一個自己，以真神之姿存在於 The other world 的自己。

四年前，被他寫進《The Other World》的那個自己。

呼應靈魂契約，他，變成了祂。

「別飛往天空，你到不了那裡。」撞入「萬神殿」的前一刻，祂輕聲道，一邊往旁躍下長方體，放任狂暴的機甲咆哮獸撞進神殿。

——轟碰！

一言以蔽之，「殘不忍睹」。

隨後，不等萬物掉落，祂眼中的兩只綠色正方體迅速翻轉，一道空間魔法立即將體無完膚的萬神殿、報廢的機甲咆哮獸和所有衝撞後的殘骸全框住並帶往 The other world 的某處，特地費心多此一舉，就怕那些亂七八糟的碎塊砸傷底下的夥伴們。

「真是溫柔啊，無名士。」祂朝天與另一個自己對白，成大字於空平躺，任憑地心引力引導自己下墜：「身體還給你，凱旋歸去吧。」

兩人的意識再次交換，男子取回身心時，髮色與瞳孔也跟著變回平常的模樣。

他笑笑轉身，顏面朝下，成大字高速下墜。

「謝了，艾里涅特。」

謝謝你同樣想守護 The other world 的信念。

點燃引信

關鍵的星期天，一年一度的萬畝國際書展使萬畝市擠得水洩不通。

左臉掛著醒目刀疤的兇惡男子如計畫前來，他將重機任意停靠，卸下安全帽並掏出少女事先給他的 A4 紙張，上面印有滿滿的圖檔縮圖。

據少女所說，「啟航出版社」會用 A4 紙上的圖案佈置展場，而男子今天的任務就是潛到啟航展場附近，遠遠用相機捕捉那些關鍵圖案。

「你怎麼確定啟航會用那些圖案佈置？你又不是美術編輯部的人。」刀哥不解。

「放心，『炸彈』已經裝到啟航美術編輯部裡了，只差你去點燃引信。」少女親眼看見隨身碟被美術編輯部的人撿走，她十分有自信：「書展那整週我會留在公司內好製造不在場證明，如此一來事情爆發後也不會有人懷疑照片是我拍的。」

「好吧，那……拍完照片後呢？」

「你再私下找時間把照片給我，由我轉交給J先生。」

「就這樣？」

「對啊，我們的任務就這樣而已，J先生說剩下的他會處理，如何？計畫輕鬆又簡單對吧？」

是啊，是蠻簡單的，不如說簡單的很荒謬。

區區幾張照片是要怎麼毀掉貴為台灣文壇龍頭的「啟航出版社」？刀哥百思不得其解。

他也懶得多問，如今就這樣半信半疑帶上高級相機來到這裡，打算速戰速決，將那些關鍵圖案拍得清清楚楚便火速離去。

人擠人的展館外，刀哥抬頭仰望天空。

陽光明媚，萬里無雲，今天真是個「炸毀」出版社的好天氣。

睽違已久的復仇之日終於到來。

仗著撒旦般的臉孔，刀哥筆直地進入展館，沿途無須刻意閃避，人群便自動退開，沒人敢多擠或多推他一下，一路走來他未曾與人接觸，好比走上寬闊的伸展台，過程輕鬆愜意。

很快的，他來到啟航大規模展場的對面，隔著人群開始用鏡頭搜索目標，神奇的是，一切如少女所言，

A4紙張上的圖案全被啟航拿去設計標章和海報，甚至製作成別針、插畫和布偶當作商品販售，而且居然大賣。

「嘖！搞什麼？什麼『炸彈』？這擺明是幫他們賺錢嘛！」刀哥一邊調整鏡頭一邊謾罵，總覺得自己是來白忙一場的，真搞不懂老大在想什麼。

算了，拍就拍吧。

咔嚓。咔嚓。

說到底那個愛穿連身睡衣的老大根本不按牌理出牌，行為也無法用常理解釋，更不用說他還有特異功能，什麼「筆念」和 The other world 也不科學。

咔嚓。咔嚓。

與其擔心計劃失敗，刀哥寧願相信那名睡衣男其實還有別種特異功能，像是隔空引爆之類的，也就是隔空點燃標的物，進而引爆那些被指定圖案覆蓋的物體，只是那項特異功能有施展條件，必須取得目標照片才能發動……

想到此處刀哥不禁皺眉。

好牽強的自圓其說。

最終，扣掉車程、拍完照後的各種閒晃和一根煙的時間，整趟任務執行下來耗費不到半小時。

蒐證完畢的刀哥沿著原路遣返，他用閻羅王的嘴臉呼喚摩西隔開人海，隨後乘上重機離去。

這些照片到底能做什麼？天不怕地不怕，有黑道撐腰又用心賄賂智產局高層的「啟航出版社」真會被區區幾張照片搞垮？

刀哥萬萬沒想到，自己心中的百般疑惑將於三天後煙雲散。

以一個意想不到的方式……

*　　*　　*

三天後……

「國際重鎮創作公司『夢時代』跨海提告！小蝦米戰大鯨魚！」

年度盛大的萬畝國際書展驚傳創作侵權事宜，目前盤據台灣文壇龍首的「啟航出版社」，日前於國際書展販售自製周邊商品，包括海報、標章、別針、插畫和公仔以及其他諸多品項，其中少數品項使用的圖案疑為國際創作公司「夢時代」的版權繪圖。

「夢時代」發言人 Don Clare 已在稍早的公開說明會表示，台灣「啟航出版社」於國際書展使用的圖檔為 First Group 畫家 FG08 未公開之創作品，而「夢時代」並未將該未公開圖檔之著作權及公開販售權讓渡給「啟航出版社」。

各大國際媒體鏡頭前，一名西裝筆挺的光頭老外推了下黑框眼鏡：「關於此事，我們必定會追究到底。」同時，鏡頭也捕捉到說明會的會議桌上攤滿了匿名檢舉者提供的關鍵照片。

此消息迅速攻佔各大媒體版面，創作壇不分國界掀起一陣風暴，眾人議論紛紛，有些人覺得堂堂「夢時代」豈會發生這種疏忽，竟讓 First Group 成員的作品外洩？

有些人則開始抨擊台灣對智慧財產法疏於管制，更不用提「啟航出版社」這家前科累累的鬼公司居然活到現在都還沒倒，堪稱亞洲文壇一大傳奇。

更多擅於一竿子打翻一船人的國外網友毫不客氣地在網上撻伐台灣創作者，戲稱亞洲黃猴恬不知恥、不自量力，招惹小公司就算了，竟敢在太歲爺上動土，根本自掘墳墓。

少部分陰謀論者直覺案情並不單純，感覺是有心人士暗中穿針引線，刻意放餌吸引「夢時代」這條大藍鯨來吞掉「啟航」這隻小蝦米。

「哈哈哈！原來這就是你當初說的『航空母艦』啊？」運動 Bar 的吧台前，智產局友人開心地舉起酒杯慶祝，多虧這件好事讓他忙到現在才下班。

「呵呵，說過了，對付大白鯊請航空母艦來最快，幾發魚雷就能搞定。」一旁的J先生笑笑，隨後舉起可可冰沙與友人乾杯。

不過用大白鯊來比喻似乎太抬舉「啟航」，那不過是相較於不敢對「啟航」動刀的出版社和創作者而言。想把「夢時代」和「啟航」相提並論，光用「小蝦米戰大鯨魚」還不夠，應該用「航空母艦戰浮游生物」比較貼切。

「這下『啟航出版社』可紅了，大紅大紫啊！如今輝煌的戰績又添一筆，可謂台灣之光！」智產局友人笑得合不攏嘴。

「等著看吧，這將會是『啟航』的最後一戰，恭喜他們終於航到盡頭，是時候該沉船安息囉。」J先生得意地瞇起雙眼，等著看好戲，由衷覺得那家出版社不配存在於創作界。

「也是，兩者的規模跟影響力差太多了。」

對於曾任職 First Group 的J先生來說，他確信「夢時代」可不會善罷甘休，絕不是媒體報一報就沒事。於明於暗，過往和「夢時代」打對台的公司沒一個撐得過去，那些公司請來律師作的抗辯，「夢時代」沒有放在眼裡。

有黑道撐腰？抱歉，「夢時代」可以用更多錢收買黑道，用美金塞住他們的嘴叫他們滾蛋，或著乾脆豪氣一點，直接用滿箱鈔票砸死他們。

更不用提「夢時代」定期也會支付美國黑幫薪水，要他們協助保全驅趕那些企圖硬闖公司拍攝的煩人媒體，檯面下的手段，「夢時代」比誰都要狠。

公司和公司名下的資產，也就是「夢時代」旗下那些引領世代之創作者們的作品，「夢時代」絕不容任何人侵犯。

「夢時代」意旨「築夢的時代，以夢想引領時代，用夢幻的創作品稱霸每個世代」。

眾所皆知，「夢時代」是創作界的國王。

區區賤民膽敢弄髒國王的寶座，就是死路一條。

結論就是「啟航出版社」——永別了。

「我知道匿名檢舉者是你，但你打哪弄來那些圖檔？」智產局友人好奇問道。

「四年前我離職時走得太匆忙，順手將辦公桌上的東西掃進背袋時，不小心把同事的隨身碟也掃進去了。」Ｊ先生不以為然，他可不是故意的。

只能說老天有眼，刻意安排了這項利器好讓他替天行道。

「原來如此，不管如何這次的劇本寫得真漂亮，看來有人寶刀未老喔。」男子豎起大拇指稱讚道。

「那當然，別忘了，『First Group』FG03 的位置還空著呢。」Ｊ先生的雙瞳頓時燃起王者般的光芒。

雖然屁股不在那位置上了，但不代表有人能頂替自己坐上世界頂尖編劇的王位。

「只要我還活著，沒人能披上 FG03 這號碼。」，他是這麼想的，「夢時代」、First Group 所有成員和世間創作者也是這麼想。

當然，撇開某點不談，這次的劇本稱得上盡善盡美。

本年第二次，「夢時代」著名科幻電影《異戰》因相關程式電子檔和副本毀損加上部分管理疏失，為了向全球影迷呈現最完美的電影，電影必須延後上映，「夢時代」稍晚將於官方網站公布科幻電影《異戰》第三集的最新上映日期和相關補償事宜。

「造成所有支持本公司的尊貴客戶不便，我們在此致上最深的歉意。」媒體鏡頭前，在諸多閃光燈連拍下，西裝筆挺的光頭老外話完便獻上深深一鞠躬。

可憐的「機甲咆哮獸」。

而近幾天，各大新聞媒體持續播報關於「啟航出版社」過去的種種事蹟和醜陋的內幕，至於「啟航出版社」的董事長和執行長仍未現身說明，八成是逃亡去了。

好比把石頭丟進池子掀起陣陣漣漪，鬼島政府怕得罪「夢時代」將害台灣被世界創作壇封殺，急忙下令立即追查此事，順道把「啟航」過去犯下的案件一併調出來審核，以給各國媒體和先前受「啟航」欺凌的創作者們一個滿意的交代。

管他是救火還是作秀，反正先平息眾怒要緊，那些受「啟航」賄賂的智產局高層再也不敢吃案或裝死，搞到現在得連夜加班處理文件。

更有趣的是，國稅局收到了「啟航出版社」近期的財務報表，發現「啟航」疑似嚴重逃漏稅，他們打算趁這風波把「啟航」的一切稅務查個清楚。

想當然是小歡動的手腳。

得罪了「夢時代」、過去遭盜文創作者們的案子一次全砸下來、加上國稅局前來查帳，如今三管齊下，天將亡「啟航」。

不只「啟航」，深入追查使得其他檯面下的出版社和工作室全被釣出來，和「啟航」聯手的「快樂屋」、「綠鳥工作室」和「大文出版」等共計八家出版商全都遭殃，台灣文壇醜聞相聯報出，整串連鎖大爆炸進而引發文壇浩劫。

為了煙滅證據，被起訴的出版社紛紛開始焚毀盜文稿件，燒到連紙屑都不敢剩，更不忘倉皇地將過去公開的仿冒系列書下架。

可惜亡羊補牢，為時已晚。

用不著一星期，不到五天，那些惡劣出版商陸續倒閉，近乎所有台灣的創作者們接連開香檳慶祝。

隨之而來的，是割除毒瘤後煥然一新的台灣文壇和重視著作權的盛行風氣。

最終，The other world 將近七成的複製人區域全數燒燬，在「匿名工作室」和彼世夥伴的協助下，兩世界的因果牽引成功引至J先生期盼的結局。

一個大快人心的 Happy Ending。

*　　*　　*

太平洋另一頭，美國「夢時代」總部。

鑲滿眾多精緻畫作的白色長廊盡頭，First Group 導演辦公室。

昏暗的辦公室僅有落地窗映照進來的光線。

陰影中，兩名奉命前來的身影，一男一女，制服背後分別背著 FG02 和 FG08。

唰。

「你們最好給我一個合理的解釋。」

背光，高級皮椅上的剽悍女子隨手扔出多份報紙，上頭寫得不外乎是關於「夢時代」的負面報導，像是《異戰》第三集被迫延期、「夢時代」短短半年內發生諸多疏失、未公開創作品外洩，這些新聞都將有損公司名譽，她看了就上火。

金髮藍眼的動畫師 FG02 眼角不禁上瞄，他瞄了身旁面無表情的畫家 FG08 一眼，瞄著她，他臉上寫著「你有話想說嗎？」。

「沒有。」高他一截的長髮女子搖了搖頭，她臉上還沾著些許顏料，明顯是做畫做一半被叫來。

說到底這兩個人都很無辜，明明什麼事都沒做，一個負責管理的電影不斷出包，一個被公司懷疑私下將未公開作品販售給其他公司，兩者都十分莫名其妙。

「別浪費我時間。」

老闆椅上的剽悍女子加重語氣，她可沒那個耐心。

「我無話可說。」

FG02 聳肩，畢竟他也無法解釋莫名發生在自己身上的一切，連續兩次副本毀損都只針對「機甲咆哮獸」的檔案，怎麼想都不合常理。

「你呢？」

標悍女子撇頭瞪向另一名長髮女子。

「我也是。」

FG08 表情淡定，她自認沒做對不起公司的事，自然不必費心解釋。

「老實說我不喜歡你們的回答，也許我該把你們轟出去。」

標悍女子眉頭輕皺，她靠著椅扶，單手托著下巴，另一手伸出兩指朝向門口，身為 First Group 領導的她有權撤換或開除團隊成員，哪怕是世界最頂尖的動畫師和畫家，她一樣隨時能叫他們東西收收滾回老家。

在First Group裡，她不只是導演，更是女王。

「你高興就好，但你會後悔這麼決定。」

FG02抬高下巴，他完全沒在怕，大不了跟好友FG03一樣神秘離職然後人間蒸發，反正屁股離開那位置不代表有人能取代自己。

敢這麼回答不單是身為頂尖動畫師的驕傲，同時意味著「關我屁事？老子沒錯，問題並非錯在我。」

一旁的FG08仍不發一語，倒是一派輕鬆地打了個哈欠，她只在乎「什麼時候才可以回去做畫？畫一半被叫來唸還真有點煩……」，至於會不會被開除她根本不擔心，她深信擅於識人的導演絕不會輕易開除兩名壓根沒錯的成員。

倘若導演開除了他們，便意味著自己不必聽命於她，更不必留在被庸人統領的First Group，離職也罷。

見到他們的反應，老闆椅上的慓悍女子雖依舊板著臉孔，但眼神裡卻透著笑意。

簡單的質問測試，答案早寫在兩人的臉上。

「你們可以離開了。」

慓悍女子語畢，隨後目送FG02和FG08的背影離去。

她當然沒打算開除他們。

顯而易見，他們倆用身為創作者的驕傲證明「一切事情和他們毫不相干」，既然如此也沒追問下去的必要，更沒資格苛責他們。

至於後續追查，慓悍女子簡單翻了翻公司調出來關於「啟航出版社」的資料，不到十秒尚未翻閱完，她便把整疊資料扔進一旁的垃圾桶，那疊東西光用看的都嫌骯髒。

就當日行一善，憑那種爛公司雖不會危及到「夢時代」，但難保放任他們成長有朝一日不會在「夢時代」的創作上動歪腦筋，還是儘早剷除較好，反正也花不了公司幾毛錢。

其實也用不著合理的解釋，她心中早有答案，今天把人叫來不過是二次確認。

說穿了就是「借刀殺人」，有人成功利用「夢時代」毀滅一間下三濫的出版社，僅此

慓悍女子起身走至落地窗前，身後的 FG01 四碼在陽光的映照下十分耀眼。

她看著反光透明玻璃中的自己微笑，深知世上唯有那個該死的混蛋才能寫出如此完美的劇本。

「劉，你可真是好大的膽子。」

FG01 對著落地窗獨語，那是認可的口吻，對於記憶中那位披著 FG03 四碼的男子。

這次的劇本不錯，姑且不跟你計較了。

歸屬

生意興隆的早餐店，身穿黑色皮衣的刀疤男站在鐵板前等候早餐。

他仰頭看著上方電視，關於「啟航出版社」的消息已經報了整整一星期，不知道鬼島媒體幾時才肯放過

「啟航」，改報其他更有意義的新聞。

仔細想想，冷血的媒體盡情鞭屍已經倒閉的出版社，好比禿鷹將腐屍啄食乾淨，好比鬣狗狠狠把屍體啃到連骨頭都不剩，不留他們一絲噁心的碎屑於創作壇，這何嘗不是一件好事？

隨著文壇革命，再也不會有下一個「盜文傑森」，創作者們也釐清了何謂正確的撰文風氣和創作心態，也許日後智產法的相關條例更能受到國家重視。

不管如何，「盜文傑森」成功復仇，意味著一切都結束了。

那麼現在呢？

將裝滿早餐的塑膠袋掛上機車手把，刀哥乘上紅牌重機，戴上全罩式安全帽，一時不知道該何去何從，畢竟現在的他仍是無業遊民。

迷惘的他身體不自覺地一路騎到那條熟悉的巷子。

上午九點五十二分，天氣晴。

熟悉的白色店面，熟悉的停車空位，熟悉的貓咪木屋。

稀鬆平常的早晨，微風徐徐，武士風鈴搖晃，竹竿上的衣物隨風飄揚。

他撇頭望向左側，白色柱子上掛著別緻的小木牌「匿名工作室」，下方則附設一只對講機。

他卸下安全帽，有些猶豫地走到白色柱子前，伸出右手食指，顫抖的指尖卻在與對講機按鈕接觸的前一刻停下。

還是算了，反正也沒人通知要自己回來。

毫無遺憾的，陳靜峰的故事也該完結了。

就讓一切在這劃下句點吧。

不料正當刀哥想轉身離去時……

「喵～」

一隻穿過寵物出入口的胖白貓已經纏到他腳邊，牠擺著和以往一樣的臭臉，不斷在他兩腳間穿梭磨蹭。

「搞什麼？我要走了，去去去！回去找你的飼料盆，你這樣跑出來會讓他們發現我來了……」

刀哥彆扭地想擺脫臭臉胖貓卻被牠死命黏著，他深怕腳的力道沒拿捏好會傷了沒錢，但又不能就這樣把牠拖上重機。

喀喀。

沒料他話才剛說完，白色柱子上的對講機突然自動應聲。

「誰呀？麥當勞外送嗎？」對講機另一頭的少女刻意喬裝低沉兇狠的口吻。

該死，被發現了。

刀哥嘴角不禁抽動，那台詞可是他給她的第一句話。

「想回來啊？」她笑笑，故意逗他。

「少囉唆！老子只是剛買完早餐路過這裡罷了！快出來把你們家的貓帶走！我要走了！」

他難為情地朝對講機咆哮，臉頰頓時翻紅。

嘖，那臭丫頭竟敢戲弄我。

刀哥尷尬地杵在原地，本想堅持最初的想法，趕緊逃跑，對講機卻很快又傳出另一名少女的大罵，伴隨著華麗的網路遊戲音效，嗡嗡嗡吵雜不休：「死流氓！你都翹班幾天了還不回來？是要在外面爽多久？你桌上的稿件都堆上天了，再不回來別怪我們全郵寄到你家塞爆你信箱！」

背對白色柱子，他眼鼻忍不住一酸，這一罵成功挽留了他的步伐。

去你的四眼璃。

最後，對講機傳來一名熟悉男子的聲音：「親愛的編輯，我沒記錯工作室的規定是九點到班，眼看都快十點了，你確定還不進來？」

喀鏘。

語畢，上鎖的大門隨即開啟。

他眼角不禁濕潤，由衷感謝那名恩人再次為他敞開大門。

見大門一開，沒錢便翹起尾巴、晃啊晃地擠進門縫，鑽進去前還不忘撇頭朝刀哥「喵」一聲，似乎示意要他快點進去，像是在說「別再裝了，你這混蛋。」。

刀哥也只能乖乖跟上去，他一手推開大門，一腳踏進匿名工作室。

「歡迎回家。」映入眼簾的三人一口同聲。

他落淚了。

一名老穿著淺藍連身睡衣的老闆，一名泡麵不離手的宅女，一名正義凜然的少女和一隻無法招財的胖貓。

還有自己，一名多才多藝的不良混混。

四人一貓，終於在名為「匿名工作室」的歸屬團聚。

同一時間，天空另一頭，彼端世界的夜空群星閃耀，恢復生氣的灰色眾神在銀河下方飛舞，飲酒狂歡。多家惡劣出版社相繼倒閉後，位於現世的諸多創作者們得以重拾自己的作品，來自《戰爭吶喊》的眾神已從黑白變回有朝氣的灰，宙斯和愛神在夜空中對飲，邱比特們開心地來回送酒，戰神則席地而坐和身穿紅黑戰甲的武士品酒暢談。

「真是一場精彩絕倫的戰役，待創世神引領吾步入彩色天堂後，吾輩再來過兩招，還請『獨腳守護者』刀下留神。」瑪爾斯本尊舉起酒杯，以真誠的雙眼向打倒自己分身的武士敬酒。

「過獎過獎，到時還請『機甲戰神』手下留情。」緒方笑笑，舉杯回敬。

酒吧外停滿各式跑車和重機，無數馬匹悠哉地咀嚼牧草，今天的「灰色酒吧」擠滿了人，不分色彩，大量The other world居民湧進店內一同狂歡。

樂團彈奏著搖滾樂，大家盡情地扭腰擺臀，整個酒吧好比一場盛大的嘉年華，眾人舉杯慶祝殲滅複製人的英雄們凱旋而歸，場面好不熱鬧。

順帶一提，今天的酒帳全由灰色酒保買單。

「呦呼！看大爺我把這兒的屋頂給掀了！敬偉大的創世神！」醉醺醺的馬克站上吧台高舉雙手，瘋瘋癲癲地把酒淋在自己頭上，一旁飛龍堂的混混們不斷高呼「幫主萬歲！」，也不管是否干擾到其他客人。

「孩子，容我提醒你，這兒可沒屋頂讓你表現。」灰色酒保鎮定地擦拭玻璃杯。

其他圓桌陸續變成盜賊和聖騎士們的競賽舞台，比酒量，比腕力，來自不同作品的角色也紛紛投入比賽，輸的人必須喝下灰色酒保特製的「安魂曲」。

聽名字就知道很不安全，八成喝一杯即陷入長眠，看看那些倒滿地的居民就知道。

「比賽——開始！」龐克頭車手手刀一下，圓桌兩端的伊瑟洛和法拉凱爾便猛然使力，兩人太陽穴瞬間爆出青筋，兩名死對頭互不相讓，非得在今天分個高下。

「在聖光面前懺悔吧！惡徒！」法拉凱爾吆喝。

「懺悔個鬼啊！比個腕力也扯聖光！你這白痴聖騎士！」面對法拉凱爾，伊瑟洛的賤嘴可不會客氣。

圍觀的盜賊和聖騎士分別大喊「團長加油！」、「騎士長大人加油！」，坐在另一圓桌的雷莉倒是看都懶得看，用屁股想也知道，連腦袋都只裝肌肉的法拉凱爾豈會輸給伊瑟洛？自己還是等著替他收屍比較實在。

「你不去幫伊瑟洛加油嗎？他不是你男朋友？」坐在她身旁的翔太問道，他手裡捧的不是酒，而是不含酒精的可爾必思。

「他、不、是、我、男、朋、友。」雷莉擺了翔太一眼。

「怪了，聽馬克說伊瑟洛在戰鬥中趁亂跟你告白？」傑兩指夾著煙，吐出一口霧。

「那中二小鬼講的話你信？」她指著剛從吧台上跌下來，正倒地不起的馬克。

「嘛……加減有參考價值囉。」傑聳肩，順手掏出撲克牌打算消磨時間。

「對了傑，你的啤酒可以借我嚐一口嗎？」翔太眼睛一亮。

「不行，緒方叔叔說你未成年不能喝酒。」他搖頭，這點夥伴可是有特別交代。

看著夜下的居民狂歡，無名士的夥伴們彼此嬉鬧，灰色酒保嘴角不禁上揚，他等不及聽那名用兩則故事賒帳的英雄前來敘述那場戰役。

喜劇也好，悲劇也罷，盼彼世的創世神們永遠別放棄自己的作品。放棄了，便什麼都沒了。

可以孤獨，可以抱怨，可以歇斯底里，但莫忘初衷。

願所有「The other world」的居民得以披著灰色外衣享受冒險，最終在創世神的引導下步入彩色天堂。

關於後空間

各大美式漫畫、系列影劇、甚至玩具產業，分別上演著史詩般的「大事件」（event），各路英雄們之間的聯手及對抗，成為粉絲津津樂道的話題與閱聽體驗。在這背後運作的是，一個能串連作品（crossover）、形成虛構宇宙（fictional universe）的合作模式。

我們將透過文字的形式，開拓出前所未有的「小說宇宙」。

這是新的創作策略，一個聯手其他作者共同創作的機會，讓不同作者、不同作品能夠彼此相互加成，同時打造故事的品牌，藉此培養讀者社群，也避免了單一作者或單一作品的孤軍奮戰。

透過角色的穿梭，可以看到A故事的主角到B故事跑龍套，或是這一家的大魔王撒野到隔壁棚，借助或制衡其他故事角色的力量。藉此豐富小說的趣味及建構更龐大完整的世界觀，同時送上滿滿的彩蛋及伏筆。

現在，在座的嗜讀者以及創作者們，歡迎各位來到這個充滿無限可能的小說宇宙。

世界末日帶上貓

Doomsday with Your Cat

天川 著

Fiction Series 002
ISBN : 978-986-94135-2-7
出版日期 : 2017.04.17
定價 : 300 元

殭屍瘟疫失控後就住進嘉義避難所的高中生陳武，在一次意外後失去所有依靠，帶著疫苗半成品和橘底白紋貓咪，逃往台北的實驗室。衝出殭屍包圍圈時，貓咪奶油為了救陳武而感染病毒，在慌亂中他只好把疫苗半成品注入奶油體內，沒想到，奶油不但意外痊癒，還能像人類一樣思考和說話。

繼續逃往台北的途中，陳武遇到制服美少女佳佳成為伙伴，也撞上兇殘流氓鱷魚幫交手幾次惡鬥。殭屍和鱷魚幫已經夠難對付，陳武和佳佳還被比殭屍力量更強大、體質更堅韌的突變種纏上。他們有辦法穿越重重阻礙，順利抵達台北的實驗室嗎？

作為新一代喪屍小說作家，作者天川結合了歐美系喪屍題材、日式人物互動、台灣原創敘事風格，不但讓冒險歷程栩栩如生，更別出心裁的是，將日常對貓的觀察，轉化為超能力殭屍貓的靈活表現。

長達四百頁的大逃亡故事，精準掌握節奏感和畫面感，每一幕都毫不偷工減料，讓讀者身歷其境，文字化為影音俱備的立體效果，是多年來少見的小說規格。

陰間出版社
Publisher of Nether World

鄭禹 著

Fiction Series 003
預計出版 : 2017.05

「靈魂」們表示書不夠看了！歡迎所有陽間的作家，我們能將您的作品於陰間發行，但知情者必定得保密，以維持「各界」之平衡。若嘴巴夠緊，大筆財富將不再是夢想。在陰間，有大批的讀者，正渴望著陽間的故事。

天照小說家的編輯課
Editing Course of Amaterasu Novelist

李穆梅 著

Fiction Series 004
預計出版 : 2017.06

小說家不一定都能擁有天照超能力。想像宏大縝密，善於建立維持空間運作，是孵育作品的天照小說家，具備豐沛又厚實的想像能量，不會成為曇花一現的一書作家，對編輯來說，可遇不可求，絕對有收服的價值與必要！

AGORA PRESS
創詠堂文化事業有限公司

後空間 001
Fiction Series

匿名工作室 John Doe Studio

匿名工作室 / 白小寞著 . -- 新北市 : 創詠堂文化 , 2017.04
面 ; 公分
ISBN 978-986-94135-3-4(平裝)

857.7 106004501

ISBN 978-986-94135-3-4
Printed in Taiwan.

作　　者　白小寞
主　　編　王鐘銘
責任編輯　廖庭毅
美術編輯　林汶珮

社　　長　陳朝興
發 行 人　陳文隆
出 版 者　創詠堂文化事業有限公司
地　　址　22063 新北市板橋區重慶路 69 巷 18 號 2 樓
電　　話　886-2-2962-2310
傳　　真　886-2-2963-2416
服務信箱　AP2016@agorapress.com.tw
法律顧問　寰瀛法律事務所　劉志鵬律師、林怡芳律師
出版一刷　2017 年 4 月 17 日

定　　價　240 元

總 經 銷　時報文化出版企業股份有限公司
電　　話　886-2-2306-6842
地　　址　桃園市龜山區萬壽路 2 段 351 號
印　　刷　通南彩色印刷股份有限公司
地　　址　新北市中和區中山路二段 359 巷 3 號 1 樓